你的孩子
可以上清华

桂千富 著

NiDe HaiZi
KeYi ShangQingHua

黄河出版传媒集团
宁夏人民出版社

图书在版编目（CIP）数据

你的孩子可以上清华 / 桂千富． —银川：宁夏人民出版社，2016.3（2023.8重印）

ISBN 978-7-227-06306-3

Ⅰ．①你… Ⅱ．①桂… Ⅲ．①散文集－中国－当代 Ⅳ．① I267

中国版本图书馆CIP数据核字（2016）第 071794 号

你的孩子可以上清华

桂千富 著

责任编辑　姚小云
设计制作　丽刊传媒
责任印制　侯　俊

黄河出版传媒集团
宁夏人民出版社　出版发行

出 版 人　薛文斌
地　　址　宁夏银川市北京东路 139 号出版大厦（750001）
网　　址　http://www.yrpubm.com
网上书店　http://www.hh-book.com
电子信箱　nxrmcbs@126.com
邮购电话　0951-5052104　5052106
经　　销　全国新华书店
印刷装订　三河市嵩川印刷有限公司
印刷委托书号　（宁）0027081

开本　710mm×1000mm　1/16
印张　15
字数　220 千字
版次　2016 年 4 月第 1 版
印次　2023 年 8 月第 2 次印刷
书号　ISBN 978-7-227-06306-3
定价　49.00 元

版权所有　侵权必究

前面的话

很早就有打算写一本书，写一本关于培养孩子的书。不只是因为孩子考上了清华大学，而是因为一路与孩子同行，有太多的不易和感悟。看到如蚁逡巡于"望子成龙"道路上的密密大军，我觉得需要写点东西了，不管你认为有益还是无益，有益可以作为借鉴与分享，无益可以作为回避与警示。

我说，孩子，我要为你写一本书。这不是第一次征求儿子桂猷猷的意见。直到上完清华的第一学期，他才点了头。

我说我要为儿子写一本书。这同样不是第一次征求老婆孟洁的意见。她至今还是那句话：我不同意你写。

这不是关于状元和天才的书，而是一个关于普通生是如何华丽蜕变的真实故事；一个父母与孩子并肩同行，共同面对求学路上的坎坷和艰辛的真实故事；一个看得见摸得着，发生在身边的真实故事；一个只要你愿意，也可以去体验去实现的真实故事。不管如何粉饰，求学都不是一件快乐的事，至少不是任何人都感觉快乐的事。我的侄女考上公费研究生，我问难吗？侄女说，我见书就想吐。高考完了问儿子猷猷，现在回忆上学怎么样？儿子说，再想起来我都恶心。这本书里还涉及其他人物和事例，恕我不能用真实姓名，甚至不能用真实的环境。我实在不想因为自己成功了，成为炫耀的显影剂和一面真实的镜子，还原和映照出别人的本色。不，有些已不是本色，甚至成为心痛和流血的伤口。我们洛川人最不齿的是幸灾乐祸和往人伤口上撒盐，不管是有意的还是无意的。中国人好面子，而这个面子其实就是形式。这个无用的形式千百年来如同一个沉重的枷锁，让人苦不堪言，使人扭曲变形。柏拉图说，人是没有羽毛的动物。马克思说，人是会劳动的高级动物。既然归于动物，大体有枷锁是必要的，没有枷锁反而更可怕。

每个人都希望孩子成龙成凤，如果都上了清华，那清华也就不是清华了。因此，不是每个孩子都可以上清华。

我反对上清华、北大的孩子是生成的。洛川人说的是造的，老天爷造的。具有浓厚的迷信色彩。这是大多数人的借口，几乎成为格言。许多人都说，别与我的孩子比，是天才。只有我知道我的孩子是不是天才。我相信孩子的聪明与天性有关，有的孩子的确省事。我更赞同的是：你的孩子可以上清华。这同法律面前人人平等一样。我写这本书就是想告诉你，一个普通的孩子经过努力可以上清华。

我还反对给孩子创造一个好的环境，孩子上到哪里就供到哪里。这是一句逃避甚至不负责任的话，这也是时下父母最普遍的想法。父母把培养孩子的责任简化成一个数字即钱数，看似无可厚非，其实非常危险。有些人为此付出的是血的代价。我想写书就是要人们改变这种想法。

我是赞同打孩子的。这源于父亲从小的棍棒教育。父亲的棍棒在我的心里投下了梁、橡般的巨大阴影，伴我一生，我也几乎恨了一生。或许我还可以成为社会的精英甚至万人迷万人仰，但我也可能成为万人唾万人骂。我感谢父亲的棍棒没有使我成为后者。我打过孩子。许多人说没打过孩子，这与两口子一辈子没有红过脸一样让人难以相信。因为我非常委曲求全地准备与老婆实践一辈子不红脸的理想，可惜我失败了。我是不相信夫妻没有红过脸过一辈子的。因此，我要告诫你：不打孩子同样也是个陷阱，你要小心。

我是赞同择校和学奥数的。我的孩子也是择校和奥数的受益者。不改变千军万马冲"高考"这个独木桥，什么不学奥数、不择校绝对是哄人的把戏，你相信就上当了。

孩子三个关键阶段：初懂事，三四年级；第一次叛逆期，初二前后；第二次叛逆期，高一左右。

培养孩子的三个境界：精英、人才、人。达到这三个境界的都算成功。

一定要与孩子谈爱情谈性，多数人都十分尴尬地回避这个问题，而性成熟先于高考到来，回避不了。

不要追求完美，世界上没有完美的东西。

一个成功的范例，绝对是孩子、学校、家长三位一体的无缝对接。

目 录

第一辑

- 3　压稳的谎言
- 8　起名的纠结
- 15　两个病危通知单
- 21　呼呼的大火
- 29　儿子的泡泡糖
- 34　生死时速
- 40　死的心都有

第二辑

- 47　投降树的启示
- 53　祭起了父亲的棍棒
- 60　为什么不改作业
- 65　一驳"供到哪里念到哪里"
- 69　二驳"念到哪里供到哪里"
- 73　塞翁失马
- 78　"我考上了清华"

第三辑

- 85　打提前量
- 90　流泪的半学期
- 95　志忑的站位
- 99　不打之后怎么办
- 104　背了四年的一封信
- 109　怦然心动
- 114　《阿凡达》、周杰伦及其他

120　假日里的阳光与阴影
125　不能说的秘密

第四辑

133　没有进重点班
139　管不住的学生
145　临溪而歌
150　桂猷猷的家长站起来
155　我要考清华
159　爱情与性
165　为谁而学
169　白色恐怖
175　"涵哥"采访我
180　补弱项
188　最后的冲刺
193　报考清华大学

第五辑

201　实用的中庸之道
207　把孩子攥在手中
209　不能过早地把孩子放到社会
211　拽住叛逆期的离心力
214　当再大的官赚再多的钱不如把娃管好
220　培养孩子的三个境界
225　也有教训

231　后记

第一辑

压稳的谎言

1994年大年初一，老婆孟洁挺着大肚子，一边收拾临产用的衣服、尿布，一边对我说，可能是小子。当时我正在纳闷，老婆为什么这么镇静，马上要到产房了。在我的印象中，生产如同上刑场，她跟没事一样。这或许因为她是护士的缘故。她说害怕早让上学时解剖刀剜去了。第一次看到从福尔马林里捞出脸色惨白、浮肿的尸体时，女生都不约而同吓得叫出声来，用纤细的双手捂住了眼睛。没用多长时间，女生们敢拿手术刀在尸体上划了，如同划一张鼓，发出低沉而又有韧性的声音。

老婆孟洁的镇静让我很害怕，连自己上产床都这么稀松平常，要是哪一天生气了，拿一把小小的手术刀捅我肯定连眼也不眨一下。

"是儿子。"声音大了一些。

我突然呆住，被打傻了，半晌没有气息。看你那尿样子，一听说儿子跟死了一样。这不怪我，老婆孟洁自有了之后就是天翻地覆地呕吐，吐得绿绿的胆汁一绺一绺的，丝丝缕缕，扯得好长，差一点连我都整吐了。在这强烈的反应中，时间一天天流逝，从春暖花开到瑞雪覆地，稍微缓过来都会说是女儿，一双被呕吐折腾得肿胀的小眼睛乜斜过来，不经意间鸡毛掸子一样扫过我的脸庞，想翻开表面看到心里。女儿就女儿，我喜欢女儿。每次我都言不由衷地说，十分肯定，无怨无悔。孟洁说，我知道你心里不情愿，这生儿子生女儿不是我一个人的事。我说不要说了，这我知道，上学时学过了。女儿真的挺好。老婆说你奶只生了你父亲一个，你哥的孩子也是女儿，咱生女儿也不丢人。不丢人，你给我生娃就很难为你了。老婆说我内心不情愿是真的。父亲经常生病，大夫不让喝酒不让抽烟，他根本不管，烟酒茶是他一生的最爱，谁也阻止不了。因此身体一天不如一天。哥哥生了女儿，父亲天天问我老婆怀的到底是儿子还是女儿。我说是女儿。开始，父亲还不信，说你那个老婆压得稳，前身是蛇变的，能在洞里盘一冬天，不吃不喝。可别让她把你骗了。我家是湖北逃荒上陕西的，蜗居在延安市洛川县南塬底下洛河边上一个叫贺家河的小山村。虽然后来哥哥和我先后考上了学有了工作，但家底一穷二白，一无所有。那时候，洛川找对象有三个条件：一是个子要高；二是要塬上的，最好是城边上的；三是本地的。这三个条件的先决条件是有工作。只有有工作才能与有工作的姑娘相亲。我还有一个当时还算吸引人的本事，那就是能写。这里能写是指一是会写公文材料，二是会写文学作品。我主要写小小说。因而每年还有那么几次相亲。由于自己不够一米六，形象也很猥琐，三个条件一个也不具备。相亲的过程又简单又尴尬。最后便流传了我的专用模式：听说你是外地的，听说你是南塬的，听说你是川道底下的，听说你还能写……有几次，姑娘的"听说"还没有问完，我就走了。在一次次"听说"延拓中，我的年龄大了，找对象的心气也一点点熄灭了。好在我的写作水平也与年龄同长，广播站几乎两天就有一篇稿件，报纸上偶然还有"豆腐块"。别小看"豆腐块"，在那个年代是很提人气的。终于，老婆孟洁——这朵鲜花就插到我这块又硬又老的牛粪上了。后来，老婆不止一次地说自己有英雄、文人情结，要不，死活都不会跟我的。我知道这是气话也是实话，我也用差不多的话回敬。

父亲说老婆"压得稳"，这是洛川人的方言，常常指那种遇事不张扬、不外露，心里弄事的人。父亲带一家人从鄂北大山皱折里逃到黄土高原的皱折里，吃苦无数、阅人无数，说老婆孟洁是弄死人不出魂的那种毒女人，心事重重地担心我的未来当然还有他的香火问题了。父亲说的有些道理。老婆孟洁的确压得很稳，拿得很稳，从来不会过分外露感情。我们是外地人，经过太多的磨难，取得点成绩，次次都有"劫后余生""柳暗花明"的感觉。加之我又能舞文弄墨，尽管没有弄出"对酒当歌""对影三人"的洒脱豪放，却因此被选为秘书，大名不时上广播上报刊，在县上小有名气。心气一天天膨胀，取得点成绩难免大呼小叫，外露张扬。父亲这方面比我有过之而无不及，说什么我将来要当官还可能成为大文豪，光宗耀祖，孟家人也会跟着沾光。如此张扬强势的话多了，便和老婆孟洁不睦。久而久之，老婆拧不过，便闭上小嘴，冷眼旁观，用身体语言及时阻止我跟随父亲的思路呼应和过分得意忘形。父亲的意思，老婆一定撒了一个弥天大谎，把儿子说成女儿，好让他死不瞑目。未必吧，我一次次在父亲面前否定。

老婆孟洁说出来我当然震惊了，这比上产床的镇定更可怕。谁能把怀儿子的秘密保持差不多一年之久，即便是生活得磕磕绊绊、窘迫异常也不愿意缓解一下。老婆孟洁的确压得稳。

"把炉子搭好。"孟洁不慌不忙地说，平时走路的喘气声反而没有了。"跟我一起进产房，生了把儿子抱回来……"

"一起进产房？！"我瞪大眼睛，马上出现血渍糊拉，拼命惨叫的场面。我们家在医院住，经常能听到产妇凄惨的号叫。

"让你感受一下生孩子的痛苦。"

"你就别把自己的痛苦强加于人……"

"千富，我给你说，这是给咱生儿子。"老婆孟洁的眼睛湿润了。对了，老婆压得稳，但心底软，软得像海绵像豆腐，随便一句话，一个眼神甚至一段沉默就能搞得水漫金山。我也一样，看电视剧看访谈节目动不动泪水涟涟。说句丢人的话，我们常常看电视时你追我赶地哭。"我十月怀胎容易吗？现在提倡丈夫陪生，你不去，我就不生了。"

"我去。"老实说我怕老婆，怕得有名。有的人说我早请示晚汇报，跪洗衣板挨耳刮子。请示汇报是真的，后边的全是扯淡，咱人小也是男子汉。我又想起父亲的话，"为什么不早说是儿子？是不是哄父亲？"

老婆没有回答，拉开门，刺耳的鞭炮声响亮地闯进来。老婆压得稳还不止于此，选在正月初一生儿子，满年满岁，每年过生日都是初一，全国人一起庆生。这个人可真有心计，我们这里有句谚语，有福生在初一。不管怎么样，是儿子，我有儿子了。父亲还在，能看到桂家有儿子，他的香火得以延续。孔子说，不孝有三，无后为大。这大概是尽孝最重要的。

产房早已聚了不少人，有大夫、护士，还有老婆孟洁要好的同事。一看都是熟人，我有些不好意思，脸红到耳根，还有些忸怩。老婆一眼一眼地看我，自己倒显得十分平静，躺到产床上，脱掉裤子。这个二尻老婆，下半身脱得精光，肚子像个小山，像农村装麦的麦屯，圆鼓鼓的。大夫不怀好意地敲一敲，嘭嘭直响。这好像丢了我的人，木偶一般被大夫支来喝去，脸一直绯红，头上都冒汗了。

"哟，都要生娃了，还装得跟处男一样。"孟洁一个年龄大的朋友开了一句玩笑。产房突然笑得爆棚。老婆孟洁刚笑了两声，猛然号叫起来。千富，握住我的手。我赶紧跑到老婆头边，把自己瘦小的双手递过去。她个子比我高,手比我大。我两手死劲握住不放。老婆便恶恶地骂。从我祖上骂到父辈再骂到我,最后又骂儿子,一层层剥下血脉的尊严。上身一抬一抬的,使尽全身力量挤压着什么。十月怀胎只怕把儿子弄丢了,这会儿又拼命想丢儿子。我的心里也惨惨的。仿佛打仗似的,一波一波冲锋,一浪一浪的恶骂,产床也嘎嘎乱叫。使劲的时候老婆满脸通红,像一个血包子,血都快飞出来了,刚一缓劲,脸白还没有恢复,又一波血涌上来。我头一扭,以为那血要决到我的脸上。我热泪狂涌,想叫老婆不要生了,这样会出人命的。咱不要儿子了,让父亲也不要孙子了,不要香火了,别再折磨人了。大夫、护士不管不顾,像风一样不停地鼓浪,喊老婆用劲不要停——看到头发了。孟洁又开始鼓血,又从祖宗一层一层往下骂往下剥,甚至感觉将我剥得一丝不挂了。突然老婆猛地抬起身子,一口咬在我胳膊上,我感觉血都出来了,在棉袄里一点点漫浸……我害怕得拼命往后扭头,脖子似乎都要断了。要是知道这么拼命凄惨,我真不要儿子也不结婚了。孟洁的镇静再次暴露无遗,在撕心裂肺、与死神战斗的间隙,又一次用标志性的母老虎的口气骂我:"看老娘给你生儿子。"

　　老婆孟洁又开始狂喊,仿佛要告别世界,做着最后的挣扎。我霎时觉得这或许是她在人世间最后的呐喊。有人说,女人不易,怀孕、保胎、生产都是一种挣扎。要我说是挣"命",那"命"就飘在呐喊里,随时会飞走。我满面泪痕地扭过头,向老婆那两条赤裸修长的大腿间望去,有告别的意思。如果老婆不测,我也不活了。突然很浓的血腥味弥漫开来,不是我胳膊上的血,老婆的下身喷出一股血水,随之,大夫、护士七手八脚拉出一个肉蛋蛋,全身脏兮兮的,涂满糨糊一般。

　　"长鸟的,恭喜你。"

　　大夫称过之后,病房顿时陷入可怕的沉默。我以为老婆孟洁死了,赶紧看了一眼,她的脸上飞满红云,骄傲而羞涩地剜了我一眼。我的眼泪顿时狂轰滥炸。

　　"六斤四两,上世还不给你老娘打招呼。"护士倒提儿子,小腿小手立刻无助地乱挥乱蹬。护士在儿子的屁股上响亮地拍了一下,儿子便拼命地"我来啦、我来啦"号叫起来,弄得我心疼。

　　护士简单用纱布、棉球擦了儿子身上的羊水,就递给了孟洁。老婆一边亲得叭叭响，一边梨花带雨地哭得一塌糊涂。我也陪着哭泣。大夫护士便"尿样子、尿式子"劝起我们来。尿样子、尿式子是洛川这一带朋友间规劝的方言，大意是别那样。没想到，劝着劝着，都一个不少地加入了我和老婆领头的哭泣大军。

大夫护士里三层外三层把儿子裹好，老婆孟洁从抱的姿势、高低，走路的频率、朝向一顿狂嘱，我流着泪拼命点头。那一天，我突然明白了两个问题，一是大夫护士太有学问；二是做女人太不容易了。

我把儿子抱到床上放好，下去抬老婆孟洁。等我们到房子的时候，除了外面的炮声，屋里炉子的呼呼火声，再就是响亮的咀嚼声。我们都很奇怪，左邻右舍有孩子，不至于吃饭的声音传到我家吧。掀开裹布，原来是儿子正起劲地吮吸自己的手指。

我说是个好吃佬。好吃佬是湖北的方言。老婆孟洁说好吃佬就好吃佬。儿子的这个好吃佬让我们撕心裂肺了一把。这是后话。

起名的纠结

从儿子出生的那一天起,老婆孟洁对她选择怀孕和生产的日子就有点无言的后悔。她当然不会说,她是个不会认错的主。初一晚上以及后来早晚不停的鞭炮声让刚刚来到这个世界上的儿子痉挛不断。无论是张开一双正在蜕皮的清澈双眼扫视着不同于母亲子宫的世界,还是熟睡小嘴一努一努地吃着梦中母亲双乳的时候,无端的炮声让他的生活画卷骤然中断,睁大惊恐的双眼,咧开嘴"我怕啦、我怕啦"乱叫。要知道这不是偶尔一次,而是半个月不停地炮声脆响,直到过了十五才渐渐消失。老婆孟洁抱着儿子,把头塞进双乳间,口中念念有词:不怕,我娃不怕,我娃是胆大的狗娃。

儿子生在1994年2月10日,农历正月初一。父亲说满年满岁好是好,命硬、难养。大概是与老婆孟洁有过节,做什么父亲都要挑剔。我觉得老婆是大夫,父亲是病人反过来也一样,如同锤子眼里永远是钉子,见面非砸不行。好在在我的千求万央之下,老婆孟洁由当初与父亲一齐一头比高低,变得可怕的沉默。父亲与亲戚、邻居聊老家湖北,说自己挑着担子北逃过五关斩六将的经历,真真假假,好好坏坏,云里雾里的时候老婆如同空气,无声走动、切菜、做饭,视父亲营造的热闹非凡为虚无,视父亲为空气。父亲一辈子喜欢看书,把《西游记》《三国演义》《薛仁贵征东》等等古典文学名著搞得滚瓜烂熟,聊天说话引经据典像说相声,抑扬顿挫,包袱不断,还特别喜欢论理,几句话能把再厉害的对手抵到南墙上动弹不得。在队上因为与队长论高低,拿文雅而又刻毒的话将干部的军,结果可想而知,被派到当时洛川县在建的最大的拓家河水库劳动改造。父亲推架子车干了不到两个星期,便因为能说会道会讲古经被调到伙房,指挥部、连部的领导吃饭时总不忘让父亲讲那么一段。父亲讲古经时,最在意的是听者的注意力,只要有一个人精力不集中,没有随父亲手势、包袱互动,那就遭殃了。结果要么被驱逐出听者队伍,要么甩手走人。久而久之,父亲的听者都是铁杆追随者。父亲回来爱谝他在工地上怎么怎么,我们感兴趣的是硕大的杠子馍,沉甸甸香喷喷,感觉是记忆中最大的馍了。工作之后,我喜欢买书藏书,父亲就要书看。我很爱惜书,不太愿意与人分享,常常以忘了找不到为托词。父亲催得不行,就找一些名字古怪又长又难记的俄罗斯、前苏联名著给他。没想到父亲仿佛发现了新大陆,看得更起劲更认真,把那什么夫什么斯基又长又繁琐的名字记得很清楚。常不常给我出一些复杂的人物关系题,问我最长的人名是二十还是二十五个字,谁是谁的表姐,谁是谁的外甥,等等。我与父亲看书的目的不同,自然没有父亲细致,记忆也不好,常处下风。父亲便不只能讲中国古经,把外国名著经自己添盐加醋的改编,源源不断地开讲。父亲现在不管事了,脾气也改了不少。村里人说父亲是犟牛,不撞南墙不回头。父亲说不能回头,一回头就无立锥之地,无法做人。太多的经历和看过太多的弱者的结局使父亲的字典只有前进,因此干过好多白用功的事。比如翻地,刚白天黑夜整好一片地,队长说没收了,说是队上的地;刚让我们冒着呛人的臊气到羊圈里抠剩下的羊粪,队长一架子车拉走了,说是队上羊拉的。这个时候父亲也只能眼珠子干瞪,队长带一大队人马,他干不过。父亲在外的权威常常受到无端的羞辱与挑战,而在讲古经的时候和在家里是不容挑战的。父亲把家管得滴水不漏,严丝合缝,一旦风吹草动,擎起一根大棒,大家便鸦雀无声。父亲打谁的时候,没有人阻挡,即使母亲在的时候也一样。事后大家可以安慰可以同情,当时,谁都不敢规劝,否则就一起收拾。父亲不当家了,威严只在讲话的时候体现。父亲讲得再精彩、再热闹,老婆沉默如空气,即便是父亲明确征求意见,得到的也是移动的沉默。父亲和老婆孟洁的梁子又加深了一层。

老婆孟洁生了儿子,了却父亲的心头大患。父亲的高兴劲还没有持续多长时间,便又与老婆剑拔弩张了。我劝父亲,不管怎么样老婆争气生了个大胖小子,桂家的香火悠悠长传,咱看主要矛盾和矛盾的主要方面。父亲就说别给我来马克思主义哲学,事物都是辩证的,由量化到质变发生了根本变化,不可逆转。你老婆好,为什么把怀儿子说成女儿,八成是想把我往死里气。幸亏我看的书多,会讲古经,有一干人陪我,要么早让你老婆气死了。没有新书的时候,父亲连哲学书也看。我既有点内疚,更多的是佩服,觉得父亲大人确实厉害。我现在能写文章或许就是父亲的基因在发酵。

"爸，你就不能原谅她吗？"我开始使用苦肉计，"我夹在你们中间难做人。人家忙得鬼吹火，哪有工夫听你瞎……"我赶紧闭嘴，父亲最恨老婆孟洁说他瞎吹。父亲说我老婆这是嫉妒，没有文化的人嫉妒有文化的人。父亲瞪着我把吹字咽下去。"你讲你的，为啥让她呼应呢。看在儿子脸上，你不要这样和她计较。"

父亲把儿子抱起来在腿上一抬一抬，儿子还小，刚吃的奶就颠出来。我赶紧抱起儿子，擦掉奶渍，怕老婆看到，又弄出什么事来。父亲露出鄙夷的神色，拿一个扁豆的眼神看我。

"爸，你别用这种眼神看我，你再怎么支我，我也不会和孟洁弄事，她给我生了儿子，人家原来比咱强，能跟咱就不错了。"

父亲就又说了井绳立不起来，烂泥糊不上墙的话。他不相信自己的儿子变得这么懦弱。世道真是变化无常。哥哥结婚之后，也常常和父亲高说低嚷，原来脾气柔让的我，结婚之后，又一头倒在老婆孟洁这边。父亲愈发显得孤独了，就又说白眼狼、北山狼，翻脸不认人；花鹊雀尾巴长，娶了媳妇不认娘……这样扯了一段皮，看我没有回头的迹象，父亲认输了，提出了一个妥协的条件。

"名字得我起。"父亲说，"初一的娃，不好管，要有一个硬名字，降住。"

"我得和老婆孟洁商量。"我不争气地说，实际上心里也不赞同。

"那我就要和你老婆见高低。"

"别，我商量好给你个话。"

父亲总算暂时撤退了。

我之所以敢于答应，老婆孟洁对父亲还有个求助——儿子要父亲带。从心底里，孟洁是不愿意让父亲带的，他抱着孩子东家出西家入，亦说亦歌，谈笑风生，将我们家所有的事情添油加醋炫耀一番，弄得左邻右舍对我们褒贬不一，有时还有人专门求证，有真的也有假的，弄得我们很尴尬。这是父亲的典型做派，性格与秉性使然，渗入血脉难以改变。孟洁多次要我说父亲，别再胡吹冒云。冒云，是洛川人对吹牛的俗称，胡吹冒云是洛川人独有的口语成语。我说父亲一辈子不容易，把家从湖北带到陕西，好赖供出了两个学生也有成就。看在为我们看孩子的分上都少说两句，互相忍让一下。我成了风箱里的老鼠两头受气。我母亲在我十岁的时候去世了。我们姊妹五个在父亲营造的高压、粗糙的环境中成长，自然就有些漫不经心，被荒芜的地块。谈恋爱时，没有母亲也成了迟迟无人深谈的原因之一。缺少母爱的我也常常因为简单处事、不会来事、没有眼色、不够温柔受到老婆孟洁的数落。最可笑的是因为说话总带洛川人不干不净的话把子，曾经要成的恋爱又拜拜了。老婆孟洁一百个不愿意让父亲带孩子，可她家里人多，农活多，母亲一时也抽不出身。我们工作忙，父亲又强烈要求，基本默许由父亲带儿子了。

"父亲要给儿子起名。"我一边给儿子和奶粉一边对老婆孟洁说。这几日父亲突然变得很沉默，也不闹别扭，十分忙碌的老婆显出少有的轻松，眉宇间也展开来。父亲说老婆压得稳，能用沉默融化金刚石，沉默的人没有脾气；老婆老说父亲爱瞎吹，什么话都往外端，不会做老人。他们是两类人，性格相克，处不到一起。不管父亲怎么说，我有老主意，坚决不参加他们的战斗。老婆孟洁长得不错，个子高挑，人也苗条，算得上是个美人胚子。我们的婚姻基本上是郎才女貌型。父亲只是不满意老婆的脾气，还有沉稳和沉默。

"亏你还是个文人，整天舞文弄墨，不会起个名字。"老婆孟洁隔着我和父亲怄气。

"你看，父亲有病，能帮咱看儿子就很不错了。"我摇着奶壶，儿子在摇篮里一抬一抬地对着奶壶手舞足蹈要飞起来。儿子的"好吃佬"没有多久就显露无遗。吃奶的时候，急迫得要命，饿了八辈子似的。老婆孟洁前翘后凸，婀娜有姿，乳也很大，走起路来波涛汹涌，想必奶水够儿子吃。谁知儿子天天哭，刚吃罢放下又哭，特别是夜里哭。父亲说是夜哭郎。便说起了我哥头上没有长成的哥哥，那个哥哥前世有孽，头顶上有钉子，天天哭不停，最后就哭没了。父亲当然只敢在我面前说，我给孟洁疏枝减叶地说了，挨了重重一拳，泪水飞得我不停地认错。偶然一次，我给儿子和了糖水，吃了之后便沉沉睡去。老婆才知道自己的奶水不足，质量不好，儿子吃不饱。对自己一直有信心的老婆也受到了打击，万分遗憾，泪水涟涟。女人的哭泣不只让人怜悯，还是一种美和战斗力，让男人缴械投降。我一次一次迷失在她的泪水里。猷猷大约到一岁的时候，就给儿子断了奶。那时候，家里正拮据，结婚借的两万元债压得人喘不过气来。市面上的奶粉"娃娃头"还可以，我们没有钱买国产贵的，更别想雀巢之类的进口奶粉了。儿子三天一袋，弄得我也十分紧张。

"就起个名，名字只是个符号。我的名字这么土还不是很有才气？"

"少说你的才气，我是瞎了眼。"老婆孟洁又翻起了老账。大约女人都是这样，轰轰烈烈恋爱结婚之后，才清醒恋爱和婚姻并不是一回事。恋爱是阳春白雪，婚姻是下里巴人；恋爱轻松单纯，婚姻责任多多；恋爱是两个人的生活，婚姻是若干个家庭的生活。老婆总结我们婚姻既深刻又简练，用得最多的一句是：我瞎了眼。

老婆孟洁总算同意了。我将好消息告诉了父亲。父亲说要尊重桂家的习俗，一辈重两个字，变后边一个字。除姓以外，这一辈第二个字也是一样。我叫桂千富，我大姐叫桂千莲，二姐叫桂千梅，我哥叫桂千红，小妹叫桂千珍，走到山南海北，只要是桂家人，看第二个字就知道辈分。父亲最骄傲的是哥的名字，取自万紫千红成语，二姐的名字含岁寒三友的蜡梅，大姐则与莲藕靠边，父亲的菜谱里莲藕是离不了的。小妹的名字还算文雅，只有我的名字显得俗气土气有铜臭味。我爷字辈是兴字，我父字辈是书字，而我这一辈是千字辈，儿子属载字辈。父亲思索起名字的问题，抱着娃串门讲古经的时间少了。一家人暂时安静下来。

在父亲起名字的时间里，老婆孟洁不止一次催我做两手准备。我是见不得人前一套人后一套的。想想父亲一贯张扬，有时还不靠谱，便不再反对。我从哥哥那里要来大辞海，每天没事翻起来。辞海不愧是辞海，浩瀚无垠。我就像一颗冰雹掉进大海里，瞬间融化得无影无踪。原来我挺骄傲的，识不少字，还认得一些生僻字，来到辞海里，就像到了外国，满眼全是金发碧眼的老外，自己那点学问可怜得像一个气泡，冒一下就无影无踪了。

儿子生在正月初一下午六时五十分，正是酉时。父亲说酉时是鸡上架的时候。洛川南塬人一般吃两顿饭，十点一顿，三四点一顿，要是劳动，晚上六七点要喝汤。父亲说的没错，每到这个时候，各家吧啦吧啦的风箱停住，米汤的香甜加上热馍的蒸气一家串向另一家，鼻子尖的人还能闻到谁家拌了黄瓜、拌了韭菜，大多数人的饭桌上是一碟盐一碟油辣子，馍夹辣子几乎是那个时代的回忆，也是最好最实惠的主食。鸡上架的时候，也是吃饱喝好的时候，儿子有口福。

父亲说儿子的八字硬，主要是因为生在初一。因为奶奶生育儿女多，长成的少。到了父亲手上，第一个儿子又没有长成，想起一个名字把儿子保护好。这当然是迷信。可迷信这玩意儿神乎其神，连主席都说迷信不可不信不可全信。渐渐地我也受到了父亲的影响，翻阅辞海也带有一定的目的性。浩如烟海的中国文字，难道没有一个适合儿子的。看到我偷偷翻辞海，老婆孟洁也暗暗高兴。父亲好像知道我当面一套背后一套，也不揭穿我。父亲要起名字，最重要的是要遵循湖北老家族谱里辈分排行。父亲天天背诵排行辈字：孟重林鲜芳，应之世必昌，景仰崇谟烈，诗书千载香。我们是千字辈，儿子猷猷是载字辈。我那时并不愿与老家发生关系，那是一个陌生而遥远的地方。自己艰难蜗行的生活，多多少少与外地人有关系，因而尽力撇清。父亲则千方百计加深湖北老家的存在。起名字就是我们角力的一个战场。名字只有三个字，重两个，只能在最后一个字做文章，空间太过狭小，还有载字太硬太僻，不好搭配。父亲对我的文采已经很佩服了。信誓旦旦地宣扬桂家要出一个大作家。老婆听后很生气，明里与我斗，暗里与父亲较劲，重又回到沉默的过去。后来，我发现有个著名的散文家桂兴华，还有个省上官员桂中月。我就给父亲说，作家桂家确实出了，叫桂兴华，你叫叔我叫爷。桂家还出了官叫桂中月，省上的官。我堵父亲的嘴免得又说我或儿子将来子虚乌有的事。

"叫相娃子。"父亲边吃饭边说。儿子正在摇篮里睡觉，"娃娃头"把他养得又白又胖。父亲抱娃爱摇爱唱爱说，完全把儿子当作一个说唱对象。儿子似乎能听懂，咿呀呼应，高兴时还手舞足蹈，整个屋子或楼道飘荡着爷儿俩的欢笑声。"相信的相"，父亲又补一句。不错，我心里想，觉得有些普通。但父亲做事历来有后手，就没有继续再问，老婆只埋头吃饭。湖北人起正名，小名往往在最后一个字后加个娃子。比如我的小名就是富娃子，哥是红娃子。正在等待父亲解释的时候，老婆突然喷了一口饭，鼻涕眼泪一齐出来了。她这样不矜持还是第一次。父亲哼了一声，把碗扣在脸上，从碗后飘出一句话。

"笑什么笑，我娃就叫载相。宰相大能镇住，宰相肚里能撑船，宰相文武双全……"

我终于明白老婆笑什么了，忍不住也笑起来，碗落到地上一地碎瓷。父亲取名以载代宰，给儿子取名载相。

"爸，应该叫载帝，皇帝的帝，谁都超不过咱。"

"不好，我想过，载帝，是下苦的命。"父亲放下碗，又说起了周文王和姜子牙的故事，这和名字不靠边。和父亲相处时间长了，破绽和错误还是显而易见的。基于此，父亲觉得我已经超过他了。"皇帝是好拉的吗？再说帝到顶了，不好，凡事不能太满。宰相好，除了皇帝就是咱。一人之下万人之上。"

这个名字当然不能要，不要说老婆孟洁，我这一关都过不去，传出去要笑掉大牙的。这一回，我和老婆采取的是攻势，用现在的话是抹黑战术，将父亲起的名字故意传出去。父亲抱着儿子在楼道上转，就有人叫宰相，说我父亲是皇帝，这一家人是一个国家。父亲好歹是文化人，觉得这不像是表扬和羡慕，讲古经听众也在减少，都说不敢和皇帝宰相为伍。有的人还故意在父亲跟前说，千富、孟洁看上去挺谦虚的，心里还咥大活，敢给儿子起宰相，真是心比天高，屎斑牛支桌子、蛇吞大象。这样的名字要是叫出去，全医院的人连千富单位的人都要笑话。这些风凉话如同一个个无形的掌掴扇得父亲脸红心跳，坚持自己起名的热情慢慢消退了。

儿子的名字也不尊桂家载字辈，这个字不好搭配，关键是我哥的女儿起名琳琳，也没用载字。父亲在我哥那里也失败了。我就更理直气壮了。

翻着翻着，突然跳出个"猷"字，念you，二声。这个字从密密的字里一下子蹦出来，翻了快一个月，折磨了快一个月的字好像就是这个字，似曾相识，梦中千回。有个留美科学家叫吴大猷，研究物理的。物理和数学是理科中最难的。物理也是我最喜欢的科目。

辞海上说"猷"字出自《尔雅·释诂》，猷，深也；猷，言也；猷，图画；猷，计划；猷，道也……猷，是沉稳也就是压得稳，我们这一家都比较张扬，激情有余，沉稳不足；猷，聪明，谋划；猷，可以是一切，可以镇住一切。下面说说我心里的"猷"字。

"猷"由"酋"和"犬"组成。"酋"由两点和"酉"组成，儿子生在"酉时"，1994年是狗年，正月初一生，狗中的酋长。猷字表明儿子生于酉时，属狗，最大的狗。一个字既有美好沉稳的含义，又将儿子出生的时间、时辰、属相诠释得清清楚楚。这样的解释父亲哑口无言。"猷"字是生僻字，好多人都认不得，每回问到，我和父亲都要从头讲一回，然后才能获得啧啧称赞。父亲又有了讲"猷"的古经，他把最大的狗解释成狗里的皇帝。那时候兴重字，什么琳琳、珂珂、帅帅等等，我干脆给儿子起了个猷猷。

这个名字以后还闹出了笑话，让儿子名扬校园。

两个病危通知单

时间真是残酷的东西。又一个春夏秋冬之后,儿子桂猷猷在"娃娃头"奶粉的滋养下长得飞快,小脸肉嘟嘟的,浑身胖得有了饱满细密的皱纹,还有了小小的肚腩。快到一岁的孩子基本上可以坐、爬,他因为太胖还撑不起身来,抱时得一只手从后面支撑。父亲因为不注意支撑,常让儿子头不停后仰,弄得老婆孟洁又开始生气了。我也心里埋怨父亲,那不是你昼思夜想的孙子吗?其实父亲不是不愿意打撑,而是打不了了。时间让儿子一天天胖起来,父亲却一天天消瘦下去,终于抱不动了。不能抱胖嘟嘟的孙子,父亲满脸失望,甚至眼里有盈盈的东西闪烁。父亲说这娃子是催命的,他来了我就得走了,这是规律。不过可以安然地走了。父亲的话让我和老婆孟洁心里五味杂陈。儿子的出生,给父亲带来了无限的快乐,支撑着与病魔一天天较量,现在病魔占了上风。

父亲检查出肺癌已是晚期。市医院大夫的头摇得像拨浪鼓。那一次我没有去。哥哥说住院治疗一段时间。大夫指着片子说,都这么大了,已经到了后期,转移了,住院看只能加快……还是拉回去,好吃好喝好伺候……医生还说了什么话,哥哥没听见,最后交代千万不能再抽烟了。父亲一生口上最大爱好就是烟酒茶。烟从手卷纸烟吸到老旱烟,呛得人眼都睁不开。每年父亲都要种好多老旱烟,打叉、晾晒、揉烟,一丝不苟,这样种出的旱烟劲大。劳动间隙,年轻的觍着脸要父亲的旱烟锅吸一口,立刻呛得弯腰咳嗽,年龄大的则将烟锅塞进父亲的烟包狠狠压一锅。父亲早上天没亮不穿裤子坐起来先抽几锅老旱烟,每抽一口曳出的是不断线的咳嗽,如同一个五千响,咳得人心惊肉跳,好多次要咳过去了。屋里被蓝蓝的旱烟充满了,呛人的烟味沿被缝溜进来,弄得孩子们咳嗽得一拱一拱的要飞起来。等地上铺上一层带血的痰后,父亲就起来了。天麻麻亮,鸡叫声从村东头传到村西头。父亲开始搭火,炉盖上放一个蓝洋瓷缸,一把茶叶放进去,加满水煮好几沸,一壶浓得像痰一样的黑茶就好了。父亲吸溜吸溜响亮地喝,通过喉结有质量的茶跌落声音幽暗而悠长,最后便是舒服地从胃里跑出的一声叹息,就像茶砸下去溅起的水花。村里茶瘾最大的曾和父亲喝过,只喝二三水,不敢喝一水。我有一次干活渴了喝了一口三水茶,差一点连胆汁吐出来。父亲的酒也是喝得极致。前面说过,母亲去世早,父亲领我们过日子,后来连牛都卖了供我们上学,就挪脸借牲畜干农活,不然只能靠自己身体和双手侍弄那些田地。父亲干活累了,就打开一瓶店头大曲或者柳林春,好像是65度,咕咕喝一半又去干活。有一次父亲从家里给我向洛川中学送粮,一百多里地,风雪交加,到学校已下了晚自习,同学们都睡了。我就睡在父亲的脚头。父亲浑身像冰,粗糙得能割人肉。我那点温度很快被吸收了,两人冷得直打战。父亲就摸出一瓶酒,一口气喝完,把瓶子扔在窑帮上,碎了一地,酒气也弥漫开来。同学都吓跑了。那一夜我把同学的被子盖在我们身上。父亲渐渐睡着了,鼾声从宿舍飞出去,五十来米开外的操场都很响亮。父亲喜欢喝酒,也爱斗酒。只要是亲戚或者朋友哪怕是从门上路过的讨水喝的,聊对了就会端出酒来,弄几个菜喝起来。大部分是父亲胜利,偶尔不行,会把自己攒下的大玻璃杯酒塞给儿子。八九岁的时候,我喝了一杯酒,同父亲正踏着月光的清辉回家,路过一个水塘,天上遥远朦胧的明月掉在水里,随水摇动,近在咫尺。我头一晕便栽进去,还不忘朝明月抓一把。好在水不深,父亲回家不见儿子追回来,我在池塘里打起了鼾……艰难的时日,无节制的烟酒茶伸出的利爪已经将父亲原本健壮的身体抓抠得单薄、消瘦,甚至连孙子都抱不起来。父亲落下浑浊的老泪,怨自己没用。我们都不敢过分悲伤,只能轻描淡写地劝慰。我们商量不告诉父亲病情,以他的脾气,那种病是患不上的。

  我们把父亲送进了内科。

  父亲的病急转直下。正如大夫所说的那样,一用药,反应非常明显,原来自主走到医院的,时间不长连走路也吃力了。虽然回来之后有思想准备,一旦父亲下不了床,感觉仍然像天塌下来一样。五个子女,三个女的都在农村,只有我和哥哥考上学有工作。参加工作之后,父亲就召开了一次家庭会议,从今以后,我不会再打你们,也不会再管你们。娶媳妇、买房子靠自己,我再也没有能力帮扶你们。父亲把自己几乎说成是一个符号和一个象征。嘴上说退出历史舞台,心里是十分的不情愿,在家里凡大事小事总要唠唠叨叨,听则不说,不听就要发脾气,摔碟摔碗,甚至破口大骂。看到如此强势、健硕的父亲躺下，在洁白的被子下蔫瘪得如同一张纸，我的心里很不是滋味。每次进去都强忍着泪水，一出病房门便泪水横飞。

原来全家人都围绕儿子桂猷猷转，现在要到病房看父亲，两人自然有些分心，料理便也毛糙，常常丢东忘西。有一次四个小时都忘了给儿子喂奶，小家伙哭得眼泪滂沱，眼屎如痣，把被角塞进嘴里咀嚼得湿漉漉的。孟洁不只奶水少，质量也不怎么样，寡淡清稀。用"娃娃头"断奶的时候，还哭得粉黛斑驳。我也很是同情，陪老婆默默落泪。自从陪同生儿子后，便对女人有了切肤的理解。她们太不容易了，刚刚长得青春靓丽、妩媚妖娆、美丽无比、思想成熟的时候，无论愿意还是不愿意就要告别父母，到一个新的环境，与一个谈不上了解甚至可怕的男人钻一个被窝。这本身是一种赴汤蹈火的残忍，接着在自己几乎还没有准备好的时候，翻天覆地地反应，撕心裂肺地生产，懵懵懂懂地做母亲……原先儿子一哭，老婆孟洁便抱起儿子，将自己的乳头塞进小嘴里，他马上像上了发条的小机器人，不只止住了哭声，手舞足蹈地吮吸，一口一口惬意地下咽，弄得老婆奇痒无比。轻轻地拍儿子，全是你的，好吃佬，像谁跟你抢一样。后来吃"娃娃头"，不能再吃她的奶了，就买了一个奶嘴叼在嘴上不停地吮咂，就是睡着受惊也要紧咂几口。时间不长儿子闹肚子，大夫说是奶嘴惹的祸，肚子里进凉气了。自从这次饥饿咂被角之后，老婆孟洁便把被角洗得很干净让儿子咂。只要看到他想睡觉了，就拉一个被角。这个被角必须绵软，似乎还要有一种特殊的气味。有的时候递去的不要，自己另选一种。比如毛毯不要毛巾被也不要，棉花被是最爱。后来大了，不再咂吮，改成嗅了。只要想睡就会拉住一个角，噘着嘴不停地嗅，眼睛便有些朦胧呆滞，一会儿就有了均匀的鼾声。这和狗嗅东西的动作十分相像。这个爱好至今还在。我们不止一次地说，你真丢人，怕是娶了媳妇还得嗅着被角睡觉呢。儿子属相特征第一次表现出来了。

儿子桂猷猷到底架不住这样糊弄，扁桃体发炎。他的身体胖，不生病时候都有轻微的喘息声，一旦着凉，声音如同风箱如同拉锯，弄得我们心神不宁，手足无措，寝食难安。轻的时候在家里吊吊针、吃吃药会渐渐好转。这一次不行，他的头一伸一伸的仿佛每一口气都要用很大的劲，眼珠往外有节奏地突，哭声一浪高过一浪。儿子虽是老婆孟洁身上的肉，稍有风吹草动，哭得泪眼蒙眬，却并不喜欢她，喜欢我抱。毕竟男人有劲，可以在空中飞旋，可以不停地在腿上跳几十次，可以架到脖子上俯视一切。现在招法使尽，一点账也不买，似乎还哭得更起劲。不行，得赶紧再看大夫。大夫说是支原性气管炎，毛细支都发炎了，必须立即住院。大夫还一再交代，要有思想准备，孩子的病有一个发生、发展过程，具有一定的危险性。尽管孟洁当时还是护士，知道病症，心里还是承受不住，办手续时一直挂着眼泪，哭得肩膀一抖一抖的。我还不能完全把心思用在儿子身上。父亲在三楼住院，儿子在一楼住院，我和哥哥一人一天照看父亲；夜里陪父亲说话，白天打吊针、送饭，给父亲揉脊背。儿子的病情果如大夫所言，大约在第十天的时候，病突然重了，烧得烫手，热汗淋漓，神志也不是十分清醒。老婆孟洁也累得咳嗽频繁，每一次咳嗽，就是几十下不停顿的震颤。老婆筋疲力竭，抱着只能缓缓摇动，儿子似乎全身长眼，只要她上手，马上哭声骤起。哪怕是刚刚睡着也会咧开大嘴，这就亏了我一人了。我抱着儿子只能蹶着走路，因为打吊针怕漏针怕药进不去回血不能站起来，只能在病床之间的空道里横着身子一步一步挪动，有节奏如拍子一样，只要一停，可怕的哭声雷一样炸响。老婆就一遍一遍用手巾擦我汗泉如注的额头。生儿不容易，养儿也不容易。

　　到三楼少了，只能歉意地拜托哥哥。毕竟是老大，自己全天在病房，还抽空要到一楼瞅瞅，问这问那。我的眼泪就哗地流出来了。小时候，我和哥哥是对头，一个龙一个虎，势不两立。我相对精明，哥哥沉稳；我外向，哥内敛；我打不过就使阴招。有一次哥在炕头站着，我用尽力气从炕角蹿上去把他掼到地上，磕得满脸是血。还有一次打百分我连赢几把，摇头摆尾，刺激话一句接一句，哥的脸气白了，揪住我的领口却下不了手。后来哥考上了学，早早脱离了父亲的高压统治。好的伙食加上轻松的环境，个子噌噌上蹿，人也长得有模有样，算得上是桂家的美男子。哥走后我嫉妒得要命，每年放假回来，都希望哥多干活。父亲却事事让着哥。我不敢针对父亲就迁怒于哥，内心也聚积了厚厚的仇恨。直至哥供我读书，帮我娶媳妇，家里大凡小事哥总是一马当先，我才渐渐少了怨恨，知道当老大的不易。父亲住院期间，总是希望哥陪，哥的经济条件比我好，又是老大，凡事说了能算。哥成了父亲活着的希望。

哥叫我到楼道上去一下。我把儿子递给老婆孟洁。儿子哭喊起来，在我要返身的时候，突然发现哥顺墙根溜下去，如同一摊稀泥。哥双手捂着脸，泪水从指缝里流出来掉到地上。

"哥，怎么了？哥。"我大声喊，以为哥哪里受了伤。

哥没有说话，从口袋里摸出一张纸，是病危通知。我顿时觉得天旋地转，连日来的劳累巨浪一般袭来，把我砸在冰冷的地上。老婆孟洁抱着儿子看到我们，马上明白了，泪水也纷纷而下。哥哥揽住我，我们依偎着旁若无人地哭起来……

"不哭，大夫说吊白蛋白能延续时日，哪怕砸锅卖铁也要吊。"哥说。

洗净脸，看了父亲之后，儿科的大夫又叫我。我感觉又有什么不好的事情。左眼财右眼灾，我的右眼这几日一直都没有消停过，跳得眼皮子都发麻。

"你要有准备，"大夫说，严肃得像一尊汉白玉，"请在上面签字。"

又一张病危通知。

我一把抓住大夫的手。"请不要发，不要发，不管什么事都没关系。"我的眼泪哗哗流下来了。"我们受不了，三楼上午给我爸发了病危通知。不要发，行吗？"

"这是规定。"医生也有些动容，态度丝毫没有变化，汉白玉变成了冰柱。

我拖着沉重的脚步来到儿子猷猷的病房，进门前使劲地擦着双眼，弄得眼角火辣辣地疼。等我推开门，妻子孟洁一头扑进我的怀里。儿子小脸通红，一口口喘气，这会儿连哭的劲也没有了；小眼疲惫得慢慢想闭，如同一双轻轻摇动再见的小手……老婆孟洁把儿子塞进我的怀里，疯了似的跑出去，请来了主管院长，叫来了大夫……

人的承受是有限的，那天我真想去从楼上跳下去。我不敢面对父亲，虽然父亲曾对我拳打脚踢，在我心灵上留下无法挥去的阴影，但他养育了我。供我上学，有了一份不错的工作，成了一个不错的家。我更无法面对可爱的儿子，他刚刚来到这个世界上，让我刚刚品尝到了所谓的天伦之乐。

好在，儿子慢慢挺过来了。父亲在白蛋白的维持下稍有好转。我和老婆孟洁实在筋疲力尽了。在这关键时刻，我丈母娘来到了我的家里。

这个消瘦的老人有一颗坚强的心，她和我丈人——电影公司的职工，也是克服了艰难险阻，养育了三女二男，与我们家一样。

儿子桂猷猷在1995年的除夕出院。父亲也勉强出院到哥家过年。我的丈母娘把自己一大家子人撂下陪我们过年。我和孟洁谈恋爱时，她要求我喊妈。我已经有快二十年没有喊妈了，当时内心还是很抗拒的。然而，我何尝不想喊妈呀，这个字阔别太久，积满了尘埃。有一年我和朋友到上海与朋友的亲戚一家人一起过年，女主人和蔼可亲，热情张罗，丝毫感觉不到陌生。那时的上海虽然灰土土的，却弥漫着历史的沧桑和人文情怀。大家坐在一起，望着青灰的屋顶，错落有致的高楼，楼下的弄里胡同，还有内河悠悠驶过的乌篷船，浓浓的鱼肉清香和一家人暖暖的亲情如同鸡毛掸子柔软地撩拨我的内心，一股热泪涌出来怎么也忍不住。阿姨问我是不是不舒服……我说想喊阿姨妈，阿姨久久没有说话，眼含热泪。那一幕永远留在我心里。当老婆孟洁让我喊妈时，我扭捏了一阵子，最终还是应付地喊了已陌生了许久的"妈妈"，并没有出现我心中期望的那一幕久违的温情，甚至眼角也没有潮湿。我想老婆大概没有我那么深刻的体会。随着时间的推移，这个"妈"润物细无声，我渐渐感到了久违的温馨，叫着也更加主动和真诚。

1995年除夕的炮声依然很密。儿子猷猷也常常在梦中惊醒，哭闹不停。丈母娘和老婆孟洁睡在我们仅有的一张床上，我则睡在窄窄的沙发上，久久难以入眠。丈母娘将自己一大家人放下和我们过年，我无论如何也没有想到，心潮无法平静，泪水就悄悄涌出来。门口灯笼血一样的红光透进屋里，我觉得自己仿佛沉浸在朦胧温馨的血里，感到了浓浓的暖意。

呼呼的大火

　　哥哥说我们的外祖父会算卦。他算到他的女儿就是我的妈妈跟父亲上陕西有一道坎，就极力阻止父亲带我们上陕西。

　　我们老家在湖北省郧西县的大山里，走时我五岁。那一晚，父亲叫来亲戚，情形同鲁迅文章里写的很相仿，人还没走就有人开始搬东西，弥漫着树倒猢狲散的淡淡的忧伤。父亲带着家人先走了，我被父亲的一个朋友背着后面走。我觉得家人不要我了，哭得很厉害。那人一直给我唱花鼓，声音跌宕起伏，像火苗跳一下以为熄灭了又燃起来。路很窄，弯弯曲曲沿一条溪流而上，一团团萤火虫在路上飞舞；流水时有时无，断断续续，偶然窜出一两声野兽空灵的鸣叫，让我一次次搂紧宽大的脊背；月亮懵懂，云彩懒散，星星从云彩的边沿溜出来，闪闪发光。这一幕在我的心头久久定格，成为我对老家为数不多的清晰记忆，经常能触摸到。老家到处是大山，有五六十度，五十度以下的山坡便有人开垦，就有几家人。桂家老庄是一个坐北朝南避风的山坳，盖有十几间石板房，布局是一个倒凹形。父亲、哥哥和姐姐动辄说桂家老庄是多么宏伟多么气派，指的也就是这些石板房。我们家有山地也有林地，林地就在桂家老庄后面，全是桦栎树。老家人称"爬"，我们在青葱的爬里嬉戏。我记得两个姐姐放羊放牛，回来捎一捆碧绿的栎树枝。栎树的叶子好大，椭圆形，周边参差不齐，好像锯齿一般。树叶油性大，绿绿的枝叶往火里一塞，噼里啪啦鞭炮一样脆响，冒出一股极白的烟后，通红的火苗就蹿上了绿叶，片片绿叶变成了红铜一般萎缩下去，最后卷成灰烬。老家的水多，石头多，只要是石崖，刨一刨就有水。记忆中母亲曾抱着我锄地，把我放在一个水塘边玩耍。塘边花草茂盛，蝶舞蜂飞，我爬过去，脸庞被花草包围倒映在水里。我对水里这个人产生了好奇，伸出小手去抓，不小心掉了进去。我惊吓得大哭，四肢乱动，没有沉下去，反而随水蚂一起游动。猛然间一条绿绿的水蛇蹿出来围着我绕圈。蛇的印象我是有的。我家的羊让蛇咬死几只，大姐的手让蛇咬得黑青了好长时间。我就又脚蹬手挖，拼命喊叫……后来的事我就不知道了。桂家老庄的凹字形建筑、栎树、水中经历和那晚逃离老家的情形牢牢嵌进我的梦里。特别是那水和蛇常常弄得我一身臭汗。听姐姐和哥哥说，我们上陕西有两个原因：一个是桂家老庄和爸爸。爷爷是个守财奴，日积月累盖了十几间石板房，今天来说那根本不算什么，而在"文化大革命"在60年代就了不得。还有父亲是教师，富农加臭老九，家里自然不得安宁了。很小的时候，母亲背着我陪父亲挨斗。父亲戴着高高的帽子，跪在戏台上，膝下是碎瓷碗，血从瓷碗里流出来。台上人的手一举一举的，台下的人喊声震天，手舞足蹈。我好像被感染了，挥了几下拳头被妈妈掐得哭起来。另一个原因是我的二姐。我二姐叫桂千梅，小名叫毛托子。性格从小就很倔强，似乎是二姐首先忍受不了陪斗，要上北山。我们老家把陕西叫北山，实际上是与湖北交界的上津一带。有一天，二姐不辞而别，独自走了百十里地到上津。天黑尽了，被一个桂家放牛的人发现暂时收留了。父亲找到上津把二姐带回去，不久又跑了。父亲便下决心上北山了。

外祖父说什么也不同意，要上北山他也要去。本来是逃荒避难，拖家带口的再带上个老头子，父亲死活不同意，就哄舅舅走山路，其实走了水路。舅舅千防万堵还是没有拦住，寄来了一封信。舅舅大概说了许多路费、吃饭不花父亲钱的话。父亲就有些生气，一直没有同意让外祖父看女儿。我们和舅舅家从此隔膜起来。妈妈是一个温柔美丽的人，在村里人缘好，对我们几个更是呵护备至。可惜逃难异地，又是特殊时期，诸事不顺。试图以一己之力掀翻人情世故的冷漠穹顶的父亲，结果是被盖得更严。父亲总是在外面受气，在家人面前出气。虽然我们都和母亲站在一起，像一个小队伍，但在倔强的父亲面前，其实并没有战斗力。时间飞快，先是带走了我的爷爷，接着是妈妈，后来又带走了外祖父。至今我们说起来，心还隐隐作痛。是不是外祖父上来了，妈妈就能躲过一劫。如今这一切都是过眼云烟，于我们姊妹几个来说每每是滚滚的热泪和连串的叹息。

外祖父算命占卦在老家方圆是有名的，父亲有一点怕，不是怕责骂，而是怕外祖父使个什么阴招治他。父亲怕外祖父暗中也学外祖父，也能大致看个面相手相，什么天庭饱满、地域方圆，什么五行不全人命里缺啥，什么桃花纹、子女纹什么的。父亲的话一般不可信，只当求生的技能，其实也有自我吹嘘的意思，这好像成了桂家男人的特色。这是我后来接触桂姓人和自我反省的成果。有一次，和父亲去二姐家，太阳很毒，又饿又渴。父亲问，想不想吃白细面。我也斜着父亲，一脸的不信。白细面即使在家里也未必随时吃得到。父亲领我到过路的一户人家。男主人病恹恹的，咳嗽不停。父亲说女人的头发吸进肺里了，捆住了肺，换气不畅，还开了药。那家人千恩万谢，做了一顿白细面。父亲学外祖父也只是皮毛，他牢记外祖父一句话：相面占卜少干，后代子孙不旺。

父亲说这个孙子是催命的，一语成谶。

儿子桂猷猷一天天好起来，丈母娘把儿子抱回老家看护去了。父亲的病却一天不如一天。不要管儿子，我便能脱出身来陪伴父亲。父亲说话已经不利索了，隔三岔五的白蛋白也就能管那么两天。精神好的时候，能说一些话，得趴到跟前听，听不清楚靠意会。曾经叱咤风云的父亲成了这个样子，我的心疼难忍，经常偷偷抹泪。给父亲擦背的时候，原本宽阔的背现在瘦骨嶙峋，凹凸不平，剩下干枯的骨脊。父亲坚挺的鼻梁干瘪下去，一点点地歪斜。农村人说鼻口歪了就快老了也就是快死了。一天中午，实在困得不行，趴在床上睡着了，做了一个梦：父亲到我跟前说，他要走了。我跃起来，想拦父亲，不料碰翻了书架，书如同秋风中的苹果树叶纷纷飘落。我手忙脚乱捡起这个又丢那个，眼睁睁看着心爱的书一本本飞去。父亲叫桂书录，而书遗失了，父亲是不是真的要走了。我给哥哥说父亲快走了，让他回老家准备后事。哥哥说我胡说，大夫说一个月以后的事。我央求哥哥回去，他惊异地看我，满脸疑窦。我说，相信我，我能感觉到。都说久病床前无孝子，原本都忌讳说父亲死亡的话，现在竟然公然讨论了，真是罪过。两个姐姐出嫁了，哥考上了学，妹妹去二姐家里读书，只有我跟父亲长时间待在一起。相处久了，除了冲突，就是温情脉脉的相依为命。那时父亲的身体好，每晚都要我抓咬，就是挠痒。感觉父亲脊背无边无际，无论怎么努力总有死角，父亲就骂我没用。现在抓咬没怎么用劲，父亲就龇牙咧嘴说我报复。最让我悲伤的事是陪父亲上厕所。父亲蹲下去站不起来，两边有门框还站起不来。当时我很生气，一再说起来起来我背你。父亲无奈地蹲着，眼盯着我，好像故意不起来。我只得蹲下去，屁股几乎贴到肮脏的便池，猛地往起一背，差一点把父亲从头上甩过去，充其量只有四五十斤。父亲健壮的时候我是很难背得动的。病魔已经把父亲折磨得骨瘦如柴，宛如一捆干透的河柴，稍用劲就会咔咔断裂，又像一个即将流罄的沙漏。背到病床我搂着父亲狂哭不止，父亲树叶一样的手臂吃力地抚摸我的背。我说父亲你不够意思，你怎么成了这个样子，你那么好的身体呢，你那么大的脾气呢，你打我呀打呀……瞒了很长时间的秘密被我的冲动打破了。父亲好像也哭了，深陷的眼窝很久才挤出一点泪水。父亲干了，干成了一片旱烟。从那天以后，虽然我姐我哥都在，我始终不离父亲。我和父亲相处最久，我要送父亲走。

父亲一口气比一口气用的时间长，五秒、六秒、八秒……每一口气都是穿越荆棘阻隔的遥远的叹息，用好大的劲。哥哥、姐姐和妹妹都累得趴在床上睡着了。正是黎明时分，东方泛白，早起的鸟儿箭一样弹射出去；清洁工扫地的唰唰声宛如起床的哈欠，到处氤氲着睡眼惺忪；病房的门开开合合，偶尔传来浸满瞌睡的沙哑私语。十秒、十五秒……我试了一下，十五秒要闭过气去。父亲要走了，脸色渐渐转淡，血的潮汐渐渐退去。我的眼泪哗哗流淌。父亲挣扎着挨个看了我们一眼，两滴稀薄的眼泪勉强地从眼角迟疑地爬出来，这两滴泪是父亲在这个世界上最后的泪滴，微睁的眼睛里透出一股无限的留恋和不舍……我没有叫大夫，我听说有许多老人最后都被压断了肋骨。父亲身上的肉没了，只剩下包裹骨架的皮，我不希望那个骨架再受伤。我握住父亲的手，手指骨一根一根如同干枯的柴棒，温度从指尖一点一点后退，眼睛如同熬尽油的灯，火苗小下去小下去，扑一跳灭了，顶在灯芯尖上的红灯花也渐渐碳化，最后也熄灭了。父亲最后一口气沉重得好像拼命拉一块铅块，僵持了好长时间还是没有抻住，砰地摔下去，喉结机械地滑动了两下就不动了。我被飞溅的水花淹没了。

我叫醒了姐姐、哥哥。大家轻声抽泣，点完了下炕纸，把父亲挪到担架上。

病房里突然响起凄厉的猪叫声……我吓得浑身战栗，那声音太惨了，仿佛有许多人在后面追赶。原来是抬父亲时动了升床的手把，随着摆幅的缩小，声音也小下去。

我说父亲不出"酿"了，"酿"随父亲一起走了。

哥哥和姐姐都呆住了，异样地看着我。自从父亲病重之后，我成了父亲生命末路的预言者。梦里父亲说要走了，父亲的鼻子歪斜后，我就让哥哥先回老家料理后事，家里刚收拾好，父亲就不行了。洛川迷信说人死后三天要"出酿"，就是走魂的意思。家里门大开，地上撒一层薄薄的灶灰，人全部撤离，生肖"酿"从家里出来，地上会留下生肖的爪印。如果不到十岁，还可以看到"酿"恋恋不舍地出走。爷爷刚去世的时候，有一天，我看到爷爷拄着拐棍从坟里出来往回走。我隔沟拼命喊叫，还叫来大人看。他们看不见还说我吹牛。出了"酿"才算人真正走了。哥找的人说父亲的"酿"同身体一起走了。把父亲抬到太平间，给父亲洗脸刮脸的时候，我说我同父亲待的时间长，让我刮吧。当时父亲的脸还有温度，脖子还是热的。父亲是个大方脸，现在皮包骨头，但威严还在。我刮着刮着，父亲的喉结突然动了一下，一种黏液滑动的声音沿喉管下行，仿佛一座山沉闷的滑下去……我以为父亲又活过来了，顿时惊出一身冷汗。我仔细地刮着父亲脸上的毛发，每刮一刀，皮扯得好长。父亲的眼睛半开，呆滞灰暗的眼珠一直盯视着我。我的心和手一起颤抖。埋完父亲之后的一周里，我的手上仍有父亲的余热，最后吞咽的声音在耳边不时响起，几乎每天夜里梦见父亲，热泪滚滚，枕上一片湿渍……父亲这个人还真有些神气，刚刚埋罢卷起尖尖的墓堆，太阳还很明亮，天上飘飘扬扬飞起了雪花，地上很快就有了白色。村里人说父亲厉害，天地戴孝。

父亲病，儿子桂猷猷病，已背上了债，加上结婚时还有两万多块，我单薄的身上已是"三万元户"了。那时我们的工资才百十元钱，万元户还十分稀罕。埋了父亲很快到了1995年的春天，这个春天早早下了点雨雪，大地湿漉漉的，土壤水分很足，我想要办果园了。洛川是苹果之乡，干部收入好的大多家里都有果园。埋了父亲不久，我又回到村里，把原本早已荒芜的小咀上几块地拾掇干净，从哥哥那里要了苹果树苗，买了烟酒请村里人帮忙办了约十亩的果园。

人一旦有了希望就闲不下来，也没有时间忧愁，一到周末就坐火车回到村里。我们的村子在洛河边上，叫贺家河。洛河是洛川人的母亲河，如同一条悠长的南瓜藤，蜿蜒切过洛川边沿，一路上结下了不少像我们村子一样贫瘠的小南瓜。这一段河就以村子主要姓氏命名。我见过黄河的雄壮，也见过渭河的汹涌，最爱的还是洛河——这条养育了我们一家人的又可爱又可怕的河流。我原本还想为洛河写一本书，不知道有没有这个能耐。好像是一九七几年吧，修西延铁路占了村里最好的一块塄地。据村干部说，铁路人感谢我们村识大体顾大局就给村里留了一个火车站。从洛川坐汽车到秦家川搭到西安的火车到村里或从洛川坐汽车到朱牛乡再走十几里地到村里，两相比较，坐火车省钱省力。感谢火车。

由于儿子桂猷猷满年满岁，加上父亲命硬难养的说法，连丈母娘一家人都感染了，要让儿子在姥姥家过三岁过三个年头。这也是我们洛川这一带人的讲究。丈母娘还说，男娃三岁以后就好养了。看到我们都有些为难，离三岁还有好长一段时间。她又说，有苗不愁长，快得很。毕竟她养过五个孩子，又看大了妻哥的孩子。父亲去世以后，儿子在丈母娘家一直放着。老婆孟洁家在土基镇上马村，家里有四孔砖窑的大院子，那时院里的土还没有推，一人多高的土台上栽着各种果树和时蔬，每到春夏，金针、月季开得热闹非凡；辣椒、黄瓜、西红柿也长得挨挨挤挤，茂盛无比；苹果树、梨树硕果累累。每次去看儿子都会吃到新鲜的黄瓜和香甜的西红柿，秋天带走一大包水甜水甜的苹果或鸡腿梨。丈母娘说家里地方大，让娃跑，在土里泥里好长。我也觉得儿子到土基以后，人黑了、瘦了，个子却长高了也壮实了，并且学会了走路、说话。真是属什么像什么，儿子特喜欢鸡，追着鸡满院跑。还经常对着鸡笼撒尿，被逼急了的鸡把牛牛啄得鲜血直流，之后好长一段时间不去撵鸡了。不逗鸡，又把注意力集中到人身上。老婆高兴的时候把儿子搂在怀里，把早已没有了奶水的奶头塞进嘴里，儿子不买账，冷不丁咬一口，像狗一样偷咬。他和大人起事战不过，就瞅机会照腿上咬一口或抓住指头塞进嘴里咬。每个人见儿子都喊狗，偷咬人的狗。儿子的狗属相又一次暴露无遗。

1996年元宵节很快来了。洛川的元宵节比过年都要隆重。白天全县秧歌调演，街道上从早到晚都响着咚咚的锣鼓声。三队的老秧歌据说是东北军驻扎时兴起，衣着亮丽，亦步亦趋，整齐优雅；京兆的鬼拉腿相传是从古代祭祀活动中脱胎而出，脚朝后扭，手揽长衫，若拐若跛，诡谲而神秘；土基的百面锣鼓相传起源于汉武大帝北巡拜仙仪式，鼓锣长队，相向而列，同起同落，气势恢宏；黄章的鳌鼓粗犷豪放，跳跃击鼓，震天动地，俨然《史记》里《曹刿论战》中的"一鼓作气"的战鼓。一队接一队，一路跟一路，把洛川主要街道全占满了。晚上又是城里几个队办的灯棚，北街是财神庙，祈财的整十二点去争上头香，少不了明里暗里攀比，子夜的炮声密集重叠；东街的是观音菩萨，求平安求福寿的跪作一团，簇拥燃烧的香火如同密密绽放的灯花；西街是娘娘庙，要孩子的带着媳妇长跪祷告，静如雕塑，随后端起一支燃烧的蜡灯逶迤而去……神棚里摆满了栩栩如生的面花，棚外挂满各式各样的灯笼，灯笼有灯谜，猜对了有奖……丈母娘一家人到我家里来过十五，老婆孟洁把隔壁的房子也借来住人。

晚上起夜时，觉得屋里有烟。夜里我一般不搭炉子，怕中毒。老婆孟洁说可能是邻家的，倒头又睡了。邻家的烟怎么会跑到咱家。我打开门，好家伙隔壁门里蹿出的火苗有一米长，邻居老婆穿着三点式抱一堆东西飞快地跑过楼道。我顿时傻眼了，一脚踢开门，让老婆抱着儿子猷猷赶紧走。隔壁还有丈母娘一家五口人。我们住的是医院的厦房，一共十几间，每间不到二十平方米，一间一家人。每家都有几口人，一共有四五十口人。我还算镇定，没有去家里拿东西，仅仅穿了一个裤头，一家一家敲开门，把人都叫醒才跑回家。老婆发疯地在柜子里翻，找儿子的年钱和她上学的学费。由于严重过敏，护理上干不成，她考上了医科大学上临床专业。老婆常常把钱这里塞那里塞，到要找的时候往往得半天翻。房子的顶棚是连通的，风从北头起直哗哗吹到南头，顶棚如同海浪一样起伏，发出可怕的啸叫，一家着火，弄不好火烧连营。此刻浓烟从四周如瀑而下，撞到地面反弹上升，屋里很快被白烟完全笼罩。我大声骂老婆，骂得狠毒。把她真的吓着了，胡乱拿了几件衣服就跑出去。我结婚的家具还是很新的，厦华彩电、赛格音响，那一整柜子的书啊，让我好心痛。我提了一个音箱扔到楼下，听到的是一片破碎的呻吟。我没有勇气再进房子了，让它们完好无损地去西天吧。

许多人爬上房顶，隔断了火源。我知道这一切与我无关。我的家已被大火完全吞噬了。几十分钟好像一个世纪，等炼油厂的消防车上来时房顶已经坍塌，我的家腾起一股火星四溅的烟柱，直冲云霄，如同一声告别的叹息。我的书和仅有的钱灰白存在，原样如初，隐约能看出图案和数字，好像出走的"酿"印。

当晚我们一家人除了几床被子，连一身衣服都没有抢出来，穿着借来的又大又长的衣服，我呆立在医院门口昏黄的灯下。整条街还在元宵节朦胧的灯光里，街道仿佛就是河岸，路灯打出的光亮犹如洛河夏季发出的黄泥水,把街填满了。我看到了自己干瘦、佝偻、丑陋的裸体,我这样的人活在这个世界还有什么用呢。我使劲蹦使劲蹦,老婆问我怎么了。我说要跳河,我把街当成洛河了。老婆孟洁哭着用冰凉的手扳过我的脸让我看她看儿子猷猷,说没有什么,只要一家人在就好,看咱的孩子多亲。孩子惊恐地睁大眼睛,嘴里不停地说着什么。我恍惚了好长时间,老婆说我那一阵子差点疯了,其实我真疯了。

  家对于我来说是挥之不去的痛。桂家老庄的辉煌是日渐稀薄的云烟,存在的模糊记忆是从姐姐和哥哥嘴里听说的,医院那间小小的厦房才是我亲手缔造的温馨的家。老婆孟洁脾气不好,个性很强,可与我组成家庭之后,让我有了归宿感。特别是儿子猷猷的出生,让我欢喜满足。我发誓要好好保护这个家好好对待老婆。我如同一个浮萍漂摇了好久,如同一颗微尘飞翔了好久,终于有了家让我稳定下来。这一切瞬间就没有了,谁不心痛呢。此后很久,我常常梦见我那井井有条的二十平方米的家。

  好在政府救济了一些,医院、我所在的单位,亲戚、朋友、同学向我们伸出了援手。

  后来我才知道,儿子猷猷从家里出来不停地说的那句话是:呼呼的大火。

儿子的泡泡糖

儿子桂猷猷刚会走路时，也正是嘴馋的时候。他第一次觉得比"娃娃头"奶粉好吃的便是"大大泡泡糖"。每次下班时经过医院门口的小卖部我都要买一个两毛钱的泡泡糖。不光是儿子，那时所有小朋友的回忆都没有泡泡糖深刻、香甜、好玩。调皮的孩子还会用嚼剩下黏性极强的糖渍来一个小小的恶作剧：好好的地板多了一个白色的小山丘，妈妈的裙摆有一个可恶的胶贴，有时床上也会有孩子偷偷埋下的炸弹……至于满地泡泡糖的卡通裹纸更是时代的鲜明标贴。

一天只买一个泡泡糖，不只是手头拮据，还基于另外考虑。一是吃泡泡糖对牙齿不好，不能多吃；二是虽然一个泡泡糖只有两角钱，一块钱就买一把。但那时的工资低，儿子猷猷饭量又很大，一袋十元钱的"娃娃头"奶粉吃不到三天，一月只有百十元工资的我还是手头很紧；第三我还有一个小小的顾虑，儿子生性胆小，很是依赖，什么都要父母办理，这对他成长不利。

我破例没有买泡泡糖，儿子猷猷远远看到我，从另一头的家里咚咚跑到楼梯口，一跃扑到我怀里，见我两手空空，还不死心地搜了所有口袋。他的小脸由一朵盛开的向日葵变成了一盘灰灰的葵花子，随即挣脱怀抱跑回家里，咧开嘴号起来，给老婆孟洁告状。她正在做饭，赶紧抱起儿子，一边哄一边数落。儿子天天盼你回来，一个泡泡糖把你买穷了？我是农家出身，家底比老婆差，婚后的生活，钱也成了回避不了的问题。她老是拣最软处戳。

我从老婆孟洁怀里接过儿子猷猷，放到床前。我们又搬回了翻修好的厦房，床、沙发、厨具都集中在一起，顶棚依然连通，说话声大隔壁都能听见，几乎没有秘密可言。不过还是有好处的，人们都顾脸面，虚幻的荣辱观很强。有矛盾小声争论，吵架少了，打架更不可能。还有就是随便能串个门，哪怕是饭熟之前、吃过之后的零碎时间。时不时左邻右舍会端一盘饺子一碗搅团。吃别人的就要还礼，一个小小的楼道，充满了简单的温馨和象征的和谐。

我从口袋里掏出两角钱在儿子眼前晃。

"儿子，从今以后，想吃泡泡糖，自己买。"

儿子还在将信将疑的时候，正切菜的老婆不愿意了。

"那么小，你放心让娃去？把人懒死了。"

一听说"懒"字，我就来气。老婆孟洁损我自尊的两个字，一个是"钱"，一个是"懒"。家底较好、容貌姣好的老婆和我结婚，都说鲜花插在牛粪上。恋爱的时候，她早早做好饭等我下班，淑女一样，温柔可爱。等到孩子降生，慢慢有了势，两边亲戚都夸她能行，生了个又白又胖的大小子，把一切问题都解决了。原来并不挑剔的老婆开始俯视我，去，炒菜去。我不会。不会不能学，王平的老汉都会包包子。去把娃的衣服洗了。洗不净。多洗几遍，你不嫌丢人就不要洗。我主外，你主内……什么是外？什么是内？有能耐你生小子去！小子总是人生的呀！……眼看一场风暴就要来临，听到隔壁说话声，马上又沉默了。

我都经过小卖部门口了，顺手的事，能说懒吗？再说要是柴火没有了，煤气没有了，米面油没有了，你停了火，断了顿，说我懒还可以。这点小事也说我懒，我是想锻炼锻炼娃独立买泡泡糖的能力。

去！别得了便宜还卖乖，不买泡泡糖一天省两毛钱，十天两元，五十天就是一袋"娃娃头"，我还不知道你的小九九。

谁说娃不能多吃泡泡糖的？

一天一个不怕，你买去呀。

"儿子，听好喽，"我还在挥手中的两角钱，"要吃自己去大门口买，右手边是小卖部。"儿子猷猷接过钱，还在迟疑。

"你说爷爷好，给我买一个大大泡泡糖。"

老婆孟洁系着围裙看我把儿子哄出门。他一步一趋，几步一回头，像自己要出远门一样。看上去既胆怯、可怜，又庄重、正式。

弄得老婆都有些不忍，几次要叫回儿子，被我制止了。

儿子桂猷猷第一次买泡泡糖的经历还是失败了。他刚走到楼梯口，正好碰到高大魁梧的邻家叔叔几米。几米老婆生了女儿，比儿子大三岁。他很喜欢儿子，每次见到都爱逗，经常拿好吃的哄娃到家里，手伸下去捏小鸡鸡。大人的手没轻重，有时把儿子捏疼了。儿子对几米又爱又怕，想吃好吃的就去几米家溜墙角，得到零食便千方百计跑开。老婆几次要给几米说，我没有让。一看到几米从楼道上上来，儿子就扭头飞跑，楼道里堆了很多柴火、煤块，一不小心绊倒了，碰得鼻子都流血了。老婆一把拨开我，飞奔过去，抱起儿子，一边拍打身上的灰土，一边没好气地对几米吼道："以后不许再吓唬我儿子！"几米被弄得丈二和尚摸不着头脑，一时钉在那里。这一幕不只让我看到了，还让几米的老婆看到了。等到几米走到跟前，吉米老婆便指桑骂槐，顶尿哩，把人家娃比自己娃还当事。亏得老婆只顾哄儿子，没听见，要不然有一场好戏。厦房的家丑不外扬，可家家的老婆都不是省油的灯，小摩擦不断，不是你跟她高了，就是她跟你高了。弄得我们这些爷们也左右为难，心照不宣地沉默那么几天。

这次的事是我惹的，自然得洗耳恭听老婆孟洁的数落，她还正儿八经的流了泪，我只得主动接力做饭。儿子猷猷没有吃上泡泡糖，临睡时，还捏着那两毛钱，送到嘴边，嘴角一努一努，仿佛正在咀嚼香甜的泡泡糖。老婆看了又开始抹泪。

第二天，儿子照例远远跑来，一步跃到我身上，看到我还没有买泡泡糖，马上又咧嘴哭。

不许哭，要不永远也别想吃泡泡糖。他被我唬住了，瞪着一双大大的眼睛茫然地望着我。

"要吃泡泡糖，自己买。"我说，"老师不是说自己的事情自己办吗？"

"我怕几米叔——"

儿子猷猷怯怯地说，远远地往楼道里望。经过昨天尴尬的一幕，几米暂时不会逗儿子。

"要是碰见几米叔叔，你就说叔叔好，我去买泡泡糖，叔叔就不逗你了。"

"真的？"儿子扑闪着大眼睛，将信将疑，"拉钩。"

猷猷拿着昨天的两角钱兴冲冲地走了。老婆下班回来，看着我和儿子嘀咕，知道我又一次没有买泡泡糖，想发作，看见儿子朝楼梯口一蹦一跳地去了。知道我又灌了米汤，垮着脸和我一起盯着儿子摇晃的背影。

真是巧，刚到楼梯口，几米高大的身影就出现了，老婆孟洁要过去，我一把拽住。只见儿子猷猷和几米说了什么，就兴冲冲下楼去了。楼底下到医院门口只有百十米，门口人很多，摩托车、自行车进进出出，人来人往，儿子越走越慢，一步三回头孤单无望地消失在人群里。老婆又忍不住了，骂我有病，把娃当实验品，也不看年龄。从小养成好习惯，长大会有出息。我六岁都到山上拾柴、沟里抬水了。时代进步了，社会发展了，还当在你那兔子不拉屎的穷山沟里。你说话怎么这么难听，你谈恋爱的时候嘴上有蜜，手脚长眼，一结婚就变了。你应该好好反思一下自己是如何从天使变成母夜叉的。

老婆孟洁先是一愣，刚要发作，被逗笑了。后背重重挨了一拳，温软的小手拧住了我的耳朵。老婆说跟我受苦受穷是事实，并不缺少快乐，幽默风趣伴随生活，经常一句话转弯抹角骂了她又把她逗笑了，生不出气。她说从天使变成母夜叉是迟早的事情，还别不习惯，儿子没长大，大了便会站在母亲一边。正在我们打情骂俏的时候，突然传来儿子的哭声。我们同时朝大门口望去，那里人头攒动，几拨人忽左忽右，好像又有重病人来了。在人缝中，小家伙委屈地揉着眼睛往回退。

第二次买泡泡糖的努力又失败了。这一次的饭干脆由我独自一人包办。故意把菜炒得一塌糊涂，擀的面又厚又硬，下到锅里直挺挺的如同铁丝。老婆孟洁没有嫌弃，吃得津津有味，还不停地哄儿子，说爸爸有进步，能给娘俩做饭。儿子不领情，连一个泡泡糖都不买。她这次倒不怨我，也说儿子，今后要吃泡泡糖自己买，爸爸说得对。几米叔说你的小嘴好甜，我猷娃长大了。不怕，今天买不了，明天一定买，我娃肯定行。明天妈看着你去买糖，让你爸再给咱做一顿饭。爸做的饭不好吃，慢慢会好的，你不也是两天没有买到泡泡糖吗？儿子噘着小嘴噗地把一根硬面吐到地上。饭已经吃完了，老婆仍抱着儿子不放。只得做了饭又洗碗，我算是无可救药了。本身就因为老婆条件好，咱带一点高攀的意思，处处忍让，成了著名的妻管严；现在又因为要老婆配合培养儿子独立自主的个性，弄得自己连锅头也开始挖了。罢罢罢，多做一点还把人累死了。

第三天，儿子猷猷终于买到了泡泡糖，没有吃拿回来，高举着炫耀。他极认真拆泡泡糖，得意洋洋地展示乳白色糖体。我说孔融让梨。他不知听了多少遍这个故事，拿着一个糖不知给谁。我用刀把糖切成三份，不小心把手切烂了。血流如注，老婆孟洁赶忙找创可贴，还说做什么都要收费。儿子则用卫生纸擦血，小脸哭丧着不停问疼不疼。忙活了半晌，我们三个很正式地将儿子第一次买的泡泡糖的一份扔进嘴里，夸张地咀嚼起来。

"我从没有吃过这么香的泡泡糖。"我说，朝老婆孟洁使了一个眼色。

"我也是，我娃买的糖好香。"

"是不是明天还要分啊？"儿子显然觉得一小块太不过瘾了。

"不啦，明天我娃一个人吃。"

老婆孟洁和我一起逗儿子，眼看快到开饭的时候了。"老婆，对不起，"我举着手指，"因公负伤，不能给您老人家效劳了。"

"没见过这么刻毒的人。"

"刻薄。"

"刻薄加恶毒。"

生死时速

儿子桂猷猷除了感冒、气管发炎、喘得让人心焦之外，大部分时间还是很好养的。感冒又大多在冬天，洛川的冬天不甚漫长。猷猷狗属相的第三个特点便是不择食，饭量大。"娃娃头"不到三天一袋，吃饭一顿能吃两个小馍或两小碗面。儿子在丈母娘家，我们工作都忙，想的时候打电话。他气喘吁吁，说一些牛头不对马嘴的话。老婆孟洁隔空教儿子怎么打招呼，怎么看图识字，怎么谢谢拜拜之类。农村的孩子多，农村的院子大，农村的玩意也多，总是玩得不亦乐乎；不是到场里钻麦垛，就是和几个小朋友一起赶猪赶鸡，再不就是跟大人赶集买好吃的。这些比同父母通话要好玩得多，往往说不上几句，就撂下电话跑了。

洛川的春天来得很猛，四月清明刚过，凄冷的风雨钝了不少，仍有刺人的浅疼，但这毕竟是西伯利亚冷刀子的强弩，刮不了几天。风过之后，洛川高塬空旷明净，天空的云彩被风一层层揭过，露出湛蓝深邃的穹底；太阳亦步亦趋地从东方爬出来，魔幻般伸出无数仙指，温馨而柔绒地抚摸着大地和人们；赤裸了一个冬天的果树，从干瘪、消瘦、冰冷变得柔韧、丰满和温暖，无数道动脉源源不断地从融冻后的土地里提取水分和营养，枝条肿胀起来，水和营养在花芽处集聚，渐渐膨大，挤出一撮撮小花蕾，沉甸甸地摇曳，如拳般展开，绽放五朵洁白的或粉红的小花。随着冷风的持续减弱，南来的春风越发强劲，一点点往北推进，洛川高塬由南向北漫卷出花的波浪花的海洋。在这万物复苏的早春，老婆孟洁将儿子猷猷接回家。正是冬春交接的季节，年节的尾巴随着偶然的一两声炮响隐约显现。人们都趁这渐渐远去的年味抓紧走亲访友，推杯换盏，相聚言欢。桂猷猷是我们和老婆两边同辈中第一个儿子，也是最大的男娃，自然受到欢迎，我们也是东家出西家入。

1996年3月的一天，是我终生难忘的日子。儿子猷猷突然呕吐、痉挛，眼睛翻白，四肢无力。老婆以为又感冒了，急忙打吊针，用先锋消炎。我感觉这次发病与平日感冒不同，以往哭闹不停，咳嗽不止，最烦人的不是高烧温度，而是那一系列不停歇如锥子一般扎透我们心肺的咳嗽。这一次不太咳嗽，体温也不甚高，也不哭闹。越是这样越让人心急。儿子眼睛翻白是我发现的。打了一天针，到了晚上，我抱起来逗哄，不小心头后仰，立刻眼睛翻白，感觉黑眼仁飞了一般。我们顿时吓得六神无主，赶紧抱起儿子到儿科请权威大夫诊断，一阵望闻问切和敲打之后，说是神经根炎，仍然用的是消炎药。

回到家里，依旧吊先锋。我和老婆孟洁你望我我望你，神情恍惚。我更多的是抱有怀疑的态度。觉得起码应该抽血化验，做一些必要的检查。老婆劝我不要过分紧张，要相信医生。我说那就等今天一晚上，明早起来如果还翻白眼，必须听我的，下西安。

时间过得极其缓慢，仿佛秒针霸道地代替了时针，每一秒之间是如此的漫长和沉重。老婆孟洁从护理转到临床，当了妇产科大夫。家里除了我的文学书就是老婆厚厚的医学书。床头上经常放一本医学书，折了好多页，画了好多横线。也许是半路转行，孟洁特别好学，只用了几年工夫，就走完了一个大夫需要走的漫长道路。老婆的爷爷是方圆有名的老中医，他的天分和光环投落在她的身上。我翻开医学书，找到神经根炎诊断及临床表现。

神经根炎是由多种原因引起的脊神经根炎性及变性疾病的总称。临床上以颈胸神经根和腰骶神经最常受累，引起肩背痛及腰腿痛。

发病一般在20～40岁之间。

看过之后，我觉得诊断肯定出了问题。我让老婆孟洁看我折出的书页。

"如果是神经根炎，肯定疼痛，你儿子最怕疼，为什么不哭闹？"我问老婆孟洁，既像一个大夫又像一个侦探。

老婆孟洁从书中抬起头，满脸狐疑，有松动迹象。儿子猷猷的特性当然知道，这次表现的确意外，不哭不闹。她虽有理论功底，毕竟缺乏实践经验，没有达到下定论的境界，更遑论否定权威大夫的诊断。

"你是不是见得太多了，对病都麻木了。"我又跟上一句。

"那就等明天早上再看。"

整个晚上我几乎没有睡觉。梦境如同《哈利·波特》《魔戒》里一幕幕光怪陆离的魔幻场景，心海里浮满了张牙舞爪的魔怪，自己成了魔鬼手里的玩物。一会儿梦见父亲说没钱花没衣服穿很冷，好长时间没有烟酒茶了；一会儿又梦见自己高考考数学停在一道解析几何题上，左右看不清，画不出图。中间还醒来几次，儿子依然沉沉入睡。我几次把他几乎逗醒了，潦草地看一眼，抓住被角闻了几下又睡着了。老婆孟洁大概觉得诊断没错，表现还算平静，加上自己上班很忙，睡得也很香。好不容易天亮了，我爬起来，枕上湿了一片。老婆跟着醒来，看枕头湿了，关切地问我是不是梦见父亲了。我没有回答，县城离贺家河村很远，回去一趟也不容易。所以如果梦见过世的亲人一般都会按丈母娘说的买一些阴票子，带上烟酒茶到十字路口画一个圈圈，朝老家方向留一个口子，边烧边念念有词说父亲母亲拿钱想花就花和保佑一家人平安的话。自父亲走后，几乎隔一阵都要梦见父亲，看到父亲在阴曹地府经受折磨，不是上老虎凳就是喝辣椒水，不是疾利的子弹穿过就是大刀挥去，全身淌血的父亲眼巴巴望着我。我用尽全身的力气吼出去的是沉默打出去的是空气，眼见亲人受难无能为力最悲痛，夜里常常哭湿枕头。老婆孟洁说这是心理作用，日里所想夜里所梦。之所以常常梦见父亲的画面这样不堪，关键是在我的印象中真的不是那么完美。为了生活，父亲骗过人，骂过人，甚至打过人，还偷过东西；偷的当然是铁路上的村集体的，骗人骂人打人则无疑是个人。我也曾反对过，说这样示范，将来怎么做人。父亲就郑重地说他的困境和无奈属迫不得已，纯粹是为了活命，让我不要学；他的人生很短，我的人生很长；他吃老四颗牙了，我还很年轻。相信报应的我在大白天偶尔也经常思考父亲到底要怎么消除自己在人世间的罪过。洛川民俗博物馆珍藏着清代绘制的六十二幅水陆道场画。据说是土基镇鄜城村兴国寺法师们做水陆道场法会用的。人死后都想升天，必须还清阳世所欠的罪过，而后才能从不同的道路升天。因果报应不只在阳世，还会延伸到阴间，其威慑力可想而知。许多次，面对轮换展出的精美画轴，我都努力地寻找父亲升天的道路。今天，我没有过多地想父亲和烧纸送钱的事情。我的心思还在儿子猷猷身上。我把他弄醒抱起来，故意将头后仰，儿子顿时两眼翻白，双眼紧闭，抽搐了一下。我当时哭出了声来。

"羊羔疯！"我脱口而出。一刹那间我想起了老婆孟洁的一个好朋友嫁给了一个羊羔疯的男人。羊羔疯是洛川人对羊癫疯的称呼。那个男人发起病来抽搐不止，口吐白沫，人事不省，将家里的东西全摔坏了。

老婆也被吓着了，羊羔疯的事她知道，我们也一起看过那对夫妻俩。

她随着我一起哭起来。

"一切听我的，我去单位要车。"我口气强硬，毋容置疑，至今我都能记得面临绝境中的果断。我们家的人在危难中似乎有着超常的逃生本领。比如二姐义无反顾地上北山，父亲夜里逃走扔掉桂家老庄。老婆孟洁一直不肯承认我那一天有多么高大伟岸，根本不赞同我说的具有英雄气质。当然一米六不到，在老婆孟洁面前不健硕不高大，这样的分歧不奇怪。我说你去带两瓶药，整理好衣服，该带的东西带上。我吩咐得严肃正式，带有悲壮色彩。

我当时在县委办工作。

我极其严肃地对主任说，我没有向你开过口，今天希望你答应我，我要用车。我娃得了大病。主任一直疑惑地望着我。因为我从来都没有用这种口气跟主任说过话。我要用吉普车，中间有横梁能挂吊瓶。能公派公派，不能公派要多少钱从工资里扣。主任拿起电话，派了车。

我买了好烟，给了司机两盒，只有一个要求，要快再快。司机都是同事，当然理解我的心情。一路上萦绕在耳边的除了儿子猷猷烦躁不安要下车的哭闹，就是接连不断的呜呜的加油声。军绿色的吉普车嚎叫着，拖着长长的黑烟，不停地超车。两边已发鹅黄新叶的杨树，山坳里云朵一样绽开的山桃花被无形之手揪起来甩向后边。

当天下午我们住进了西安市儿童医院。

大夫做了简单的检查，老婆孟洁介绍着病情。大夫将信将疑，不时摇头。因为正好是周末，检查无法做，不能确诊。看到我们很焦急，大夫说院长星期六一般来查房，到时让院长再看看。治疗方案依然按神经根炎进行。

星期六上午十点多，一位四十多岁的中年妇女在接诊大夫的陪同下进了病房。病房很大，同住十多名患儿。院长挨床问孩子的情况，最后来到儿子猷猷的病床。正在玩耍的儿子见到大夫露出胆怯的神色，直往老婆怀里钻。院长是个中年妇女，五官端正，目光犀利。

"什么病？"院长问老婆孟洁。

"县上检查说是神经根炎。"

"神经根炎？这么小？"

院长示意老婆将儿子猷猷的衣服全部脱掉，已略知羞丑的他脚蹬手挖阻止,脱掉裤子抓上衣,脱掉上衣抓裤子。院长命令按住,大夫和我一起上手才控制住。院长一边检查一边跟儿子沟通,多大了,叫什么,声音温和而文明。他根本不买账,仍然拼命挣扎,撕心裂肺地哭喊。院长始终面带微笑,耐心地敲腿、摸腰椎、刮脚板。

你妈的个板子。儿子猷猷第一次骂人,用的是洛川方言,这种骂法只有农村有。日你妈板勾。又骂了一句。

院长问孩子说什么,我们羞愧得满脸通红,不停喝止,毫无效果,又无法解释。院长检查得特别细致,从头到脚,从正面到背面,从眼睛到口腔、舌头,还不停地问发病的时间,吃什么药。足足四十多分钟,没想到平时很乖的儿子猷猷一直没有住口,用的全是农村最土最恶心的咒骂。哭喊声充满了整个病房,有的人捂双耳,有的人带孩子去了楼道,还有的人围在我们床边,窃窃私语。说什么看着像城里娃,骂人这么难听。原以为西安人听不懂,其实早已听懂了。儿子这次的表现,完全颠覆了原来的形象。在我们的家族和亲戚中,他一直是乖乖娃的典范。此刻不间断地臭骂,横冲直撞,连踢带咬,恰如一条小疯狗。这么小的孩子都刻意隐藏自己,真是让人哭笑不得。

院长说,你好大胆,我妈都不敢指我一指头,你还敢骂。末了对大夫说按脊髓灰质炎先治,立刻换药,星期一抽骨髓化验。

听完院长初诊,老婆孟洁哇地哭了。我顿时手足无措,泪水也不争气地滚下来。院长和大夫很茫然。

我还得谢谢你们,院长大概是在安慰我们,来得太及时了,这种病一刻也耽搁不起。

老婆孟洁后来说,脊髓灰质炎又名小儿麻痹症,是由脊髓灰质炎病毒引起的一种急性传染病。如果治疗不及时,可能造成肌肉萎缩、神经损伤和肢体瘫痪。洛川就有两例患者,一个呆傻,手脚弯曲、口水直流,生活根本无法自理;另一个走路跛瘸,脚后跟挨不着地。

大夫说有两种治疗方案:一种是富裕型的,用的是奥地利进口药;一种是用国产药可能周期会长一些。当然是进口药,我毫不犹豫地说。

院长要走了,我挡在楼道,要给院长下跪,请求院长无论如何要救救儿子猷猷。我掏出一个信封里面有两千元钱,院长不要,鄙视地看我。我不管,为了儿子豁出去了。钱没有送成,又要往家里送苹果。院长被逼急了，你再这样，我就不管了。看病是医生的天职，到医院来的病人有的比你儿子要重得多都治好了，要相信医院，相信大夫。从院长的眼中，我看到了威严，还看到了希望。

果然不出所料，周一腰穿化验确诊为脊髓灰质炎。

老婆孟洁实在想不起来儿子猷猷是如何患病的。那几天带孩子吃了东家吃西家，家里又不停地请人吃饭。他最爱吃的是豆腐皮，直接从市场上购买的凉拌的那种，一次能吃一盘。

好吃佬或许因为吃闯下了大祸。

死的心都有

　　一定有人讨厌我又说到死，不是矫情就是懦夫。说实话，我原想做一个敢说敢当的人，准备效仿姐姐和哥哥。二姐偷跑，宁死也要上北山的事前面说过了。再说哥哥。有一次不知因为什么，父亲把哥狠狠揍了一顿，不只皮肉受苦，自尊心也受到伤害，哥哥压着哭声钻进夜色里。夜色很稠，瓷实又富有弹性，人一进去便无影无踪。那时，我们才到贺家河。洛川因洛河流经而得名。其实洛川川并不多，多数是塬——百万年风裹雨携堆积出的海拔在千米之上的黄土高塬——建群先生说的山顶上的平原。洛川高塬被界子河、仙姑河、黄连河、两水河四条细小河流隔离成五个小塬。洛河则沿西北边缘逶迤东去，一路上收留了这些淙淙流淌的小河，最后注入渭河。洛河是渭河最大的支流，而渭河又是黄河最大的支流。住在洛河边上的人才真正算得上是川底人。洛河并不宽大，夏季汹涌澎湃，黄水漫天，如同一条发怒的黄龙，即便是晴朗的天气也可能突发大水，飞沙走石，树木花草一律收割。日积月累遇土剜土，遇石切石，洛河深深地沉到塬底下去了。洛河两岸因水土流失因风雨的剥蚀因时间的揉捏因气候的烘烤，便蒸出一个个巨大的馒头似的山头。我们村子就有黑山、梨树圪塔、西坡硷，窄窄的硷地从山下一直绕到峁顶，宛若围了无数条围巾，因季节的变化时而披绿时而戴花。这些地畔往往有一绺一绺的树高高生长，就像这硷地的守护神。冬天还未走远，一树树粉色杏花红色桃花雪白梨花开得豪爽骄傲，仿佛是迎接春天的气派请帖，绽开五彩笑靥摆出妖娆请姿；很快隐约的绿色受纷飞的花瓣邀请，淡抹浓妆由南至北徐徐而来；夏日的天地、山峦由碧绿转向深绿，由消瘦转向丰盈，大地就像怀春臃肿的妇女，每一阵风过后都弄出很大的动静，秋日的艳阳分明是天降的火种，杏叶桃叶率先燃烧成一把把妖艳的火炬，梨叶厚重坚挺，经得起红日的热情，由绿而黄再变成光滑而有质感的褐色，最后古老而沧桑的柿子树叶也被点着了，热烈地燃过后一片片飘落，红彤彤的柿子沉甸甸挂满枝头，仿佛是燃烧过后的通红火炭。一年四季最沉稳的要算墨绿的柏树了,即便是严冬仍抒发着青春的气息。贺家河的柏树到处都是,全是瓮柏。传说穆桂英抗辽开始并不顺利,被辽军沿洛河赶到贺家河黑山一带。黑山是三面环洛河一面临沟的孤岛,易守难攻。宋兵坚持数日,终抵不过辽军的锐骑。穆桂英眼看无处藏身,发现到处都是柏树和杂木,树的枝丫和紫藤的藤蔓纷乱交错,整个黑山成为暗绿摇曳的堡垒。这时的柏树还长得懒散、随意,密蔽性不好。穆桂英就说柏树能藏人多好啊。话音刚落,柏树全部束手收脚,陀螺一样旋得紧凑而密蔽,圆圆的如倒扣的一个瓮,瓮口离地两米多高,好下难上。穆桂英一声令下,宋兵齐刷刷钻进瓮柏里。辽军仗着人高马大,钻进绿堡里,马被绊倒,冷箭和枪矛无影而出,弄得死伤无数;宋军沿着桐蔓和木瓜树,从一个瓮柏跳向另一个瓮柏,如同千万只灵巧的猴子,出其不意。辽军大败而归,从此这里就叫黑山,阴森恐怖,大风吹来似有千军万马厮杀。

哥哥在黏稠的夏夜里穿行,狼在嚎吼,蛙在鸣叫,他不知要跑到哪里,萤火虫一簇一簇地舞动挪移,像一个个犹豫不定的鬼魂。父亲粗暴的脾气让哥忍无可忍,决意要做一次不计后果的对抗。在这样黑稠的夜里,哥爬上了一棵瓮柏,骑在柏枝里,双手搂着粗糙的柏树。月亮爬上天际,满天清辉。在柏叶的抚摸中,在柏香的熏萦下,瞌睡姗姗而来,哥哥义无反顾地沉沉睡去。

全家人和邻居都分头寻找哥哥,饲养室、麦垛里、门前沟……一路路人回来了都没有找到。爷爷是唯一能降住父亲的人,伸开修长的胳膊给了父亲一个上陕西后唯一的一个巴掌,便脚一蹬睡在地上,驴一样打滚哭骂:狗日的桂书录,找不回我孙子,我死给你看。听哥哥说,爷爷是过光景好手,先是给汪家打长工,后来自己干,开油坊,整水田,买了不少地和林子,盖了气派的桂家老庄。父亲要上陕西,爷爷不同意,迟走一年。走的时候把桂家老庄的路修得又宽又平,幻想着回家的那一天。正因为这样,脾气暴躁的父亲一直忍让着爷爷。哥哥是父亲的第二个男孩。第一个没长成。哥哥出生后被爷爷直接接管了。家里最好的大米、白面还有白砂糖、红糖、腊肉都在爷爷的箱子里,能够享受的永远只有爷爷和哥哥。每个家族都有一些神秘的咒码。桂家的后代始终突破不了十字咒。老家人说,桂家从江西来了兄弟二人,老大四个男孩老二六个,以后每一支桂家后代都以"十"传递香火。父亲兄弟十人,我们千字辈也是十人,下一辈还是十人。至于为什么,谁也不知道。所以能够有儿子几乎是每个桂姓人的希望和梦想。爷爷膝下只有父亲一个人,对哥哥如此这般在情理之中。到我懂事的时候,就上了陕西,日子一落千丈,加上我是第二个男孩自然不会有哥哥的待遇。哥哥也和父亲、二姐一样继承了桂家倔强的脾性。我怎么样呢?

第二天哥哥回来了。父亲木然地瞪着哥哥,甩甩手下地去了。

我是想学哥哥来着,却没有胆子,也没有更好的办法。父亲的大手和脚一次次在我身上亲密接触,把原有的一点倔犟和勇敢打跑了。我成了一个十月的软柿子,想怎么捏就怎么捏。其实我还真是想做一次惊天动地的事情,一次被打之后,站到门前沟高高的崖顶,准备一跃而下,让父亲终生后悔。洛河水声响亮传来,带着淡淡的泥土和河柴的腥腐,大风从崖底翻上来,猛烈地鼓捣着我瘦弱的身体,仅有的一点体温瞬间消失,往日见过和听说过的"死亡"惨景骤现眼前,勇气被胆怯稀释,我注定做不出赌气的大事。我站了许久最终没有敢跳下去。

星期一确诊后,治疗方案就确定了。每天要打好多瓶水,看到儿子桂猷猷的青皮头一块一块地扩大,针眼渐渐增多,我和老婆孟洁暗暗垂泪。儿子从小打吊针扎针就很费事,每次如临大敌,护士换了一个又一个。好在一旦扎好了就不再闹了,静静地把手、脚放好,一动也不动,还不停叮嘱别人不要动。在我们一再哄说下,他对自己那天的表现略有歉意,只是道歉的声音很小,多少挽回了一点颜面。

星期二上午,医院通知患者家属开会。我们很奇怪,县医院一般不通知患者家属开会。会由院长主持。一开始,她背诵了几条毛主席语录,"为人民服务""向白求恩学习"等等。我是毛主席时代培养起来的人民医生,请相信医院和大夫。病情是我们共同的敌人,病魔是我们要攻克占领的堡垒,我希望建立最广泛的统一战线,团结一切可以团结的人,利用一切可以利用的因素向 A 高地 B 高地 C 高地发起总攻。同志们,我们在等待总攻的信号弹,我们需要克敌制胜的真枪实弹,而不要什么糖衣炮弹。有些患者家属不要以为用一点钱几箱水果就可以拿下我们,我们是刀枪不入的铜墙铁壁。极为严肃的院长的讲话赢得了窃笑,更赢得了雷鸣般的掌声。

到这时我才明白这个类似"文革"会议的真正含义，在云里雾里甚至是可笑怪诞的激情演说之后，大家对这个院长肃然起敬。我想在20世纪末，整个天空被欲望、金钱，甚至功利笼罩，这个十分另类的会议在我心中留下了久久不灭的回忆。我坚信，这个世界无论什么时候总有好人，邪永远不能压正。

乐极生悲对我来说简直是如影随形。只要当我惬意的时候隐忧便幽幽而来，放出熟悉的味道。我谨慎地给老婆孟洁叙述着开会的情况，要她不要担心，儿子猷猷会痊愈的。老婆只是淡淡而适度地笑了笑。到西安之后儿子一直没有下地，说腿软站不起来，我们的心一直晴不了。两个人轮换看管，轮换出去找没人的地方偷偷流泪。儿童医院楼下人很多，许多人开始康复锻炼，到处洋溢的是劫后余生的温馨，而属于我们的重生和希望还躲在某处。好像是第十天，一直在病床上的儿子猷猷突然要下床玩耍。

儿子呀你不知道当时我和你妈是什么表情和心情。

儿子猷猷拿着玩具，迈着一双"X"形腿，一瘸一拐地走路，还调皮地蹦了一下，立刻摔倒在地上。我们的泪水飞泻而下，不约而同扑过去抱起你，想让你回到床上。病房里的人鸦雀无声，同情与怜悯的重压四面袭来。而你没有感觉腿脚与平常不同，也许是长时间没有下地了，起来后执意邀请同病房的孩子和你玩耍，每一个孩子的双眼都盯在你的腿上，带着厌恶与胆怯的表情后退。你没有在意，歪歪扭扭跑到护士室上了体重计，摔倒后立刻爬起来。护士也许看过太多的情况，也许是在安慰我们，和你玩耍逗你笑送你糖果⋯⋯

短短的那么几分钟，我和你妈仿佛死了，僵硬成一种干瘪可怜的滞呆姿势，挂着飞流的泪线，朦胧地看着你的身影一高一低地移动。我们成了两尊雕像，世界上绝无仅有的两尊雕像，我们不是杜莎夫人蜡像馆的雕像，那意味着成功和荣誉；我们也不是罗丹手里的雕像，那是思想者在思考⋯⋯我们突然死了，突然被灾难一击致死——我们的心死了。

那几天我想了很久，真的想从楼上跃下结束这一切。最终没有勇气，也不能那样，不然，对你妈对你太不公平了。你妈后来也说，她想喝一包老鼠药。不管怎样，咱们比保尔·柯察金还好一些，比海迪姐姐还好一些。这些话是我鼓励你妈妈的话。过去，每每看到英雄人物影片，觉得临危不惧、大义凛然是假的编造的。可那几天我们真的是用英雄的意念在互相鼓励,强制约束不做傻事。

第十二天,"X"形变成了八字。

第十七天,腿完全好了。

儿子猷猷你过山车一样的表现差一点把我和你妈吓死了,而你,沉稳得什么事没有发生一样。你拿着玩具一蹦一跳地又一次到护士室跳上体重计,把秤盘碰得哗哗响。病好之后,我去找院长,想当面说一些感谢的话,或者弄一面锦旗,院长不在。我将带的苹果给了病房患者和家属一部分,剩余的留给了医生、护士和院长。医生、护士都不敢要,追出来。我说不要就扔了吧,那是我的一片心意。

给儿子桂猷猷这次看病,让我又看开了一些,放下所有的烦恼和包袱。我当时带了五千元,有一多半是借的,还剩下一千多元。我对老婆孟洁说,钱在世上,咱们一家可以说是死里逃生,带你们去看大雁塔去逛城墙去住宾馆去吃大鱼大肉。多数时候我背着儿子,老婆提着行李跟在后边。我们看起来不像游客,倒像邋遢的行者。在城墙上,我们看北门外秦皇汉武走过的路旁,城垣在晴朗的"雨露"中拼命地生长;钟楼宏伟壮观,金光闪闪,还残留大唐舍我其谁的霸气;我们又登上大雁塔,与儿子一起回顾了《西游记》。儿子当然不甚懂,只知道三打白骨精,孙悟空、猪八戒好玩。他不知道自己也将踏上历经九九八十一难的求学之路。

我们把钱花完之后才搭上回洛川的班车。

还需要交代一下,家里失火,在父亲去世以及儿子猷猷得病一轮又一轮打击之下,刚刚希望通过办果园改变经济状况的我,难堪多重压力,人病得不行,做了阑尾炎切除手术,迟迟不见好,精神很委顿,人一天天蔫下去。洛川县人说老了当家塌了天,三年之内少抬翻。我办果园恰是父亲去世的那一年,我吓得不敢务果园了,任蒿草蔓过树顶。亏得没有继续,后来的实践证明,川道根本不适宜办果园。

第二辑

投降树的启示

2001年儿子桂猷猷到东关小学上一年级。我被提拔为洛川县后子头乡乡长,后来撤乡并镇后又担任凤栖镇镇长。凤栖镇就是城关镇,全县最大的乡镇。下乡镇之前先任县委督查室副主任,再任政府办公室副主任,都是副职,主要写材料,起草领导讲话,写工作总结之类,属文职工作。前面有主任,每年的目标就是把自己分内的事情干好,之外就是干好领导交办的任务,一般有两类:一类是县长副县长交办的,一类是主任分工和临时交办的。副职的权、责、利小一些,却好干。看领导眼色行事,领导说怎么办就怎么办,亦步亦趋,人云亦云也就行了。还有,相府的丫鬟七品官,小小的副主任往往代表书记、县长,对下有很大的权力,吆五喝六,也蛮有官感的。当了正职,马上不一样了。当时,凤栖镇的书记在乡镇干了好长时间,连续多年的后备干部,翘首以待副县长的职位。书记就交代我好好干,不会干涉。那意思是一个偌大的乡镇,我可以左右逢源。书记的眼神夹杂着希望和担忧,希望独当一面,又忧心能力。部门与乡镇都是科级,性质完全不同,一个四平八稳,舒服惬意,一个任务繁重,千头万绪。县上科级官员,没有到乡镇可以说没有当官,所以提拔副县长副处级职位大多从乡镇选拔,好的部门正职一般也是乡镇书记回来赴任。书记的担心还有一层,我曾在两办待过,给领导当秘书写材料,对乡镇部门吆喝惯了,相府的丫鬟七品官高高在上;现在下来,有角色转换问题,也有能否胜任的问题,特别是一个文人那就更令人担心。

21世纪的早期,洛川县已完成苹果专业县建设,全县种植苹果50万亩,人均3亩,名列全省第一。荣获国家、省、市50多枚金牌,无论是在全市全省乃至全国都是很有名的。不光洛川,全省都大栽苹果树,能栽不能栽,宜栽不宜栽也得栽。中国号称计划经济,多数时候呈现出来的是盲目跟风,一哄而上,市场无形之手铁拳挥舞,受伤的自然是老百姓。洛川苹果的质量再好,也架不住价格的倾轧,还有一个重要的原因,那时农业特产税还没有减,全镇3.6万亩苹果,需要交近200万元农业特产税，每斤苹果平均近2角钱。干部与老百姓严重对立，水火不容，敌我相向。后来特产税减了，工作一下子由收税转到推广"四大技术"上，即大改型、强拉枝、巧施肥、无公害。我们形象地总结为"五子登科"即"脱帽子、提裤子、取膀子、施肥子、带套子"。干部经过简单培训之后，从领导到一般干部全部上树为老百姓修剪果树。本来是好事，由于时间关系，也由于政绩原因，更由于在全省树立洛川苹果的形象，不得已采取人海战术，强制措施。刚刚从敌人一下子又要成为朋友，早已从内心把我们看作敌人的老百姓无论如何也不愿意。这个四大技术最重要最要命的是要去掉树头，三大结果枝组要锯掉两枝，树枝要拉到90°~105°。套袋果农已接受，推广四大技术，主要是解决苹果树太密，枝太稠，底层的树枝过低过大，影响通风，头无节制旺长，浪费了水分养分，结的果又不好，有产量没质量。三大枝拿苹果产量的70%，去掉两枝，一半的产量都没有了。还有果树枝拉到90°以上怎么长，最可气的是去掉树头，没有树头树还不都死了。这些人，不要钱却要果树的命，要了果树的命等于要咱老百姓的命。打个狗日的，上访去。每天几乎都有一场血淋淋的肉搏战，每天政府门前都有一簇簇的上访群众。我们凤栖镇又在县城所在地，老百姓上街赶集先到政府访一访再办事。

如此忙碌就没有时间管儿子桂猷猷了。正如丈母娘说的，过了三岁之后，如同雨后春笋蹿得很快，依然是不挑食，长得方面大耳。儿子经历过太多的凶险，这把达摩克利斯之剑在我们的心头一直高悬，总感觉什么时候又会掉下来刺一下。真是一朝被蛇咬，十年怕井绳。老婆孟洁说，不管怎么样，只要娃健康成长就成。听口气将来不能奢求太多。我心里多少有些失望。我对病理不甚了解，更不知道那次得病会不会有后遗症，会不会对将来学习生活有影响。有几次我目视那位每走一步都十分困难、口水长流和那位脚跟无法着地的孩子好久，心里隐隐作痛。正是这种心态，我们都放松了对儿子的管教。猷猷如同无人管理的果树一样长得懒散而随意。

老婆孟洁拖着哭腔打电话说儿子猷猷跑了。跑了，能去哪里，不是上学去了？儿子已上到三年级，学习成绩还可以，在班里排到前十。我放下手头的工作，带领几名得力干部，分别去东关小学、医院和我当时住的地方寻找，动员亲戚到街上、商店去寻找，到学校找老师要同学家的电话号码……老婆说儿子这几天不好好吃饭，就在放学的时候跟踪，发现一出校门买冰棍、牛板筋和豆腐干。她顿时来气，夺掉垃圾食品扔进垃圾桶。儿子哇地哭了，跑进人群里，任怎么呼唤怎么追赶也无济于事。

折腾了整整一个下午，连个影子也没看见。我只得打发掉干部和亲戚，两人默默地往家里走。天开始黑下来，不知道儿子猷猷晚上会在哪里。是不是他也继承了姐姐、哥哥的性格，倔犟、固执、不计后果。自懂事起，还没有发现有性格缺陷或者好走极端，即使大病之后，也与病前没有什么两样，一切表明依然健康、阳光。想起那么倔犟的父亲拧不过二姐和哥哥，我的心里也掠过一丝凉凉的悲意。到底怎么办呢？我也陷入了空前的矛盾之中。那几日，大改型也停滞不前，每个组都打了一架。有几名干部还在医院躺着，报警就问打架了没有流血了没有，甚至问死人没有，不然就磨磨蹭蹭，来了站着看热闹。说什么不严重，意思是只有流血事件或出了人命案才好管。如此慎用警力让人哭笑不得。记得看美国警察办案，有人到家门口，马上警察来干预，就是邻里纠纷，警察也耐心说服教育。过去滥用警力，现在慎用警力，从一个极端走向另一个极端，这干部就当得窝囊当得憋气。书记当然知道情况，在看我怎么办。我也知道，这一仗几乎就是自己政治生涯的赌博。记得找县委书记要求下乡镇时，书记就说文人怎么怎么。我说文人的命真苦，用得着的时候，文人就是好干部，用不着的时候就是一个缝嫁衣的可有可无多余人。李白受到唐明皇的召唤时，心花怒放，别妻离子，发出"仰天大笑出门去，我辈岂是蓬蒿人"的感叹，决意"但用东山谢安石，为君谈笑净胡沙"，最终只落得"人生在世不称意，明朝散发弄扁舟"。历史上文人都有报国奉君情结，只可惜都不得志。洛川的文人下场也够惨的。政府办一名副主任写殁在桌子上，县委办两名写得好的主任前仆后继去了重要的"党校"，两名写得好的副主任前仆后继去了重要的"农工部"……书记登时撂下一句话：等着下乡镇，一个大乡镇，把今天的话记好了，不要再找我要回来。

我们已从医院搬出来，住到政府家属院一楼一个两室一厅70年代的老房子，窗外有一小块空地，我开出来种了几株葫芦。一到夏季葫芦长得蓬蓬勃勃，沿凸出的防盗网上攀爬缠绕，整个窗子都掩映在绿色里，嫩绿的宝葫芦里外吊悬，随风微微摆动，白色茸毛在斑驳的阳光下反射出点点星光。儿子桂猷猷每天都要看宝葫芦，几次要摘，我说还不能摘，葫芦长大了就成了葫芦娃。他最爱看的是葫芦娃动画片，有人没人那熟悉尖利的葫芦娃之歌突然响起——那是我给儿子买的第一部动画片。配合动画片种了葫芦。儿子还养了一个小鸡，跟屁虫似的屋里屋外跑；上学时把小鸡骗进葫芦架里，嘀嘀鸣叫传出，葫芦架就有了生命。只要儿子回来，小鸡就会跟着回来，从脚上爬到怀里又爬上肩，极像一个小鱼鹰高瞻远瞩，骄傲异常。后来，小鸡死了，儿子哭得鼻一把泪一把，许久都怏怏的。就在我们走到窗下时，看到蓬勃的葫芦架下站着个模糊的身影，蜷曲着尽量隐藏自己，弄得葫芦架蔓刺啦啦响动。猷猷如同一个巨大的葫芦娃从蔓里蹀蹀地走出来。

"爸爸妈妈，我再也不敢跑了。"

老婆孟洁一把搂住儿子，抱起来，踉跄回到屋里。儿子很快睡着了。月亮升上了天空，繁星密布，平添了几分静谧。隔壁就是医院，住院部病房门关关合合，在空旷的楼道里引起响亮的共鸣。有人撕心裂肺地哭喊，说一些呢喃不清的絮语。又有人走了。猫头鹰又叫起来，声音深沉有穿透力，不知道谁又要走了。人生无常，我们对望了一下，月光在眼角跳跃。

回到镇上，我召集了各组组长会议。大家评一下，哪一组哪一户最难。一阵激烈的争论之后，一名副镇长包抓的城关一队中心街南段一户阻力最大。城关几个队都在县城边上，早已不靠果园收入，只是把果树的命保住，等征地时拿赔偿。多年没有管理的果树，树枝朝天长成扫帚型投降树，开那么几朵懒散的花，结那么几颗要死不活的果，不刮腐烂，不锄草，草和树一样高，死枝比活枝多。有一户的位置最显眼，上级领导经常点名批评。户主不让改自己的果树还动员其他户反对，三天两头带人到镇上县上上访。

"这一户我包了。"我说，大家都愣了一下。有人关切地暗示我要小心，好赖是一镇之长，冲出去回马了，那就麻烦了，不只是声誉受损，以后的日子也难过了。古人两军对垒，主将常常一战定胜负，特洛伊之战，没有几个回合，阿喀琉斯就将自己的剑插进对方主将赫克托耳的喉咙。领教了希腊人厉害的特洛伊人从此紧闭城门，最后毁于神奇的特洛伊木马。大唐初建，李唐王朝风雨飘摇，如果没有秦王李世民一马当先，冲锋陷阵，有没有盛名天下的大唐很难说。到乡镇普遍的默契是正职少出马或不出马，一旦出马必须成功，否则，就成笑柄。乡镇流传"枣刺"理论。相对于正职来说，副职就是马前卒，要叫正职滚崖，副职先滚下去把枣刺都压倒滚平，正职最后"羽扇纶巾"谈笑而下。意思是一级对一级负责。相对于书记来说，镇长就是副职。书记说得好，镇长其实就是"伙计头"，什么都得管。这个枣刺必须我滚。

"那家主人说他有心脏病。"副镇长说，他的意思是自己没有拿下是有原因的。

"男女干部都带上，所有油锯都带上，出来男的，四个男干部上，出来女的，四个女干部上，只准其动口，不让动手。其余干部油锯、手锯一齐上，两个小时之内干完。"

近百名干部来到了城关一队。破旧的栅栏被踏开，呜呜的油锯声骤然响起，一个个主枝在沙哑的呻吟中倒地，积聚了一个冬天的黄尘懒散地爬起来袅袅飞翔。

"妈日的，谁让你锯的？"园主扑进来，瞪着血红大眼。还没到跟前，四个男干部一齐上，提夯一般，以"大"字形状定格在地上；女人风一样蹿进来，几名女干部卷成一个桶，把她固定在里面。肮脏的洛川县骂飞出来。

离男主人最近的油锯由一名年轻干部镇守，和园主是同村人。这名干部经常酗酒闹事，打架有了名。看到自己村上的人对自己下手，男主人大骂起来。干部拿起油锯举到男人上空，呜呜地加了两把油，锯末雪一样落下去，掉在眼睛和嘴里。再骂，把你的胳膊也锯了。男人被镇住，骂声从喉咙里突然拐回去了。

"积极配合，三大主枝留一支，否则，搞成电杆，树活不了，赔偿也要不上。"

我的话一下子戳到男人的痛处。这样的树要去掉三大主枝非死不可，死了自然要不上赔偿。差不多两个小时，整片园子都改完了。果树像脱了衣服的人练冬泳，在寒风中瑟瑟发抖，却显得精干有形。一地果树枝，干的、死的，依然张牙舞爪，却威风扫地。"三日内拾完果树枝，清理果园，不然我们二次再来帮你弄。"

走的时候，我让副镇长撂下一句话。这句话看似文明，却是寒光闪闪的刀子。男女主人颓唐地坐在地上，树枝和柴草凄凉地呻吟，灰尘和纸屑腾起，似一团灰黄的雾吞噬了他们。

"要是心脏病犯了，到镇上找我，给你看病。"我雪上加霜地补上一句。

"你们真瞎。"雾里飞出一口浓痰，黄黄的带着血丝。

"不是瞎，而是厉害。"

我知道自己做过头了。我本是文人，还算温文尔雅。要在乡镇当官，要在千言万语、苦口婆心的情况下还不顶用，那只有不当这个官了。我不来还有王五，这块烂果树肯定不会留下。我不想让县上的大书记看我笑话，更不想镇上的小书记看我笑话，最不想让副职们看我的笑话。

大改形顺利推进。没有想到，当年秋天，改过形的果树产量稍有减少，质量却大为提升，果个大，着色好，价钱高，收入不减。老百姓渐渐接受了，形成了一股强大的改形力量，公路两旁的果树都由投降树变成开心型，红红的苹果在秋日下熠熠生辉，清香扑鼻，令人垂涎欲滴。省市领导和过路人被整齐划一的景观吸引，通报表彰，参观者络绎不绝。省长还在一本书的序言专门写到经过时的感受。

我想起了儿子桂猷猷。

桂猷猷上东关小学之后，我和老婆孟洁就成了老师，每天晚上要改作业。这一阵子因为"四大技术"闹得我情绪不好，顾不上改作业，孟洁又要做饭又要改作业，整天耷拉着脸，好像谁欠了她一袋子粮食。

下乡镇不是你同意的吗？你不是说也希望我干出点成绩吗？少贫嘴，下乡镇的人多了，当官人多了都像你那么忙。我给你说这孩子学坏了，编谎套云，和我吵架，你就不管，等长大了非吃你的肉不可。儿子成了投降树，跑过之后，承认了错误，没有再跑，但浑身到处是毛病。

需要对儿子桂猷猷改改形了。

祭起了父亲的棍棒

我原本不赞同打孩子,因为父亲的棍棒如同孙悟空的金箍棒随时挥舞,留在心里永远是胆怯和害怕的阴影。我仔细回想起自己最刻骨铭心的三次打。一次是星期六下午放学迟回家挨打。我们家所在的村与另一个小村同属一个大队,因为那个村的人多,学校就在那边。我们上学得翻一条小沟,有二里多地。星期六下午放学,我和同学们一起往回走。到沟底照例要蹲在溪水边翻开石片,寻找螃蟹。男生都希望女生一起参加。女生们都想回去。想回去的女生是队长家女儿领头。父亲和队长历来水火不容,自然受到额外的"照顾",每次喝酒醉了,父亲就骂队长十八辈祖宗。刚要跨过小溪,我伸出腿去,她就吧唧滚到水里,恰好湿了裤裆。男生们都开始起哄。回去之后,见到父亲,队长老婆文绉绉地说把孩子管好,不要小小年纪就偷鸡摸狗、耍流氓。父亲一个大男人家同队长老婆扯起喉咙对骂。队长老婆见父亲骂得性起,就笑着说,老桂,对不起,是我娃错了我错了,你娃做得对,我麦罢蒸油包包看你。对手几句话抽了父亲的灯芯子,周围陷入默契的鄙夷和窃窃私语的黑暗。父亲男人的咒骂还在田野上空回荡,脸臊得发黑。他呸呸朝锄把上吐水,埋头干活;这些人也呸呸吐,不是吐在锄把上而是吐在地上。父亲感到有一万条冷箭从身后射出。

父亲回来,让我站好,面前放着正熬茶的蓝茶缸,茶盖一抬一抬地往外冒气,散发着浓郁的茶香。父亲拿着一根柠条。我的心一下子飞出了胸腔。每年冬天寒假要过洛河砍柴,砍一百多捆,差不多够一年烧。柠条直长,很少发旁枝,光溜的主干冒出两绺黄刺,扎得人钻心疼。父亲劲大,没有榆梢的时候就踩住柠条一头转另一头,叭一声柠条筋就转起来,绿皮裂开了,露出金黄的颜色。柠条变软了却有了韧性,可以捆柴了。榆梢不扎手好捆柴却不耐摔,要是坡长坡陡,榆梢断开,柴会在石崖上天女散花般飞溅,落在洁白光滑封冰后的洛河上,发出散乱的声音,滑出去好远,再要拢起来很费劲。而柠条捆的柴,沿陡坡蹦跳而下,在崖畔夸张飞起，跌在冰河上，弄出很大的动静也不会散。这根柠条早已没有刺了，皮也褪了，金黄没有拧过的胴体光滑顺溜。经过父亲千百次唾沫浸润和温暖屁股的养护，柠条变得老成而柔韧，像一条冻僵了的蛇，每一次挨上屁股，隔着哪怕是棉衣，都能感觉出柠条如同蛇信子一样掠过，冰凉而疼痛。

没想到你是个小流氓，我还把队长老婆骂了一顿…一个大男人与一个长头发婆娘骂仗，你让老子的老脸往哪里放…你不要脸，老子还要脸…每句话之间，我留三个点，代表柠条的击打和愤怒。他就这样打着，喝完了茶，又点起一锅老旱烟，顽固而仇恨的脸庞便隐进一团呛人的雾里。

另外一次，我无意中碰倒了父亲从湖北老家带上来的一罐桐油。父亲跟四爷学做木活，用柏木做椅子用桐木做饭桌、水桶和洗澡盆。柏木柔韧，被火烤后可以弯曲90度，做成的椅子光滑好用，许多人上我家索要。桶和盆用泡桐板做，不用一颗钉子，计算好木板两侧的斜度，抛光内外和侧面，用两根铁丝箍住再用锯末压缝就滴水不漏。最后一道工序是上桐油，上过之后的桌、椅、盆、桶就漾出黄灿灿的光亮，散发着本木和桐油相杂的馨香。村里也有木匠，活也做得不错，没有桐油罩面就逊色不少。桐油是父亲木活的面子和绝活，用得节俭仔细。他也常常以这点手艺在村里显摆，夺取面子上的一点荣光。那天不知在柜底找什么弄倒了罐子，随着一声喑哑的声响，罐子裂了一条缝，桐油优雅地淌出来，慢腾腾散开，如大雨后平地起的泽流。我不知道该怎么办，早早跑去上学了。

回来之后，桐油已流了大半个屋地，浓烈的桐油呛得我直想吐。在桐油没有流到的干地面上，父亲打碎了一个碗，白瓷铺得细密紧凑。我突然想起来小时候在妈妈的背上看父亲挨批斗的情景，父亲膝下的鲜血如桐油一样慢慢行走。

谁弄的。不知道。怕是老鼠。老鼠有多大的劲。反正我不知道。

父亲一脚把我掼倒在地上，双膝正好跪向瓷碗，砸得不少瓷飞起来，落在桐油里。膝盖顿时有几十把刀子在剜，泪水一下子飞出来。父亲的绝情骤然触动了我内心一直压抑的东西。你是不是受了累也想让我受累。我想起了母亲，想起了姐姐在的日子。只剩下我一个人陪父亲，总觉得哪一天，父亲会把我打死的。既然这样活着受罪，不如死了算了。我说你打吧，打死也不会承认的。人家批斗你，不是我批斗你，你在外受了气，不是我气的你，为什么总拿我出气。妈妈走了，姐姐出嫁了，哥哥在外上学，妹妹跟二姐上学，你跟前就剩下可怜的我还见不得，你打不死我，总会逼死我的。说不定哪一天我一头从洛河下去……

父亲愣了，没想到我敢反抗，背上牛头不认赃，还说那么多绝情话。这些话狠狠打击了父亲的气焰。他扶起我，帮我擦去膝盖上的血渍。打碎桐油壶，知道会有一顿打，没想到是跪碗瓷，这激起了我尘封很久的记忆和压抑很久的反抗。这或许就是桂家的倔犟吧。

我冤枉你了，是挨刀子老鼠碰的。

是——我不小心碰的。

父亲最后一次打我，是在我考上中专之后的假期里。我牵牛，父亲耧地。拉耧的一般是驴，父亲不想求人借，就用姐家的牛。牛犟，不踩犁沟。父亲摇耧伙计一般，我牵牛也是生手，三个生手配合起来就不怎么协调，父亲急了用鞭子抽我和牛。这一幕许多村民隔沟看见了，大声劝父亲。我的自尊心受到了严重挫伤。我说，爸，我已考上了学，是成人了，还这样打我，你的心真的那么硬？你是不是不打人手痒？我不是你亲生的吗？父亲钉住，缓缓蹾下去，像一座楼慢慢坍塌，泪水沿黝黑而挤满皱纹的脸上蹦跳而下……娃，我再也不打你了。我要再打你，算我没记性；我再打你，我不是人……我的心里泛出一股咸泉，从眼角里涌出。父亲蹾下去的一瞬间，我觉得他倔强的人格高塔倾覆，于执拗而好强的父亲来说无异于是一种死亡。后来很后悔，有一次竟然说父亲想打就打吧，父亲异样地看了我一眼苦笑了一下。

其实，父子也是一对矛盾，既是对立的又是统一的。父亲要管教孩子，孩子也在试探父亲；父退子进，父进子退。虽然父亲的棍棒在我心里留下了巨大的阴影，哪怕是在高考的时候，那根棒子都没有消失过。可是在我可能做坏事的时候棒子及时阻止了行动。父亲最终还是赢得了我们乃至村里人的尊敬。刚来贺家河的时候，我和哥参加生产队劳动，工分少得可怜，明显受歧视。父亲气得跺脚，从村东头走到村西头，大声宣布：我这两个娃子要考学，将来当干部，根本不稀罕那点工分。回应父亲的是能飘过洛河的嘲笑声和蚂蚁一样的密密啃啮声。这个村子历史上没有考上学的，一个外来户简直是自不量力。父亲恶恶的要做给人看，近乎绝情，除了严厉地修理我们，对自己也不留后路。哥哥第一年没有考上学，父亲让补习，哥哭着说家穷成这个样子，哪有心情上学。不补习？行，那就要劳动。他带我们两个日夜翻地，累得我们昏昏欲睡。我们两人翻的地也没有父亲的多。父亲不是要我们翻地，而是用高强度的劳动磨去哥哥的浮躁，逼他回学校。云淡星稀，月亮圆润明亮，我真想扔一块土蛋打灭明月，结束这死亡的折磨。我学习很好，也喜欢上学，父亲磨炼哥哥捎带我，给我打预防针。这招很损却立竿见影。我哥挺不住同意补习。到后来，实在没有钱供上学，就把仅有的牛卖了，回到了"刀耕火种"的原始状态。父亲还是很爱我们的，只要手头宽裕，就会改善生活，称点肉，做拿手的黄酒肉豆豉肉和红薯丸子，香喷喷的油烟飘出来，能拽出许多人的口水。到过年的时候，我们无一例外地有一身不同于农村老布和棉布的蓝咔叽新衣，平滑如镜，衣折像刀，许多孩子都流露出羡慕的神色。在父亲主导的冷酷和温情的岁月里，哥哥和我先后都考上了学。村民对父亲马上肃然起敬，开口闭口"老桂"怎么怎么，"老桂"成了父亲光荣的称呼，也成为全村的楷模。方圆百里无人不晓。随后发疯地模仿"老桂"供子女读书。成家之后，我深深理解了父亲一个大男人拖家带口生活的不易，精神与肉体经受的重压与摧残一点不比我们少。只可惜父亲勉强活了六十岁，等到宽裕了，有能力孝敬和安排晚年的时候，和父亲已经永别了许多年。我常常夜里梦到父亲，觉得是一个不孝子孙，与父亲比起来实在是渺小不值一提。父亲无疑是伟大的。父亲的伟大在于为了我们置自己几近死地；我的卑劣在于，并不十分困难的情况下，没有好好孝敬父亲。总以为有机会，时间长河永不停息，待自己游刃有余的时候再从容地回报父亲。有一天，父亲的生命河流戛然干涸，我的承诺陡遇断崖。我的良心今生不会安宁，空留常常梦中泪湿枕巾无法弥补的遗憾。

  儿子桂猷猷偷跑之后的确有了变化。偷跑是他做的最大的一件事，以为会招来皮肉之苦。考虑到从小得过病，考虑到健康成长不容易，我和老婆孟洁苦口婆心地劝说，讲道理，什么要好好学习做个听话的孩子，什么头悬梁锥刺股、凿墙借光……儿子就说是不是头悬梁锥刺股好玩，是不是那家人省电费借人家的光……在无拘无束的环境中，猷猷长成投降树了，不只枝叶稠密，根根向上，花不开果不结，而且也得到投降树的秘籍，不管父母说什么都不反对，讪笑着答应，对对是是，实际上是左耳进右耳出，嘴上应心里拒，我行我素，一如既往。感觉到事情大了就装成一副可怜的小狗相，摇尾乞怜，不停地我错了，对不起，转身忘得一干二净。我是不相信完美的，你完美了别人就可能不完美了，这里完美了那里就不完美了。我们洛川人在与人交往相处时喜欢说你高兴了别人可能受不了，月满则亏，水盈则溢，人强则栽，棍硬则折。想想自己小时候也并非省油的灯，家里压抑，外面受人欺负，形成了"嘴上不说，心里咥活"——洛川人说的老实人干实活的可怕性格。咋咋呼呼的反而好打搅，哑叫驴最令人可怕。我从炕墙角推哥哥，就让家里人大吃一惊。我跟二姐好，给二姐说要杀队长。二姐给父亲说了，又招来一顿臭打。父亲的棍棒可能影响到我人生的精彩，也给了我做人的底线，什么事不敢做，什么事能做。我和老婆不止一次对儿子猷猷说，我们是有底线的，你不要以为不敢打你。后来我的小姨子说猷猷打她还咬她的手，骂人的话很难听，要好好管。我就觉得问题大了。他在暗中同我们较劲，特别是偷跑之后没有受到责罚，更觉可以战胜我们。有一天，孟洁的同事打来电话，说猷猷打他的孩子。那个孩子比猷猷还高一级，他怎么会打自己打不过的人呢？不管怎么样，老婆还是提着东西看人家小孩，回了话。同事夫妇就说了好些管教孩子的话。臊得她只想找一个地缝钻进去。

不管不行了，我们达成共识：必要时实行武力专政。规定不打儿子的头，打屁股；一方管教孩子哪怕打孩子，另一方不得干涉；即使做得不对，做过头了背过孩子再说。

儿子猷猷无拘无束的幸福日子就要结束了。

老婆说儿子把大人发的压岁钱不上缴，还不吭声。这么小的孩子都敢收钱，完了完了。已经是2003年的光景，年钱一般在50、100元，他每天的零花钱也就一两块，拿50、100不上缴，咱不回年钱要让人小看，这还是其次，这么多钱在孩子手上会出事的。

"爸，我把姨夫给我买的枪找到了。"儿子猷猷对我说，正兴冲冲拿一杆崭新的长枪，打得挂历叭叭响。姨夫买的枪早已坏了，挂在墙上，我拿出去修理过，修不好。显然儿子在撒谎，已严重触碰到了我的底线，长时间拥塞在心头的气一下子炸了。我严肃对儿子说，你好好说，这枪是哪里来的。我姨夫给我买的，不信你问我姨夫。

我抬起脚，照屁股上狠狠踢了一脚，他往前一扑摔在地上，枪也飞出去好远。我找到旧枪和新枪一起摆在面前。

老实说，枪是哪里来的？他依然一言不发，泪在眼眶里旋转，忍着不哭，仍然抗拒，挑战忍耐极限。我拉起他压在沙发上，捋起棉裤照屁股上一顿狠揍。

"爸，是叔叔给我的年钱。"

儿子猷猷终于服软了，说把发的年钱藏在鞋袜里，带同学到超市每人买了一个玩具。那次打老婆同事的孩子，是他预谋好的替一位同学出气。孟洁回来儿子扑上去哭着想搂腿，希望得到同情。没想到妈妈挣脱说不要他了。你咬你姨的手，你奶把你看大，对你那么好，还骂你奶。你是一条喂不熟的狗。儿子说他没骂。老婆说骂你姨的妈，就是骂我妈骂你奶。你要是再骂人，我就要缝你的嘴。说着拿出针线做着要缝的样子，儿子跑远几步双手捂着自己的嘴。孟洁将儿子最近所犯的事一一罗列，详细得连我都很吃惊。说实话，在乡镇工作的确很忙，儿子的事老婆管得多，改作业、开家长会、补课等等，出了状况，只有到万不得已时才给我说。孟洁说得很及时，如果再迟一些再大一些可能就麻烦了。要是再这样，不要你跑，我和你爸就要把你扔出去。看谁家要一个打骂大人、编谎套云、惹是生非的孩子。千富，咱没本事管桂猷猷了，他想到谁家就让到谁家去。我点头同意。儿子彻底服软了，钻到妈妈的怀里，孟洁一次次往外推，儿子哭喊着一次次往进钻。最后，我们和儿子一起哭了。一家人弄得悲凄凄的，毕竟这样对儿子是第一次，也不是我们的意愿。

儿子猷猷乖多了，学习成绩却有一些下降，从原来班上前十，降到二十多名。我慌了，到学校问老师，老师说不捣蛋就是不好好学习。我感觉问题严重了。虽然孩子得过病，但从上小学以来，感觉没有什么影响。我慎重地问儿子：是不是听不懂。不是。是不是有不会的题。不是。那为什么成绩下降。他一脸平静，没有理由，似乎应该是这样。我的火呼地蹿上来。没有理由只能是不愿意学。我气急了把儿子拉过来又打一顿。然后，画了一个圈，让他站在里面好好反思。晚上我丈母娘、妻哥妻嫂一家人都坐在我家里，给我开批斗会。捋起儿子猷猷的衣服，背上、屁股上有红红的手印。

我心平气和地与儿子猷猷谈起来。他很委屈，哭得一拽一拽的，同学说学不学不要紧，只要有好父亲；考得好不好不要紧，只要人品好；现在捣不捣不要紧，只要长大不捣。学习毕竟是枯燥的，他就放松了。这个同学的父亲脑瓜聪明，口齿伶俐，幽默风趣，喜欢总结段子，一说一大套。愿意听的人说是幽默、有本事；不愿意听的说是烧煎水、甭尿。这都是洛川的土话，意思是说废话。他编过这样的段子：吃饭，以吃为主，突出一个"喝"字；写材料，以写为主，突出一个"受"字；提拔，以干为主，突出一个"跑"字……不知怎么段子飘到领导耳朵里。领导有一天问，有多难"受"，他灵机一动说是受活的"受"。受活洛川人说的舒服的意思。那"跑"呢？他就胡诌说毛遂自荐，弄得很尴尬。政界上干的人一般都很注重人品，宁要人品好的也不要本事好人品差的，几乎是一个不成文的规定。这位老兄肯定是随口胡说惯了，把同事间开玩笑的话说到家里，久而久之，潜移默化，儿子学以致用。这个人的儿子后来果然不学习了，还学了一口不着边际的油腔滑调。猷猷正是与这个孩子成为朋友之后不愿意学习的。我和老婆及时阻止了儿子与这样的同学交往。

　　父母是孩子的第一任老师，当大家望子成龙的时候，很少有人反思自己到底为孩子做了什么树了一个什么样的榜样。没有人愿意打孩子，可当孩子越过了你的底线和防线仍无动于衷，那一定是父母的错。在父子的矛盾里，主要矛盾在父母一方。父母对孩子一定要设有底线，比如绝对不能撒谎，不能拿人家的东西，不能骂人……我在洛川县民俗博物馆看过一个清朝洛川乡绅董彩凤的《家规》，仅仅百余字，简明扼要，仔细周到的规定了行为准则。"祭祖时，上至六十岁，下至十岁皆亲至，以追本溯源；婚事务戒奢从俭为要，同姓为婚，兄弟转房，嫁女为妾者严加责处，不服者，送官究治；无子继宗，须以族子为之，不可外觅；族人务须各从本业，不可游手好闲，浪荡为非，违者，家法处置"。时至今日，有些家庭别说家规，起码的底线都没有。我打孩子不是始于儿子桂猷猷，一位亲戚的孩子怎么也不去幼儿园，我就说让我接送。说得好好的，到幼儿园门口，孩子搂住我的腿不放。把我气急了，照屁股打了两巴掌，大冬天也不会有多疼。孩子给镇住了，刚要进幼儿园，亲戚出现了，说我都没有打过娃，轮得上你打，把孩子领走了。这个孩子就没有上幼儿园。

为什么不改作业

　　我们因为改作业的事开始争吵。我在乡镇工作，应酬多，每天回来九十点，大多是酒足饭饱，睡眼蒙眬，口齿不清的无用状态。老婆孟洁从护理转到临床不久，怕人瞧不起，拼命学习深造。那几年生娃的人特别多，每年从年初都能忙到年底，几天一个夜班，第二天回来大呼小叫，腰酸背疼。喝，怎么不把你喝死。她恶狠狠地骂。你这个人心太恶毒了，同样一个人为啥结婚前后差别会这么大呢。这是我和老婆吵架时用来改善气氛的话，开始很管用，后来不怎么顶用了。都是让你们气的。我每天多辛苦，回来还要做饭改作业。老师怎么不改，我明知故问，老师要改还用得着我们为此吵架吗。要不把娃转到私立学校。我征求她的意见。

　　老师不改作业，我真是想不通。洛川本来教育还可以，记得我们1984年那一级，洛川中学一次考上近百名学生，在全市排名前三。可惜短暂的辉煌如同洛河2000年发的那次大洪水一样，至今留在墙上是浆过的淡黄的水印。不知不改作业是从什么时候起从谁而起，是不是所有的学校都不改作业。也可能是学生太多，作业太多改不过来，无论什么原因，不改作业都不应成为理由和常态。被称为园丁、红烛的老师竟然放下了勾画对错的红笔，不能不说是悲哀。

　　我对老师改作业的印象刻骨铭心。

　　上初中的时候，我写了一篇作文。老师的批语又红又大，足有大半页，映得人脸红。我记得里面有这么一句：一枝红杏出墙来。那时书籍缺乏，涉猎狭窄，还不知道这一句话出自哪里。"一枝红杏出墙来"让我这个瘦小不起眼的同学在班上乃至那一级都崭露头角。几乎每次作文都是范文，老师批改得认真仔细，好长一段，什么主题鲜明、语言流畅、遣词造句新颖，偶尔还总结几句中心思想。我最怕中心思想，上语文课最怕老师点名让我总结段落大意、中心思想。我觉得那是玄而又玄的东西。特别是鲁迅先生的作品，每个字仿佛有若干个意思若干个所指，用今天的流行语就是N个意思。我总是扯不清理不顺。我写作文先思考两天，在头脑里构思打草稿，然后一气呵成。根本没有考虑中心思想。现在我的文章都让老师总结出那么精辟深奥的中心思想，我的确对自己都有些佩服了。每次作文下来，同学们争先恐后借我的作文看，甚至从来都不敢正视的漂亮女生也扭捏地借我的作文，问我作文如何写……也就是那时，我立下了当作家的梦想。

我的高中是在洛川县土基中学读的，作文一直是我出名和打天下的不二选择。暑假的时候，我到宜君二姐家看了秦腔《生死牌》，感动得泪水纷飞。我狂热地喜欢秦腔。只要县剧团来公社演出，我会走十几里地看戏。我对爱的朦胧期盼是从《游龟山》《三滴血》里漂亮男女演员眉目传情滋生孕育的，我的很低的泪点是被《铡美案》《十五贯》《生死牌》里生离死别、大悲大喜的故事情节定位的，我的小男人多愁善感的气质让一场又一场秦腔滋润得愈发成熟，固化为秉性的一部分终生伴随。老婆孟洁的低泪点不知是如何形成的，大约是女人的缘故。我们都有一颗潮湿的心，低泪点让我们的生活充满了纷飞的泪水。后来看韩剧看访谈看中国好声音我们哭得一塌糊涂，被角都擦湿了。从二姐家回到学校我就写小说《生死牌》。高一学生写长篇小说，如同一枚石子落到了平静的湖面，溅起的水花在校园里久久回荡。高二的老师拿我做榜样，在班上读我的小说。我在校园里声名鹊起、鹤立鸡群。由于学习紧张，特别是由于数理化深奥而诱人的迷宫徐徐展开，我渐渐沉浸在日本出版的一套高难的数学物理题库里，每做一道题都要用几小时或一天，带来的兴奋和激动同样会持续很长时间。我喜欢作文的优美，更喜欢数学物理的无穷变化。尽管如此，作文依然是看家本领，经常被老师示范朗读和讲解。那一年我没有考上中专，转往洛川中学补习，淹没在太多好学生的深潭里。因为是补习生，坐在后排大个子同学中间，上课不让听讲，书也被同学扔了。还说什么我要是考上学，他们都要从西沟跳下去。我赖以东山再起的作文也被"补习生"拖累了。语文老师不改补习生的作文和作业。老师肯定看了，每次作文下来有折页，只是没有评语。上语文课的时候，我极其认真，盯着老师看，谄媚地互动，投去敬佩和乞求的眼神，好歹改一次吧，公平地改一次，还是没有改。后来不管谁说这位老师多好多好，我不赞同，不改作业的老师就不是好老师。如此一来，我便不在语文上下功夫了，热情全部投向了数理化特别是数学。因为我遇到了一位好老师，他把数学讲得像语文一样富有激情像相声一样铿锵有力，层层推进，包袱笑料不断，惊人的结果诱人的方法往往图穷匕见。我与数学老师亲密互动，不但每次上课盯着丰满、自豪、隐藏无穷奥秘的脸庞丝毫不离，而且每次下课之前留的一道深奥的数学题也成为我夜以继日攻克的重点，屡有斩获。有几次留的题只有我一个人做出来。在我站起来回答的时候，几十双敬佩、嫉妒的眼光投向我，我便如女娲似的成为挽救全班颜面和破解老师疑难的"补天者"。我又一次受到重视。语文上不公平待遇暂时忘却了。后来，这位老师所带的数学高考成绩不理想，有的同学就说老师犯了自恋狂，把学生带入过于深奥的数学迷宫。我却一直为老师辩护。那一年我的数学也没有考好，栽倒在一个解析几何题的栅栏前，成为没有圆大学梦一生难以抚平的伤痛。这个我后边说。

最终我考上了西安统计学校，距大专的分数线只差3分。在统计学校我的作文又一次成为立命之本。语文老师讲得不好，却不影响其品鉴能力，作文被批阅得红彤彤的，成为范文的常客。老师还专门请我参观了省委家属大院。她丈夫是副秘书长，住在一排平房里。省委书记省长都住的是小别墅、小洋楼，掩映在巨大法国梧桐荫影里，微风吹过，树叶哗哗作响增添了寂静和神秘。道路黝黑，弯弯曲曲好像洛河流淌在无风无浪无落差的平处，静默不动却深不可测。小车悄无声息地驶过，宛若河上的小船，被尾风抚起的梧桐叶如同无数鼹鼠欢快地蹦跳追赶，又若船过溅起的粼粼浪花涌滚远去。老师带我参观她的家，第一次看到美国纽约繁星点缀的高楼大厦，第一次看到卢浮宫和埃菲尔铁塔，第一次看到泰国人妖……老师炒了青椒肉丝和西红柿鸡蛋，蒸了香喷喷的米饭。在吃饭的过程中我又想叫老师妈了。因为这样的日子太远了，老师唤起了心中早已淡化的恋母情结。老师们的接力鼓励让我的作家梦空前膨胀，后来考上省委党校，一口气阅读了一百多部名著，写出的文章开始发表。

我的爱情因为一篇小小说《后门》而尘埃落定。老婆孟洁还在犹疑不定的时候，看到杂志上有我的一篇小小说，立刻下定了决心。

我曾经异常清楚地做过一个梦，梦见一个"陟"字。这个字我不认识，醒来查字典，意思是登，高。不久我就调到县委办公室，在党校毕业时寄出的几篇小说都刊登了。

2001年我下乡镇的时候，将自己抽空写的文章收起来，到乡镇就没有时间了。把一篇中篇小说《人在仕途》寄给了《延安文学》，不仅发表而且被推荐到《小说月报》，差一点刊登了。

这一切都因为老师的批语，因为老师们连篇累牍的鼓励。

老师怎么会不改作业？

韩愈说：师者，传道授业解惑也。老师不改作业，怎么知道学生的个体差异，怎么知道学生惑在哪里，又怎么有针对性地释疑解惑。

当然，不改作业可能不只洛川一家。记得曾看过一则新闻，几个志愿者到一个偏远的省份学校去支教。每天晚上，志愿者寝室的灯光亮到很晚。本地的老师拜访的时候，看到改作业就很不以为然，甚至嗤之以鼻，认为是落伍的"小儿科"，最后还说志愿者改作业对他们形成了压力，弄得志愿者只得偷偷改作业。志愿者说如果不改作业支教就没有意义，良心上过不去。这与格鲁维尔小姐在威尔森高中实习带放牛班受到的遭遇一模一样。国籍民族不同，懒惰与劣根何其相似。

洛川人说做什么要像什么。大改形那几年，不光果站的人要干，全镇的干部都要上手。一年下来，都成了果树技术员，领导提起四大管理技术也头头是道。参观者面对整体划一的管理技术，春季一塬花秋季一塬果的人间美景啧啧称赞，他们根本不知道全县数以万计的干部与果农几乎血拼了三年时间。洛川苹果不是吹出来的，是干出来的。

儿子猷猷四年级的时候，我们把转学纳入重要议事日程。经过了解，私立学校改作业。那时洛川私立学校发展迅速，从小学到高中有几家，私立学校老师和公立学校一个待遇，老师几乎可以自由跳转。私立学校开始显山露水。

我带儿子猷猷到医院后边的曙光小学走了一圈，看到小小的教室，脏乱差的环境。猷猷说，不像一个学校，像一个家属院。曙光小学当时租的是卫生学校的楼房，住的有卫校的干部、家属、学生，药检所的干部和家属，几家管理几家都不管，卫生自然很差。特别是学生大多来自农村，脏话频出，我也感觉环境不好。这一年没有转。

改作业弄得我们疲惫不堪，关键是四五年级的数学有些难度了，又不能用方程解，一道题要想很长时间，甚至半天也算不出来。我和老婆孟洁都有些自尊心，个性很强，不想在儿子面前落败。这题算得就有些憋气，算着算着开始骂老师。记得有一道题算不出来，让第二天问老师，老师竟然也不会算。真是要命了。儿子那时变了许多，不再捣蛋，只是到星期天老说"没有啥玩。"我说到舅家姨家去，他说没意思。那跟我下乡。儿子坐在吉普车的后面，我们去仙姑河、去西沟，还去过洛河边上的大悲寺。在徒步的过程中，我有意识地教写游记，怎么开头，中间写几段，怎么结尾。碰到石头远看像什么，见到洛河秋天的时候给讲夏天发水和冬天结冰的情景。时间不长，儿子的作文就上去了。有一篇写"大悲寺"游记的文章竟有600多字，在炼油厂工作的同学孙王民看后，佩服得不行，无论如何要去大悲寺看看。

2004年我们坚决将儿子猷猷转到曙光小学就读，终于脱离了改作业的藩篱。我和老婆孟洁暂时轻松了，又回到了平常的状态，开始考虑儿子初中到底在哪里上。曙光小学五年级只有两个班，儿子每次考试进全级前十。另一个班一个叫王蕊的女同学两门比儿子要高十分左右，每次王同学都是全级第一。我们就把王蕊作为标杆，让他努力追赶。这个王同学后来和儿子一起考到西安。2004年我们终于有了自己的房子——高塬小区一个小院。搬到高塬小区离曙光小学远了。曾给儿子星期天补过数学的老师在离高塬小区很近的明珠私立学校教书，她几次上门动员让儿子读明珠学校。我们问老师改不改作业。老师说改作业，每次考试只要有一个100分，老师都要拿100元。放心，老师把娃比家长还当事。我们就将儿子转到明珠学校。

一驳"供到哪里念到哪里"

我曾经也是"供到哪里念到哪里"理论的践行者。洛川人爱说"要有好念家还有好供家"。这里的意思是念得好还要供得好，供得好也要念得好。看似包含着父母与孩子互动的辩证意思，其实不然，主要是经济供给，也就是钱，再具体一点就是一个钱数。一般情况下，一个孩子从小学到初中，按现在择校、补课和周末看孩子算，费用大约如下：

小学在洛川上（四年公立，两年私立），之后初中上（西工大附中、高新一中、铁一中等名校），择校费若干万元，学费 9000 元 × 6 = 5.4 万元。一年生活费 100 元/周 × 4 × 10=4000 元，年补课费约 4000 元，一月看两回孩子，每次住宾馆两次 300 元，吃饭买东西 100 元，400 × 2 × 10=8000 元。初中正常费用约为 14 万元。高中 16 万元。也就是说一个学生不管考得好不好，需要 30 多万元。这是基本的费用，如果考不上费用就不止 30 万了。

我同多数家长一样抱有"供到哪里念到哪里"的思想，只要准备好钱，找一个好学校就行了。念书是孩子的事。这个理念遭到了同学的无情否决。

那是一个星期天，我陪儿子猷猷逛街，碰到高中刘同学。同学个子不高，长得小巧帅气，口齿伶俐。好久没见，自然就聊起来了。还问儿子上学的问题。

"供到哪里念到哪里。"我随口说，几乎是口头禅。

"不对，不对。"刘同学头摇得如风中的蒲公英，唾沫星乱飞，手还不停地摆，否定之否定，弄得我很尴尬。"必须和孩子同行。供到哪里念到哪里是推卸责任。"

"推卸责任？总不能替孩子学吧？"我也生气了，"你说的不对。"硬生生截住了同学的话，同样回敬了否定之否定。两个人就在绿荫如盖的人行道树下像两个好斗的公鸡，你一言我一语，你有理由我能反驳。儿子猷猷偷偷在后面拉我的衣襟，我生硬地甩开。过路人都奇怪地看我们俩。你不对。你不对。翻来覆去就这两句话，要不是同学一定会打起来。

那天阳光很好，空气中氤氲着和谐惬意，我们却在大庭广众面前特别是在儿子面前为培养孩子的问题吵得不可开交。

"要是念不前去，没有学上怎么办？"同学率先改变了话题。"我经历过，儿子差一点没学上了……"他卸下眼镜，掏出纸巾一遍又一遍擦拭着挤满唾沫星子的近视镜片。

这个问题一下子把我击中了，如同高压电流通过全身，我看了儿子猷猷一眼，哆嗦了一下。上高中时，刘同学最爱钻研数学，喜欢讨论辩论，每次嘴仗多半是他挑起的，多半也是胜利者，并以"就是嘛，还不信"极端肯定极其气人的话做结束语，骄傲地回到座位上。说实话，在此之前，我用这句话不止一次对儿子施压。说得多了，他嘴上不说，明显不情愿。今天同学一说，猷猷的脸上掠过一丝不易觉察的微笑，极有兴致地看着我们。我让他到对面书店里找参考书。刘同学拉住不让走。我和你爸有话说，关于你的事，不能走，我有亲身体会。妈呀，尿尿的把巡街的缠住了。

刘同学就说原来自己也是那种想法，这些年经济上去了，钱不缺了，因为过分注重挣钱，荒废了与儿子的沟通和学习，转眼间儿子成了哪个学校都不愿要的差生。先是在北关小学，学习成绩不行，还和同学打架就转到东关小学，东关小学又上不下去了，只得转到私立明珠学校。你猜怎么着？同学的眼里分明有股火，明珠中学也不要了。我去学校和班主任理论，学校不就是教学生的吗？班主任说，没错，我们的水平不行，还是另找学校吧。刘同学就不信，私立学校不就是要钱吗，有钱不就行了。去找校长，校长说私立学校也有尊严，也想出人才。你看你那儿子，全级成绩倒数，吃喝玩乐，带坏了一大片。这些孩子都是农村来的，架不住这般教唆，要不我就成罪人了。如果你是校长，会怎么做？那怎么做孩子才能上学，要多少钱？校长马上露出轻蔑的表情，把他往外推。只要班主任要我就要。刘同学又觍着脸来到班主任面前。老师把他的尊严洗手水一样泼出去。儿子现在还小，不上学干什么呢？无论如何都要上学。

"除非你娃数学及格。"班主任老师说，"每周生活费不得超过100元。"

刘同学向老师拍了胸脯。离去时，听到了一声讥笑。脸上立刻像挨了耳光，火辣辣地疼。想当初咱数学不要说在班上，在学校也小有名气。

如此基因到儿子头上就成榆木疙瘩了吗？回去之后，和老婆定了计划：生意交给老婆，管理儿子交给他。每天放学之后，从学校接回来面对面辅导，盯着课本一道题一道题去做，一本一本复习。儿子要厌烦了，不想做了，就长篇大论，直到继续，必要的时候武力专政。看到小个子父亲真生气了，没有一点通融的余地，下手打得又重又狠，儿子也蔫了，不得不把精力用在学习上。日复一日，两个人把数学复习了一遍。半学期后，数学就上了八十分，一学期后不是九十九就是一百。儿子一下子成了学校的名人，被当作浪子回头的典型。

是不是真的？我心生疑窦。刘同学看透了我的心思。"我也不相信，不是亲自经历不是亲自走过就不会有这么深刻的体会。想想，孩子无学可上了，这是多么可怕的事啊，和天塌下来有什么两样。咱挣那么多钱干什么，还不是为孩子？孩子是败家子，家里就算开着银行又有什么用？相信谁也不想看到这样的情况。可悲的是，就是到了火烧眉毛的时候，还有许多家长仍然抱着'念到哪里供到哪里'金箍不放。那不是万能的，对于喜欢学习比较主动的孩子没有问题，对于不自觉的孩子特别是问题生还能袖手旁观吗？你娃学得好，当然没有问题。"刘同学突然问，"初中准备在哪里上？"

"去西安。"

"一定要去西安。不过要到西安就得学奥数。不学奥数就到不了名校。我把什么都弄清楚了，只可惜儿子不争气，也管迟了。咱把数学搞上去了，还有语文，还有英语，咱不是万能人。"

我呆呆地听同学说。

"不说了，你快去买一本奥数，像《举一反三》什么的，不行就亲自给儿子补。你在学校是全才，不光作文写得好，数理化也没问题。好好管孩子，同孩子一起前进。"末了，刘同学又补上一句，"我要是你，就向清华努力。"

刘同学的这句话同样干脆不容置疑，我回头看儿子，他也正看我。这是我们第一次近距离感觉"清华"，吓了一跳，清华是一般人想的吗。刘同学的孩子学习尚且不好，也考虑下西安择校问题，连考奥数和什么书都弄得这么清楚，看来我做得远远不够。我连忙点头是是是，并且当着儿子的面，伸出手与同学亲热地握在一起，甚至生硬地抱了抱。尽管还有些别扭和不快。同学愿意把自己可以称得上"家丑"拿出来，甘做"请勿学我"的警示，让我敬佩。

告别了同学，我陪儿子去了书店，买了一本《举一反三》奥数书。

亏得和刘同学的这一架。

亏得这一本奥数书。

二驳"念到哪里供到哪里"

有一个身边的例子，一直让我激动不已。有的人会说，刘同学数学好，可以帮孩子补。没有一技之长，怎么帮孩子。这里面还是"念到哪里供到哪里"的理念在作怪。主席说，思想是行动的先导。思想问题解决了，一切都迎刃而解。自己不会可以学，自己不会还有人会。古人不是说，只要功夫深，铁杵磨成针吗。时间可以改变一切，一切皆有可能。

买了《举一反三》之后，每天尽量早点回家，儿子猷猷做完作业后，就辅导一会儿。奥数其实很有意思，是教人走捷径的，找规律性的东西。鲁迅说，世上原本没有路，走得多了便成了路。路的本质也是捷径。如果用最少的时间到达目的地，有什么错呢，难道人生不是一直在寻找捷径吗。西安的名校考奥数也无可厚非。在我和老婆孟洁的心里，始终有个结：儿子得病会不会有后遗症。在和朋友谈起未来时，不自然地流露出儿子的智力不是很高的意思。一方面是谦虚，另一方面是找台阶，考不好不怪他，不要给太大的压力。没有想到，我们的苦心他根本不领情，说小看他。有一天我们回到家里，茶几上放着一封短信，其中有这么一句话：我是一个聪明绝顶的家伙，请以后不要再说我不聪明之类的话。

这让我有了两点反思：一是儿子猷猷已经懂事了，有了自尊，评价要以正面鼓励为主。二是学习成绩还是不错的，还有潜力。这个小子第一次把我们从病魔的担心中解脱出来，重压在心头的石头龟裂风化飞走了不少，重又拾回曾经丢弃的希望和期盼。儿子在明珠中学两个班还在前十，有时还能更高一些。老婆孟洁一位同事也在高塬小区住，孩子也在明珠上学。两个妈妈经常交流孩子的学习。两个孩子也形成竞争，一前一后。

和刘同学的一架让我开了眼界，也让我看到了"他山之石"的重要性。到同学朋友家串门，也主动询问探讨管理孩子的问题。

屈红生是我的文友之一，也是我要好的朋友之一。他在烟草局供职，执着地热爱这份工作，也将华丽的文笔投向烟草颇有争议的植物。写了一本烟草诗集,将烟草描绘得美丽妖娆,魅惑万分。我们就骂他助纣为虐,好坏不分,可惜了优美的汉字,亵渎了悠久的中华文明。他振振有词地说,没有烟草就没有《资本论》,没有烟草也不会有"山舞银蛇,原驰蜡象……""可上九天揽月,可下五洋捉鳖……""欲与天公试比高"警世绝句。烟草和文章是孪生姐妹,烟草是奇思妙想的钥匙。竟然弄得我们好像在鸡蛋里挑骨头,便没有人再理论了。结集子的时候要我找高建群先生写序,没想到先生慷慨允诺。先生也是烟草君子,写《最后一个匈奴》时据说吃了很多烟,两颗牙齿都掉了。序虽短小,温情脉脉,几乎持一样的观点。看来烟草经久不衰的确有原因。

红生让我感动的不是对烟草的执着,而是他们夫妇对孩子一往情深的爱。爱这个东西不同的人有不同的见解,而对子女的爱则大体相同。红生两口子对儿子的爱让我和老婆孟洁深深感动。

红生儿子很小的时候患了滑膜炎,关节损伤严重,疼痛难忍。到西安、延安看了很多次,医生建议居家休养。当时儿子在城中上学,课程正是关键时期。两个人顿时傻了。红生的工作很忙,老婆在大修厂当工人,没几年厂子倒闭了没了工作,红生就成了"一头沉"。全家人都要靠红生的工资生活。

红生说,当时哭都没有眼泪,也没有时间;就是哭还不能在儿子面前。儿子病痛缠身,本来活蹦乱跳、学习很好,成为同龄人羡慕和学习的榜样,一下子连学也上不成了,情绪很低落,拖着病腿故意蹦跳,每跳一下都重重地砸在他们的心上,眼看一天天沉默沮丧下去。起初还可以请老师到家里来补课,请同学复课。时间长了,无法保证。红生的老婆做了这一生最大也是最正确的一个决定。她到书店买了课程教学带自己先听带、备课,把课程学懂了弄熟了再给儿子讲。老婆勉强上到高中,这么多年没有触及,知识几乎忘光了,一切得从头再来。语文还差不多,听磁带、查字典、读课外书籍还好对付。数学就不那么好教了,有些题做不出来,气急了就一根一根拔头发。最可气的是英语,什么元音、辅音、音标、语法搞得人晕头转向。磁带是给具有一定基础的人听的。她几乎是一个白板,因此要吃几倍的苦力。常常自己带着复读机到楼顶到果园没人的地方听,直到读准弄清楚为止。开始儿子还很抗拒,沉浸在不能上学的可怕沉默之中。对于妈妈好不容易备的课和讲解嗤之以鼻。母亲不是专业老师，没有讲课的经验，更不会互动，对于儿子冷不丁提出的问题，一时难以回答，难免受到奚落。气得老婆偷偷抹泪。

必须和儿子谈谈了，有必要告诉一切。

儿子，滑膜炎不是一时能好的，需要在家静养好长一段时间。

爸爸要上班，要挣全家人的生活费，还要挣钱给你看病。

妈妈没有念下多少书，为了让你不耽误课，自己听着磁带学。你看，头发都脱成一块一块的。

人的一生有许多困难，没有困难就不是人生。有的人注定要经历困难，战胜困难的人生会更精彩。在家里学习是应急，一旦减轻就送你上学。

……

夜深了，窗外星光灿烂，明净的月光，橘黄的街灯交相辉映，天地一色。楼下马路上的汽车唰唰流过，灯光从窗外扫进来，一闪一闪，如同一页页书翻过。红生看到儿子的表情在慢慢变化，似一团发酵的面团，由内而外悄悄膨胀。有什么东西在儿子的眼眶里游动，星光熠熠。

半学期没有上学，考试了，儿子竟然考了第一。老师、学生都很惊奇。

谁给你辅导的？老师问。

我妈。

你妈啥程度。

高中生。

高中生？！

所有人都无语了，瞪大了双眼，既佩服又惭愧。儿子很高兴，没想到妈妈获得那么多人的称赞。回来后，明显比平时开朗、话多，对妈妈的态度好了许多。之后，家访的老师也多了，同学也多了，还有好多家长到家里取经。老婆不善言辞，拿出买的磁带、参考书和厚厚教案本以及一沓沓认真细致批改过的作业本。大家说不怪孩子考第一，咱根本没有下这么大的功夫。

该红生登场了。

儿子的滑膜炎有所好转，可以上学了，仍不能行走。红生买了一辆电动自行车，每天天不亮就带着儿子上学，把儿子背到教室，小心翼翼地放到凳子上；每天晚上下自习，又把孩子抱到电动车上带回家背上楼。儿子身体不好，怕在学校吃不好，得一天三次接送儿子，老婆变戏法做饭增加营养。几年时间，风雨无阻。有一次，路上积雪很厚，气候很寒冷。红生带着孩子小心行驶，不料前面堵车，他捏了一把刹车，顿时人仰马翻，两人甩出去好远。红生爬起来听到儿子问，爸，你没事吧，没摔疼吧。红生抱起儿子嘤嘤地哭起来。柔软的问候，触动了心灵深处，一下子打开了关闭很久的心门。他再也忍不住了，觉得自己付出值得。中国的父母付出再多，回报只需那么一丁点。只可惜许多孩子连这一点也不给父母。

  小学马上要毕业，我和老婆孟洁商量给儿子猷猷补数学、英语。他不愿意补，说自己没有问题。那时非常自负，也有些骄傲，一般人一般题不入法眼。考不好肯定有这样那样的原因，考得好自然是自己努力的结果。我们考虑要挫其锐气了。老婆孟洁托人从西安捎了一套小学数学测验题《题王》，大约有十几套卷子。拿出一套丢给儿子，只要达到80分就行。三个小时过去了，他还在埋头苦思，抓耳挠腮，最后勉强及格。这一次严重挫伤了儿子的自尊心，再也不骄傲跋扈了。课也愿意补，题也愿意做，像一个陀螺一样赶了隆坊赶店头，忙得不可开交。

  还需要说明一下，看到儿子猷猷作文写得越来越好，我有些担心，怕倾向文科。我虽靠作文一直走红，受人敬仰，赢得了爱情和工作，甚至提拔也与此不无关系，但我是理科生，"学好数理化，走遍天下都不怕"的陈年老窖一直在我心里丝丝飘香。实际情况是文科院校少，择业难度大。文科也是定性的东西，好像没有谱；数理化是定量的东西，是什么就是什么。补奥数的时候，我便将那些蕴藏着奇思妙想的题展开来淋漓尽致地讲解，听得儿子频频点头。现在还不只数学，将来到初中，物理、化学与数学一样有意思。衡量学习的标准说到底还是数理化。发射火箭没有数理化不行，建设摩天大楼没有数理化不行。数理化是好男儿的标志，学好数理化顶一个好爸爸。现在想起来，挺幼稚甚至挺卑鄙的，但我确实是这么做的。

塞翁失马

就在我规划着如何送儿子猷猷去西安上学的时候，我的工作有了重大变化。2005年，组织部部长找我谈话，让我到文物旅游局工作。文物旅游局是新成立的单位，炒了很久，机构终于批了。部长说，文物旅游局是新单位，洛川旅游刚起步，领导层一致认为我合适，还有一些乡镇书记也想去。我说，谁去啊。部长说，这不能给你说，这是秘密。那就让人家去吧。我到乡镇不到四年的时间，收了两年税，又狠抓了两年苹果大改形，其间还有退耕还林、征地拆迁硬仗，上访一拨接一拨。好不容易刚平静了，又让我走，觉得有点卸磨杀驴的意思。其实，我自己心里知道，这怨不得谁。当镇长期间，每年都要抓点，什么省市级苹果示范园，党建综合示范村，等等，抓点带面，以点促面永远是行政工作颠扑不破的真理。面上的工作千头万绪，人的精力能力又有限，根本不可能事无巨细。拿苹果大改形来说吧，首先突破的是国道、省道，然后才是乡镇道和村道。改形一般从路往进改十几棵二十棵树，也就是我们抓点做的样子，让老百姓看，自己跟着学。凤栖镇谷咀村一直是党建综合示范村。抓党建的目的，还是配强班子促进经济发展。谷咀村从2000年开始发展乡村旅游，距县城仅5公里，又毗邻黄土地质公园，发展旅游条件具备。由村干部带头开始做农家饭，发展庭院式农家乐，开辟了除苹果以外的第二产业。到2004年已发展到40多户，成为延安、榆林两市第一个国家级乡村旅游示范点。群众有了苹果和旅游两大产业，收入多了，但精力有限，苹果年景好的时候，做农家饭的人就少了。苹果采收季节，游客吃不上农家饭。联系谷咀村的是主管组织的县委副书记，要求开通地质大道，建设常年经营的农家乐。农业特产税取消之后，不只减轻了负担，还让群众有扬眉吐气的感觉，镇上拿自己没有办法了，不管做什么总有人反对。全村大多数人同意的事，只要一个人不同意出来阻挠就无法实施。开通地质大道停滞不前，压力很大。书记几乎一天过问一次，两天一检查。我跟书记诉苦，说死的心都有。没想到书记说，想死,很容易,从哪个婆娘裤腰上抽一根裤带吊死在门上算了。抽婆娘的裤带上吊很侮辱人。说的时候村干部还在,有几个老百姓也听到了,爆发出低沉侮亵的讥笑。这个耳刮子不只打到我脸上,也打到村干部脸上。晚上召开会议,实行干部包户做工作,拿不下来也抽一条妇女的裤带吊到自家门上。三天后铲车轰鸣,按照所画的红线开始放墙推树。书记很高兴,笑眯眯挨家检查。一户正拆门楼,书记就说为什么不早拆,等到现在损失又多又要拆不划算,还讲了发展前景,美好愿望之类的话。原本等待主家呼应与赞同,没想到男主人悻悻地说,我这门楼建在自家院里,又没建在县委书记家炕上,妈的个×,不管大事倒管起小事来了。村干部说这就是书记,再不要胡说了。谁让我拆门楼我就骂谁。书记吃了一顿抢白,脸憋得通红,腮帮子鼓了又鼓,还是一句话都没有说。我们赶紧把书记拉走了。原来老抱着"只有落后的干部,没有落后的群众"的信条的书记说没想到百姓这么不理解。对我们的态度也好多了,还不疼不痒地安慰了几句。

  上级领导的肯定,给了我极大的鼓舞。乡镇干部很恓惶,干一年也就等着这么几句话,通报表彰的情况一般没有,"领导肯定"也就成了总结里很光彩的话。年终考核时,还要原封不动地端到考核人员面前。有了书记的表扬,更激发了我的积极性。在村子东面,选择了一个沟弯,规划建设谷咀民俗新村,修建了16户民俗窑洞式农家乐。华丽的窑面墙,别致的关中厦房,高大的门楼,文气的对联,反映了过渡地带的建筑、文化和民俗风情。洛川境临洛渭,俗融戎狄,是陕北和关中的过渡地带,住宿既有陕北窑洞又有关中瓦房,民俗也是兼收并蓄。这16户村民可以经营也可以对外拍卖,吸引外来户经营,形成高档专业靠常的农家乐经营户。配套农家乐还建设了一个苹果"观光园",移栽了9种不同品种的老苹果树,有洛川苹果引种人李新安的手植树,有主枝腐烂,五个侧枝供养成活的莲花树,有濒临淘汰的国光树……还用土堆了一颗硕大的苹果山,顶上栽植一棵三十多年的老龙爪槐,山的四面分别用砖和水泥制作了"福、禄、寿、喜"四个巨大的红字。红字下面又用钢筋水泥做了四颗洛川最具代表性的红星、秦冠、嘎啦、富士四大苹果品种模型。远远望去,犹如半埋在地下的巨型套袋贴字苹果,葱茏茂盛的龙爪槐恰如苹果的长柄。绿化之后,又编撰了一套讲解词。

洛川旅游除了洛川会议纪念馆、洛川民俗博物馆和正在建设的黄土地质公园之外，几乎是一片空白。搞旅游还不是正道，与大改形、退耕还林、计划生育和维护稳定相比起来可以忽略不计。我几乎是偷着搞，书记打电话找，不能说在谷咀，撒谎说在其他村下乡。拉树的时候白天不敢拉，晚上十点以后借来吊车、汽车一棵一棵拉。果树苍老高大，又带很大的土球，装上高得好像在天里头。大货车开动时，树冠晃动带起了一边的车轮也带走一片星空，走了好长一段路车轮才落到地上。树梢徐徐移动，如同一团致密的乌云，过高压线时，如巨大焊枪喷吐出灿烂耀眼的星光……那一夜我没有合眼，黎明时分睡着，梦里全是高压线烧毁汽车和人的焦黑画面。

没想到这个园子很快就派上了用场。省委组织部组织的全省电教中心主任培训会在洛川召开，一名副部长带队。洛川会议纪念馆、民俗馆都去了，领导还觉得不够。电教主任如同一枚枚石子，落在水里都会晕出一圈圈不断扩大的涟漪。洛川太需要这些个在全省各地市同时绽开的涟漪。县委主管副书记建议到谷咀吃农家乐并参观苹果观光园。书记不同意，害怕搞砸了。副书记很是固执，胸口拍得啪啪响，保证没有问题，有意想不到的效果。全省一百多名主任，分三批进入观光园。我手握电喇叭与县上几套班子领导一起陪同副部长登上苹果山。

"这棵果树是洛川乃至陕北苹果之父李新安亲手栽植的苹果树，穿过岁月的尘埃，遥想当年李老风尘仆仆从河南灵宝驮回树苗的艰难情景，他不知道自己揭开的是堪比任何发明与科技成果的华彩乐章……这棵树中干枯腐，病入膏肓，但洛川人用勤劳的双手另植幼树嫁接供养，濒亡的果树又焕发了勃勃生机。心脏搭桥术是否从中引发灵感也未可知。套用李宁的广告语就是一切皆有可能。这棵树是国光品种，曾是我国自主培育的品种，在世界上为几乎一穷二白的祖国争得了荣誉。一度因为酸度较大而受到冷落，今天当糖尿病频发，甜不再是唯一追求和尺度，国光又重获新生……红星是最古老的品种，曾在1973年全国三部一社苹果品评中单项和总分均超过美国蛇果。当时的报道是这样的：小小的社会主义红星苹果打败了美帝国主义大蛇果。红星是最古老的品种，色泽深红，甘甜清香，红星愿各位及家人红运当头，福寿相随。富士是晚熟品种，占洛川苹果70%，是果农致富的根本，富士愿各位及家人财源茂盛，富裕永远。秦冠是陕西特有的品种,好管理产量高,一度绿满三秦,名冠天下,秦冠希望大家俸禄渐涨,官衔皆升。嘎啦是早熟品种,色泽梦幻,入口甘甜,嘎啦愿各位及家人抬头见喜,喜事连连……"

随着我的介绍和肢体转向,参观者如同向阳的葵盘,步调一致。副部长的头碰在了龙爪槐的干枝上,立刻起了一个大包。副书记瞪了我一眼,却满眼喜气。最后,田野里响起了密集的掌声。

晚上,吃饭的时候,我靠副部长而坐,比县委书记和县长的位置还好。副部长不停地讲话、举杯,气氛十分融洽。

这一次我是彻底打起起了。"打起起"是我们洛川的方言,即事情做好了受到领导表扬或社会公认的意思。我简直有点摸不着鼻子眼,规划着仕途美好前景。乐极生悲,正是这次埋下了回城的伏笔。不久,副书记找我谈话,让我到文物旅游局。我当时一怔,还以为听错了。副书记说全县只有三个人合适,我排第一。我还适合做党委书记,怎么不让做。能做党委书记的人很多,能做旅游局长的人不多。便滔滔不绝地说旅游如何重要,如何能干出成绩,还描述了可能升任市旅游局副局长的蓝图。我坚决不去是有原因的,一是我当时在全县第一大镇做镇长,续接书记的可能性不是很大,到其他乡镇甚至较大乡镇任书记几乎是铁板钉钉。我们这里大家共同的想法是当了乡镇长一定要做书记。乡镇长回来要么是能力不行要么是年龄大了,回来安排要打折扣。这个时候回来难免被人猜测。最重要的是我虽然喜欢旅游工作,一片白纸上画的画再不好也是显山显水的画,但是乡官未做到头,不愿意回去。一个镇长回来直接当局长,书记回来多数还是当局长,有什么不满意的。副书记第一次找我谈话我毫不客气地拒绝了,第二次谈话还是拒绝了。接着组织部长又找我谈话。我觉得问题有些严重,必须釜底抽薪。

我找到县委书记,先是汇报了工作,绕了好一阵子,绕到个人的事上。书记笑了笑,很干脆,说吧,什么事。我说在乡镇还没有干够,要干到头当上书记再回来,哪怕那时没位子都行。书记说,好哇,不回来就不回来,共产党还拿位子硬塞人吗?不过,你小子倒是让我改变了对文人的看法。没想到副书记给书记甩了笔记本。撂了一句话是不是共产党员,服不服组织分配。大家都下不了台。书记就对县长说你去谈谈吧。让县长谈话这或许在洛川组织史上也不多见。我原先给书记服务,书记到县委工作后，又给现在的县长服务。

到了县长办公室，县长开门见山，说我有四个素质，书记说我有三个素质，不外乎都是似曾相识的好话。我说县长，不管我有几个素质就是不想回来，如果觉得在乡镇干不了可以免我。县长默住，明显有些生气和尴尬。给你说，有的书记都想回来。这一句话更让我生气。那就让人家当吧。我往外走，县长声音大了，你站住，无法无天了。我和书记商量了，给你配车，每年安排一定的资金，人由你自己选调。你去访一访，哪有这么好的条件，先干着，以后可以调整。

我同意了，回来了。

我在同意之前，专门和老婆孟洁商量了，不回来不行了。她倒没有想得那么多那么长远，也不知道政界上那些渠渠道道。乡镇太忙了，娃眼看要去西安上初中，一个人管不了。个子长得那么高，不打吧有时真气人，打吧自己下不了手。老婆说的是实话。她的同意减轻了我的不满和自责。

也就是从那一天开始，我就有一个计划，要把儿子猷猷的成长作为生活中最重要的事情之一去做。

"我考上了清华"

我有个同学叫孙王民,在炼油厂工作,厂址就在洛川县交口河镇,也在洛河边上,妻子叫孟玲。1993年腊月,王民陪妻子来医院生孩子。不知孟玲让没让王民陪生,他们整得动静却不小。我这个同学的父亲在外工作,上学的时候条件好,对学习不刻苦,混大年龄接了班,早早参加了工作。炼油厂的双职工令人羡慕,工资高、福利待遇好。县上的干部大多还没有住房,人家就住上了两室一厅。生孩子摆得谱好大,先是要求单间,没有就在病房里用电饭锅煲饭、炒菜,弄得病房和食堂差不多,肉、鸡蛋、营养品好大一堆。病人又羡慕又嫉妒,有人要反映,王民就说不要反映,孟玲是孟洁的姐,这一点特权还没有。病房是老婆孟洁管,大家自然也就不反映了。偶然老婆还给孟玲送饭。就这样,孟玲和孟洁稀里糊涂地成为姐妹俩。我和王民成了挑担。生的女孩子叫孙凯悦,与第二年正月初一生的桂猷猷成了表姐弟。两家成了亲戚,每年都要走动。

我们有送儿子猷猷去西安读初中的想法,补奥数补英语,做了一些工作,但对西安的学校还不十分了解。2006年洛川去西安上初中的学生不多,多数是到高中的时候才去西安。炼油厂的职工对高新一中很迷信,王民和孟玲很早就上手这件事。通过老师了解,到学生家里走访,还亲自到高新一中实地查看。王民就给我儿子和他女儿报了高新一中,5月26日考试。

在去西安考试的过程中,王民给我上了一堂择校知识课。西安有几大名校,西工大附中、高新一中、铁一中、师大附中、西安中学等等。学校的名次表面上没有排名,私底下都以清华、北大学生数量排座次。西工大上清华、北大的学生多,高新一中状元多,这两个一个在状元上领先,一个在数量上占优。头两把交椅基本上是这两个学校竞争。相比较而言,高新一中更活一些,学生的负担会比较轻。炼油厂的人都看重高新一中。当然高新一中费用也要高一些。这个时候,费用已不在考虑之列。王民是一个善于思考的人,尽管学习不努力,也没有多高的文凭,接班后通过进修、培训，弥补了不少差距。工作顺利，见识增长和喜欢钻研的性格，使他自负的脾性迅速膨胀，无论什么话题都能掺和进去，跟领导讲话一般，头头是道。用他老婆孟玲的话说是"犟"。我觉得是诡辩。这是后来的感觉。在择校上，王民的确做得很到位，说得我们点头频频，飞出的唾沫星如同黄灿灿的金粒，我们只有捡拾的份。

这次参加了两次考试，先是考了一个中学，校园蜗居在闹市，人口密集，周围嘈杂脏乱。我的印象不怎么好。学校打出的招牌有火箭班，两年的课程一年学。对此我心里并不苟同。有的家长让孩子提前上学或上超越年龄和能力的各种班，要冒很大的风险。到高新一中就不一样了：宽阔清新的高新路，鳞次栉比的高楼大厦，洁净而透明的宽大玻璃幕墙，摆着高雅和华贵的阔谱；绿化带碧绿整齐，排列一线的樱花树，繁华吊坠，如艳丽果实，有甸甸的质感；车流如织，缓慢悠闲滑动，在阳光下流光溢彩。校园里，首先映入眼帘的是一条醒目的横幅：热烈祝贺我校闫欣同学以711分获得陕西省高考理科状元。校园内两个醒目的大玻璃专栏，张贴着考入清华、北大和国外名校学子的照片。年轻略带稚气的面孔，如雷贯耳的大学撩拨得家长和学生心旌摇动。校园不大，沿袭了高新路的整洁气质，黑青的马路，灰色的人行道，碧绿的草坪，整洁优美；红色塑胶操场上，踢足球打篮球的同学溅起一阵阵激动与喧闹的涟漪……引导老师笑容可掬，和蔼可亲，温馨备至。

两个学校考的都是数学和语文。

回家的路上，我们好奇地问孩子。两人都略显沉默。桂猷猷沉稳中稍露激动，话比较多。问国务院总理是谁。他说是江泽民。大家顿时笑得前仰后合，我对择校前景表现出了一丝忧虑。果然，先考的那个学校结果出来了。猷猷没有考上，凯悦考上了。我给王民说那个学校我娃不上。王民说他娃也不上。

这个时候，家里发生了一件大事。

刚考完试，我二姐夫打电话说我二姐不行了。一会儿，大外甥女刘延芳哭着说妈妈不行了，叫我们赶快去。我的心一下子沉到冰点。我二姐在我的生命中仅次于妈妈。大约十岁的时候，妈妈去世了。那时大姐已经出嫁。二姐成为我、哥和妹妹的依靠。二姐性格倔强，父亲领教过，再加上妈妈去世了，父亲也变得沉默寡言。二姐担当起了家里的重担。

我们一家人穿鞋都是二姐一手做的,鞋又轻巧又合脚还耐穿;二姐会烙馍,实际上就是陕西人说的锅盔,又劲道又香甜;没有肉没有油,二姐包的饺子包子就是好吃。早上上学时,二姐天没亮起来做饭,让我们吃后送到村口,晚上二姐早已做了饭等我们回家。可是有一天二姐要出嫁了。原本懦弱的我表现出蛮不讲理的倔强,大家围着规劝,说女儿大了都要嫁人,过几天会回来。二姐为什么要走,一定是有人又欺负我们,二姐说她不嫁人的,要陪我们一辈子。婚车是一个手扶拖拉机,沿着洛河铁路工人修建的坎坷便道蹦跳着远去。我撕脱众人的阻拦,连滚带爬地追去。洛河哗哗的流水声里,夹杂着我"二姐二姐你回来,再不回来我就跳河"的吼叫,让本已痛苦的分别更加悲惨。每喊一句都要缺氧,短暂一瞬跌在真空里,头昏眼花,无数金星飞溅;我如同落水者,在视线的河流里沉浮,几近沉底。拖拉机终于站住了,穿着肥胖红棉袄的二姐跳下拖拉机,飞跑回来把我拉上车。按风俗二姐出嫁只能去一桌八个人,那一次去了九个人。后来我明白了,女儿迟早都要嫁出去的。二姐家在宜君县一个川道的村子里。姐夫老家是河南逃荒上来的,二姐不愿意,爱理不理。二姐夫第一次来家里二姐就教我们叫"河南蛋",还要他答应。二姐夫的家境比我们好,粮食多。每年父亲都要拉架子车去二姐家拉粮食。每到寒暑假,二姐家是大家争相去的地方,有时三个人一起去,有时轮换着去,要走差不多三十公里路。二姐生孩子时,一个瓷罐装满了红糖,偷偷指给我。趁没人的时候,我偷挖一大把塞进嘴里。甜蜜和幸福噎得我满脸通红,咳嗽不止。我抓出一块好奇地在太阳底下端详,糖块由细微的晶体组成,呈棕红色,在太阳下晶莹剔透,有万千星光在动。二姐月子很浅,就在灯下纳鞋如飞,长长的线绳呜呜作响,针脚细密,排成梅花、三角和菱形图案,宛如一件精美的艺术品。只可惜再美的图案最终要与泥土为伍。二姐的婆婆总要在窗下喊:千梅,睡吧,别把身子累坏了。二姐夫则早早睡在炕上,头扭向另一边,沉默地抽烟。他总想回河南老家,二姐执拗地不想回去。二姐不愿离娘家人,二姐夫想念他的家乡和亲人,两人就这样僵持,最终二姐还是随二姐夫回了河南老家。二姐在陕西生活惯了,到河南一切都不习惯,经常给我们打电话,声音酸酸的,带着想念和上陕西的渴望,经常弄得我们隔空流泪,唏嘘感叹。二姐还有一家人,她的想法只能同情,不敢鼓励。父亲去世时,二姐二姐夫一起上来。二姐显得很憔悴，心事重重，亲戚家都转了一圈，还跑到贺家河老家挨家送礼串门。二姐思念亲人的情感没有丝毫减轻，就在年前，打电话想上来一起过年。怎么就这样走了呢？

  我和哥哥匆匆去了河南。二姐夫的老家在河南新密市，距郑州有四十多公里。当天夜里就赶到了二姐家。二姐夫说，他父亲刚去世，二姐劳累过度，洗衣服时头低下去栽倒，立刻人事不省，送到医院就再也没有醒过来。我和哥见到二姐时已在水晶棺里，冻后的二姐显得臃肿僵硬，面色黝黑，眼睛微开，直视着北方。我们扑到棺上大声痛哭，旁边跪着二姐的四个孩子，屋里顿时哭声震天。我轻轻抚着二姐冰凉的脸，一次又一次想合上二姐的双眼，始终合不上。哥流泪絮叨说是自己的错，二姐想上来过年，考虑到还有一家人，没有肯定答复。我哭喊着说二姐你不是说等孩子大了，成家了，上来和我们过吗？二姐呀，你说话怎么不算数，你为什么那么狠心，扔下我们……二姐夫说，你二姐去的时候一直朝北看，她想你们。你二姐不想来河南，我对不起你二姐。按陕西的规矩，到河南一定要求个说法。二姐已经去了，静静地躺在那里。看着憔悴、萎缩甚至略带胆怯的二姐夫，看着一个个戴着白孝的孩子们，我们什么也没有做，就是做了又有什么用呢。二姐无论上对老下对小都没有说的，他们对二姐也是无可挑剔。只是二姐太要强了太慈善了，心里装得太多太满了，终于无法承受。

  二姐火化的时候，我接到了老婆孟洁的电话，儿子猷猷考上了高新一中，在录取的一千八百多名学生中名列一百二十位，可能能进重点班。凯悦和王蕊也考进了高新一中。

  在曙光小学时，王蕊两门总分比猷猷高出十几分，这次考高新一中，猷猷两门总分比王蕊要高十多分，这十几分几乎成了以后无法缩短的距离。一反一正三十分是补回来的。

  回到家里，说到考试的事，儿子猷猷拍了拍我的肩膀说，老爸，咱奥数没白学。他说有这么一道题：下面四小题，每题5分共20分，你想怎么算就怎么算。题很简单，口算都可以算出来。儿子思考了好一会儿，这么简单还想怎么算就怎么算，一定有问题。他突然想到《举一反三》里面有类似的题型，就用奥数的办法，两步就算出来了。按常规算法需要三四步。结果都一样，却一分不得。我真的吓了一跳，觉得高新一中太不地道了，拿这么简单的题就把学生分出类。可回头一想，人家没有错，这个题并不难，几乎就是奥数的常识题型。上高新一中或许不要这20分，但上重点班没有这20分肯定不行。

说实话，《举一反三》我也只是辅导了三分之一。因为忙碌的原因，也因为懒惰没有坚持，而这三分之一竟然足够了。我初次尝到了与儿子同行的快乐和回报，看来做与不做是不一样的。

回想儿子猷猷小学这几年，感觉真是如坐过山车，即便平安了，也捏一把汗。三四年级刚刚懂事，第一次和父母有了初步较量的意识。念儿子从小多灾多难，我和老婆孟洁有意识放松了管教和良好习惯的养成。他正是看到我们的犹豫，朝我们不希望的方向滑去，撒谎、偷跑、打同学、拿钱和同学买玩具。可以说一般孩子的毛病都在身上出现了。孩子尚小，分辨不清是非，讲道理训斥并不能解决问题。眼看越滑越远，严重触碰我们的底线，还好我们及时统一思想，祭起了父亲的棍棒，使用了遭亿万人唾弃的打孩子的老办法。当然不用最好，那需要更加细致的耐心。如果没有耐心，又不愿意打孩子，除非能及时浪子回头。这同天天在佛祖面前乞求祷告没有什么两样。有的时候，老办法还是管用的。

儿子桂猷猷学习时好时差，这次考好了，下次就差。这几乎是大多数孩子的通病。初中以后，始终在波峰和波谷之间颠簸，时而高高在上，时而踪影全无。好在他还是考好了应考的试。其实，十几年的漫漫求学路，化简约分之后等于三次考试：小考、中考和高考。

从西安回来，儿子猷猷一直处于极度兴奋的状态。他还不知道考到高新一中仅仅是一个新的开始，也是他离开父母独自生活的开始。几乎没有再摸课本小学毕业只考到全县30名左右。

儿子猷猷推开教室门，大声对同学们说："告诉你们，我考上了清华！"

第三辑

打提前量

成功是相同的，过程各有各的不同。不是每个人都是成熟的、淡定的，随着孩子的成长父母也在成长。生活中肯定有能启示你的东西，就看你愿不愿意发现，愿不愿意被启示。

抱着"念到哪里供到哪里"的理论是轻松的，要与孩子共进退是枯燥、漫长甚至是痛苦的。刘同学对我启示很大，那次吵得尴尬，却让我终身受益；红生两口子还有王民也让我感动。我开始打提前量，凡事提前着手，不能到跟前匆忙凑合。到旅游局任职之后，工作确实轻松了，空余时间也多，从千头万绪和无时不在的压力中解脱出来的思想也有考虑儿子未来的空间。

又一次和一个亲戚谈起车来。我对车有一种天然的亲近感。小时候有两个嗜好，一个是车，一个是枪。没有钱买玩具，我就动手自己做。家里厕所篱笆外面有一条自己修的弯曲车道，我做的小木车跟随着线绳的牵引咔嗒咔嗒缓慢爬行，转弯的地方自己呜呜地鸣喇叭。枪是用自行车链条套在木柄上做的，可以打火柴也可以打火药，能把火柴棒打得老远，有一次还打死过麻雀。爸爸对我很严厉，却对自己无能力买玩具抱有默然的歉意，允许折腾，必要的时候参与玩具的制作。工作之后，对车的渴望越来越强烈。

我就说，什么时候有一辆车啊。

我倒不忙着买车，要是西安有自己的房子多好。亲戚说。

2006年这还是一个新鲜的命题，也是一个大胆的命题。我的脑子啪地亮了一百瓦的灯泡，照得整个头脑都在发热。心想儿子猷猷考到西安，要上六年学，有房子多好啊。

2004年我才有了自己的房子。和洛川当地人比起来，我这个外地人总是慢半拍。别人结婚的时候，我还单干；别人孩子有了，房子也有了，我才结婚；等我住到高塬小区，别人从高塬小区那个交通不便、偏僻的地方搬走了，住到第二套房子里。

哪来钱啊，西安的房子又贵。

也不贵，亲戚拿出沉甸甸的钥匙摔得啪啪响。钥匙链里有两把又大又黑的钥匙，显露着隐秘的霸气。

你是不是买了？亲戚示意我上车。我们从张家堡七拐八拐走了好长一段路，沿途全是城中村，道路破烂，尘土飞扬，塑料袋、纸屑如同五彩硕鼠随风蹿跳，展现的是中国任何一个城市郊区都有的景致。正如诗人黄海《小镇》写的：沿路的花圈店、小旅馆／要比黑夜的星辰闪亮／它的招牌被风翻来覆去／标语涂写在墙上。穿过灞河，马上是另一番天地。一汪宽阔的清水在阳光下涌动，清风袭来微澜层层远去，如同亿万颗钻石拢成一道道飘逸的水埂流光溢彩地滚动，灞水立刻有了湖海的气质。有人沿灞河边石砌的步道散步，悠闲得睡着了一般；有人静默地守着鱼竿，一副姜太公懒散而优雅的神情；有人并肩呢喃，已过了恋爱的季节仍固执地厮守那一份不老的情感……时光在这里慢下来，尘世的喧嚣遁去，我被这一幕感动了。

亲戚说这是西航花园。

来到售楼部，曾给亲戚卖房的中年妇女两眼放光，指着围绕灞河墨绿的水面规划的灞柳生态家园激情飞扬地介绍，唾沫星乱飞，溢美之词铺天盖地。一张很大的图版上楼栋排列有致，宛如森林，气势宏伟；见过大唐辉煌的灞河烟波浩渺，水天相接，群鸟在空中展翅定格，点点白帆一动不动。

这的确动人。我看了95平方米带楼顶花园的房子。客厅有一个圆孔，一架木施工梯通向楼顶。楼顶宽敞，视野开阔，可以看到远处汽车卷起的黄色尘雾，也能看到灞河上空被阳光蒸发的团团水汽。房子是两室两厅一卫，利用阁楼和阳台，可以改出三室甚至四室两厅两卫。售楼妇女还专门带我看了已改过的房子。

房子如打火机的按柄，啪地点亮了私藏心中很久的念头。我是湖北人，到贺家河上无片瓦下无立锥之地。先是借住队上将塌的土窑，裂缝宽大，如同一张随时吞噬的大口，壁虎和蜘蛛不时出入，冷不丁会掉到脖子上，吓得人半死；几天不在，地上、炕上落满灰尘和土粒，鼠脚密现，有战斗和戏谑痕迹。后来又借住大姐夫家闲置的土窑，缝隙密布，熏得漆黑，苍老得颤巍，做饭烧炕呛得人泪水直流。我就想什么时候有自己安全的家啊。后来请人帮工打了两孔土窑，终于有了自己的家，却由于手头拮据，土层切得不够深，窑背过浅早早裂缝，不得不打出好多椽撑。我们工作不久，不堪时间重负和风雨剥蚀的土窑在一个雨夜随着一声绝望的呻吟，坍塌成两摊松软的泥土，家随着腾起的雾尘再一次隐匿。对房子的渴望和热情渗进了血脉里。其实西航花园离市区很远，在三环以外，交通很不方便。而张家堡的房子当时已2800多元，西航带楼顶花园的房子才1800元每平方米。太过匆忙和激情冲动的决定一度使我稍有后悔，但我十分清楚这房子配我，只能也只敢牵手这样的房子。我手头只有1万元。

我决定试一下自己的能力——借钱的能力。我算了一笔账，必须借10万元，10万是大头标志房子是自己的；按揭7.9万元，我勉强能负担7.9万元的月供。这是一个平衡点。我给在北京工作的同学打了电话，说明了情况。我们是初中同学，小考时我的语文成绩第一，他数学第一。入校后，他主动找我让我和他住在离学校很近的家里。我们一同参加高考，他考了本科，我考了中专。我两年后就业了，他因为不愿意当教师，在我们共同商讨下考了研。他家里孩子多也穷，上研究生时我还寄过钱。我觉得我应该能打起起。果然他给我借了5万元。这5万元一下子栽住了桩。我和老婆孟洁又共同借了4万元。一周之内，这套房子就到了我们名下。

房子手续办好不久，高新一中通知去报名。我准备了3万元的择校费，交了2.6万元，儿子猷猷考了120名，分配在重点班里。现在回想起来，表面上看只是个小考，而正是这个小考决定了儿子的一生。

儿子猷猷报名后才知道我们买了房，就一直问借了多少钱，为什么要买房，负担重不重。觉得是自己让父母背负如此沉重的负担。我和老婆孟洁心里暗暗高兴，能够站在父母角度思考问题，对于只有十二岁的孩子来说确实不易。我郑重地对儿子说，买房子是我们的决定，与你上学有关也无关，即使不来西安上学，也有可能在西安买房。有不少干部在西安买房，这是趋势。你的任务是学习，父母原来都是农民，在县上念书，而你到省城读书，出发点将来可能在省城，这是一个很高的平台你要珍惜。见我们谈得如此正式儿子重重地点了头。

我和老婆孟洁、儿子猷猷从西航门口坐336路公交车到张家堡转

207路去高新一中，总计需两个多小时，我们都被摇摆呻吟的公交车送进了梦乡。

　　距离开学只有一个多月了，必须抓紧装修。每到周末坐公交车买材料，与瓦工、木工谈价钱，亲自到市场找工人。买房已使我们变为房奴，当然没有太多的钱请大公司。每个月领工资还付月供，我们留下必要的开支之后集中一点钱解决装修的所需费用，实在不行又分头去借。我带着儿子一起闯建材市场一起与工人谈劳务价格一起劳动一起憧憬。儿子饭量好，人长得已经有我高了，将来一定会改变"三等残废"的低矮个头。两人一起不只是有伴，还希望一起经历。晚上西安奇热，蚊虫又多，没有钱住宾馆，就睡在正施工的房子里，早晨起来被叮得一身红点。苦是苦点，心里还是美滋滋的，就要装潢好了，儿子有一个安静舒适的学习环境。装潢也是陷阱很多，步步惊心，上过不少当，吃过许多亏，等弄明白已是尾声。不过还是让我学到不少，再要装潢就有底了。

　　我买这个95平方米的房子，除了结构合理，价格适中，看中的是阁楼宽敞，可以改造一室一厅。将太阳能、洗衣机放在楼顶，洗澡洗衣服一并解决，可以在楼顶晾晒衣服。要改造楼顶时物业说让批，批了之后，又有这样那样的手续。合同书明明写着屋顶和阳台都属业主所有，而要改造的时候如此麻烦。物业公司工作人员随时来家里板着一副冷峻和霸道的面孔肆意干涉。特别是在我们外出或回洛川的时候竟然不让工人施工，麻烦不断。我就找到售楼妇女诉苦，不知别的业主到底怎么弄的。怎么弄的，硬弄的。中年妇女的声音洪亮、干脆，要装出理想的房子，必须当泼妇、耍流氓。这句话让我很尴尬，我好赖还当个官，受过教育，良心、道德和理性一直左右着行为处事。我就对儿子自嘲地说：有的时候，想做好人都不行。儿子猷猷气色很不好，脸色灰暗。爸，合同上写得这么清楚，申报咱也申报了，为什么还这样。我去跟他们说。我不想让儿子卷进去，他的人生还是一片白纸，对社会的认识是理想和美好的，不能让这件事就打破了好不容易建立起来的原生态价值观。我说我多跑几次就行了。

　　避开儿子猷猷，跟着刚刚从家里监视回去的两名物业人员到物业公司，咚地踢开了门，里面六个人弹簧一样站起来。那两个人还没有落座，头拧得很不自然。一个自称经理的中年男人给我让座，问我什么事。是不是你们物业公司的人可以随意到业主家里指手画脚。两个人立刻说我动了房子的结构。我说已审批过了,而且楼顶卫生间还是轻巧的彩钢屋顶。经理就说这样也是为业主负责。那我说咱们签个合同,要是有责任物业公司来负。经理不同意,说这屋顶卖给个人。我说那你为什么横加干涉。经理又就地画圆地回到安全和负责上。这让我想起了古希腊哲学家芝诺诡辩的悖论和约瑟夫·海勒饶舌的《第 22 条军规》。我说家里丢了东西。经理问丢了什么。我说丢了安全,拿眼睛怒视着那两个常到家里的人,拿起桌子上的登记本狠拍。几个人吓得飞快地溜走了。经理说你施工吧,反正楼顶是个人的,安全肯定比我们考虑得多。

  从物业公司出来,我的心咚咚直跳,汗水粘衣,没有胜利的喜悦,倒有危险的后怕。为什么该按规定办的不办,为什么和和气气办不成,为什么好人做不成,为什么总是欺软怕硬。其实,生活中有许多都看不懂读不懂的事情。阳光很毒,让我有点现行的突兀,好在梧桐叶飒飒脆响,知了一波一波的鸣叫,中和了孤独和自责。

  亏得紧赶慢赶,终于在儿子猷猷开学前装好了。

  打提前量与笨鸟先飞不同。我不聪明,也不至于是笨鸟,打提前量成为我生活中的一部分。我深切地理解了有备无患的好处。

  西航花园离学校很远,路上要费很多时间。我对儿子猷猷说可以上车睡觉,利用乘车的时间休息。儿子说大部分时间没有座,坐上了又要让座睡不成。这两个小时很可惜。后来儿子明确提出来租房子,才觉得提前量还是没打好。

流泪的半学期

九月的西安，骄阳似火，到处流星，街道氤氲着从下水道从人身上从树叶里从水泥里从柏油里从汽车尾气中窜出的混浊难闻的气霭，笼罩在城市的上空，视线被折射，景物仿佛打上了模糊的水印，鬼魅颤动，弄得一切影影绰绰。一部外国电影有这么几句台词：伦敦，像一个巨大的化粪池，把各种罪犯、特工和流浪汉排到这里，有时问题不在于是谁，而在于谁知情。套用这句话，西安底下是一个巨大的化粪池，把各种污水排到一起，产生的混合气霭是难闻的臭气。1984年在西安上中专的时候，气味淡淡的在雨天转换成一种大城市特有的熟悉味道，对城市的向往，不只心灵珊珊渴望，常闻树木青草的鼻孔也对这种不一样的味道产生贪婪，让乡下人或者离别许久的游子油然而生宾至如归的感觉；1991年上党校的时候，味道渐渐浓了，有了想说爱你不容易的想法；2006年气味就有些刺鼻，全凭忙碌和对儿子猷猷未来的期盼鼓舞，扑热蹈气；2012年太阳光柱穿透空气的速度已经慢了下来，无数各具气味的微尘颗粒在光柱里沸腾、裂变，做着越来越稠密的布朗运动；现在臭气已进化成具有物质性质的微小味晶，水葫芦似的肆意蔓延，长久聚集盘桓在上空，已混浊黏稠得如同豆浆和粉水，随时会质变成臭豆腐和臭粉糕，也许某一天会硬化成茔盖。我一直不知道这种和机砖厂气味类似和濡湿的草木灰气味相投的气味到底是什么，在凤栖镇做镇长建沼气池时，才知道是沼气。我不能说沼气的原料，不然会呕出来。2008年北京奥运会，几个外国运动员下飞机戴口罩，弄成一个很招摇的政治事件，这怨不得谁。一位同学去北京学习，得了严重的气管炎，打吊针都不行，赶忙回来病居然好了。我2013年去北京看儿子猷猷，总觉喉咙有什么东西卡着，鼻孔呼吸的是粉状的难闻的空气，每天晚上都要打开窗子，要不会被这可怕的空气蘼了去……扯远了，还是回到主题。

我和老婆孟洁很快就没有心情抱怨这鬼怪的天气，儿子桂猷猷似乎从来都没有注意到这鬼怪天气。当他踏进高新一中初中部那一天起，骄傲自豪的心情好像也被太阳灼走了。从来没有离开过我们的儿子，泪眼婆娑，抽泣得肩膀节律抖动。眼看他单薄的身影一步一回头地渐渐消失，老婆趴到我的肩上哇地哭出了声，我忍了好久的眼泪前仆后继地滚下来。

不要说儿子，我们也真的没有准备好。

决定往西安送孩子时，家里的亲戚大多也表示反对。说孩子小，又没离过人，你们心硬，怎么舍得。有人还举例说几个送到西安的孩子变坏了，学习不仅没上去反而倒退了，在县上说不定还能考个二本，到西安有的连三本都考不上。我们也走访过，确实是实情。但是送西安的孩子有一个考上清华一个考上香港大学，这是洛川历史上没有过的。这些孩子搅起的涟漪在洛川高原上和家长的心中久久不散。反对的人总是拿差生来说事，至于考得好的，就是说天生的是"造"的。每个人的命运老天都设计好了，是骡子是马后天改变不了。老天对人就像人对蚂蚁，具有绝对的控制权，你想让蚂蚁拐弯，只要用脚拨一下就行。我也相信老天"造"说。我们这里把注定说成是"造"，既形象又生动。什么命是造的婚姻是造的，能考上什么学也是造的。自从和刘同学吵架之后，到了烟草局朋友家之后，我就动摇了凡事"造"说。要是刘同学不坚持给孩子辅导数学，孩子连上学的地方都没有了；朋友的老婆不坚持自己先学后教，几乎一学期没上学的孩子怎么考第一。我履行自己的职责，确切地说履行好父母的职责。我不想后悔，更不想将来年龄大了想起孩子的事喟叹"悔不该""想当初"。

我们的确没有想到和孩子分离的后果。尽管每周只有五天，这五天是 120 个小时 7200 分 432000 秒，用度日如年形容一点不为过。去西安上学的儿子猷猷如同断线的风筝，在完全陌生的天空飘荡。1800 名学生，只有 200 个住校指标。我好说歹说终于给儿子弄到一个住校指标。住校生住在大教室里，一个宿舍有 14 张床。可能是怕不安全，没有架子床，床靠床摆放。可以想象，儿子晚上放学，踏入宿舍面对的不再是父母的笑脸和被电褥子温热的家床，而是素不相识的陌生面孔和冰冷的床铺。他每天都要打几个电话。每次电话一接起来就是轻轻的哭声：爸，我想你，妈，我想你……我和老婆孟洁的心如同沉沉的麦穗，被儿子潮湿可怜的声音掳走了，落下一地麦壳。我们就说猷娃听话，狗娃不哭，周末我们就下来了。老婆一会儿狗娃一会儿蛋娃一会儿猷蛋……有一段时间，我和老婆孟洁真的后悔了，都有转回来的想法。去和送过孩子的人说起来，都说这是开始，用不了多久，连电话都懒得打，外面的世界大着呢，风筝断线了才能飞得高飞得远，飞得更自由更欢实。一天早上六点，天麻麻亮，早起的麻雀在院子银杏树上突突飞跳，老婆的电话突然响了，吓得我们同时坐起来，老婆一只手捂着心脏。电话是儿子打来的，那一句湿漉漉的话飘出来：妈，我想你……孟洁的泪唰地流下来。我接过电话，大声吼道：猷娃，以后再不准这么早打电话，一天最多只能打两个，中午或晚上。你把人能吓死。说完这些话咬牙啪地叩掉电话，眼泪什么时候落下来也不知道。

我们做了两个决定：一个是尽量每周保证一个人下西安看娃，一个是从现在起不打娃了。这两个决定看起来轻巧，要做到绝对不是一件容易的事。儿子猷猷在西安要上六年，要奔跑480天，一年还要多。还有，不打孩子说起来容易，做起来未必。对于我们两个脾气都不怎么好，耐心又不够的父母，解儿子调皮捣蛋的方程，根大多是"打"。不打儿子不只是一个决定，还是一个郑重的承诺。

星期五晚上，咚咚急切的敲门之后，披着一团夜色的儿子猷猷的脸庞笑得灿若十五圆月，我在的时候来一个满抱，双手在屁股上轻拍；老婆孟洁在则叭叭在脸上啃，弄得两人泪水盈盈。儿子会说班主任说什么，同学怎么怎么，学校又有什么新闻，看起来淡而无味的话，我们听着十分受用，不停追问。到星期六早上，云就爬到儿子的脸庞，凸起漂亮的双眉反而成了凹地，高山流云越聚越多，问话也是爱理不理。晚上他做作业，我们坐在沙发上看电视，冷不丁门哗啦打开，儿子像个蝴蝶一样绕一圈又飞走。搞得我们想来点小亲密都很顾忌。有事没事跑啥呢。儿子说怕你们走了，表情讪讪的恶恶的。星期天早上起来，那团云就足够黑，雨开始酝酿，眼泪梭子似的在两个眼角来回滚，偷偷擦掉，马上又聚起来，眼角长出两片湿湿的槐树叶。我们都不敢看他的脸，说话朝着大致方向。儿子不停问什么时候回去。把你送走，送到张家堡207路车上。

最痛苦的时刻来临了。

张家堡207路是起始站，约半个小时一趟，没有几个乘客。我们与儿子猷猷漫长的心理折磨开始了。一到张家堡他不再收敛感情，带着滂沱大雨的云团沉甸甸地把五官压得东倒西歪，眼泪扑落掉成两条线，从喉咙深处溢出的哽咽和抽泣一声两声，霎时就像刚发着的柴油机嗒、嗒、嗒嗒声连成线。老婆孟洁本身就是"泪线子"，哪里经得起如此挑逗，马上拥在一起哭。哭声里夹杂着说了一千遍一万遍的大道理。我的心也被泡软了，泪水涌出来。我们不怕人家笑话，抱成一团哭成一堆。司乘人员都好奇地看着这一家人哭得旁若无人哭得忘乎所以。好不容易把儿子送上车，湿脸贴在玻璃上，立体变成平面。泪水在玻璃上流成两道瀑布，他的手也贴在玻璃上刮雨器似的来回挥，不时擦一下被热气哈雾了的玻璃。我和老婆傻傻地看着儿子的脸被车带走，越来越小。我们的手固执地杵在空中，开始还跟儿子互动挥舞，最后就突然定格了。老婆扑到我怀里，哭得更加放肆。时间久了，我们就有了知名度，207路车的司乘人员有的还买糖安慰儿子。

正是在这样揪心的日子里，我对儿子猷猷宣布不打他。那一天，我陪他到楼顶露台上小憩。西航花园大部分是六层建筑，屋顶以每平方米增加300元的价格卖给住户。开发商很聪明，满足了六楼业主拥有楼顶花园的愿望，多卖了钱还不要处理屋顶。露台有30多平方米，我改了一个外卫，可以在屋顶洗澡洗衣服。边角的地方做了一个大约有三米长的花坛，先是栽了百日红和红枫，谁知两物好看难伺候，一个冬天就不行了，又买了三株紫藤。这物耐旱，花紫兰如葡，枝旺藤长，见树绕见墙上，长大了能坐在上面打秋千。老家的黑山到处都是，壮的有大腿粗，能沿着藤蔓从一棵树走到另一棵树上。果然就活了，第二年就开出了一串串酷似葡萄的紫蓝花缀。西安的亲戚拿来七颗郁金香种子，种进去长得亭亭玉立，开出绸缎般的红黄花朵，错落有致，宛如北斗七星下凡。红花、黄花、紫蓝加绿叶，营造出生机勃勃而又美轮美奂的景致。我让老婆孟洁坐在花间，有了红花绿叶的陪衬，她也显得妖娆魅气，有明星范。我把照片发给亲戚都啧啧称赞，惊羡不已。其实我是一个很有生活情调的人，用了好长时间，今天有钱铺仿石瓷，明天装个欧式灯，把露台弄得优雅别致。有的人把露台封闭，弄个透明屋顶，种瓜种葫芦搞得生机盎然，花团锦簇；有的人在露台养鸽子，鸽子咕噜咕噜鸣叫，突噜噜盘旋翻飞，如同扔出去的飞碟；邻家露台的柿子树一到秋天果实累累，压弯枝头。露台还能看到灞河绿莹莹的水面，无数水鸭群起群落，超低空飞行，爪子下坠，溅出道道水花。湖心有个岛，有一年，陕西电视台的水上娱乐项目在这里办了好长时间。后来我才知道，这湖水是橡胶坝聚的。开发商说6000亩水面是你私人的湖泊。这话管用，有许多人就是冲这个湖去的。有了这个湖，灞河才有霸气，不辱唐诗的风采。

就是在这样美好景致美好心情和美好的气氛里，我宣布不打儿子猷猷。他哼了一声，没有表情，似乎不相信。

我说话算话。

第一学期过去了两个多月，儿子桂猷猷才渐渐适应了。电话由每天两个减为一个，最后一周一个。不打电话，我们反而有些不适应，觉得距离越来越远。老婆孟洁就说，我想我儿子。真是个"泪线子"，表情兴兴的，眼里就有东西闪烁。

忐忑的站位

高新一中招生也是偷偷进行的。五月下旬的某一天，5000多名考生连同家长足有万人之多齐聚高新路，一时车辆拥堵，人头攒动，可怜的高新路成了接踵摩肩的街市。

初中部招了约1800名学生，分20多个班，儿子猷猷位列120名，进了最好的重点班。能进重点班除了总分，数学也是进重点班的决定因素。猷猷的数学考了96分，只错了一道填空题。这一仗打得很漂亮。第一次开家长会，又激动又沉重。激动的是老师说以能认识这么多好学生的家长而骄傲，你们送来了这么好的学生；同时，你们也要以有这么好的学校和这么好的老师而骄傲，大家可以上网查一查，我们的学校和老师在全省全国都很有名。接着老师讲了进高新一中的学生大概有三种情况：一种是学习好的尖子生，高新一中最愿意要的，自然轻松考进来；二一种是中等偏上的学生，在家长的督导下，补课补课再补课，跌跌撞撞考进高新一中的；最后一种是通过关系走后门进来的。进高新一中容易，5000多名，录取1800名，不到3名录1名，录取率为36%。中考1800名学生录取约300名，淘汰的劲就大了，录取率为16.7%。这300名加上再从全省中考择优录取180名共480名学生进高中部，分班后，文科2个班120名学生，理科6个班360名学生，100名以内的学生都可以竞考清华北大，剩余的差不多百分之百都可以上一本。虽是一本，一本与一本还是有很大差别。老师说，你孩子是如何进来的，心里清楚，不要以为考上初中部就万事大吉，万里长城才走完第一步。至于那些排名靠后的和后门进来的，可以说只能是"到此一游"。学生的进步不光要靠老师，还要靠家长，老师管学生在学校的时间，家长管校外的时间，老师和家长配合好了，学生才能进步才能成龙成凤。老师说，重点班也不是一成不变的，实行优胜劣汰，随时滚动，全级前面的学生周末还要强化。如果考得不好，就是重点班的学生也上不了强化班。

原本以为考入名校就能松一口气，第一次家长会就把人弄得心事重重，完全没有轻松和自豪的感觉。不得不承认，高新一中的老师素质很高。我原本是搞行政的，靠嘴皮子吃饭，和老师比起来还是自愧不如。开家长会，两三个小时，各科老师轮番上阵，时间不多，老师无论男女，上台开门见山，谁谁好，谁谁差，排名情况，学习情况，了如指掌。一阵狂轰滥炸，有暗自高兴的有惴惴不安的。家长会后，老师都被围得水泄不通。如同新闻发言人，无论焦急和谄媚的家长如何轮番提问，都言简意赅，对答如流。混在家长中听老师解答，顿感收获不少。

  开家长会一直贯穿一个重要的主题是习惯的养成。校长讲班主任讲老师讲，没有好的学习习惯就不会是一个好学生，将来也不会考一个好的大学。习惯是什么，学生说得好，是一种反复重复的动作和姿态，时间久了成自然。我多少算得上是个文人，一个初一学生能如此诠释习惯让我吃惊，接着马上听到李子京、赵雪的名字等等。李子京每次考试几乎都是全班和年级第一，赵雪两次试没有考好，好像写了一篇《赵雪，你没有理由不行》的文章，语言优美、条理清楚，透出一股咄咄逼人的上进态势。老师念这篇文章的时候，所有家长都成了长颈鹿，脖子伸得很长，耳朵和眼睛宛若看不见的吸管伸向文章的字里行间。洛川的学生到西安，明显差距是英语，特别是听力和口语。就儿子桂猷猷而言，由于我的引导，已经对语文和作文渐渐失去了兴趣，差别表现在英语和语文上。语文主要在阅读和作文。儿子第一次考试在全班60多名学生中名列第15名。儿子打电话报告消息时，我和老婆很高兴，要知道这是重点班。这个位站得好。但我的心里仍有隐隐担忧，若果一直在15名我就很满意。第一次考试许多学生的潜力还未发挥出来，随着时间的推移，优胜劣汰的调整，一场暗战必然会惨烈地展开。果然第二次儿子的排名下滑到27名，全级可能滑到300多名了。我接电话的手轻轻抖动。好样的，没有问题，站住站住。你再不敢老想我们，想家会分心的。第三次是38名。第四次是41名。儿子，再不敢退了，再退有可能被滚出重点班。

  每次开家长会，我都认真做记录，整整写三四页。开会时，桌子上放有学生分数单，总分全级排名、上升多少名、下降多少名以及各科卷子和作业本，家长可以翻看。每次老师都要分配阶段性配合任务。比如听英语带，听写单词，阅读课外书籍，督促除学校确定老师批改的辅导资料外，再做一套辅导资料。初中做的是《典中典》，辅导资料水平很高，题都很难。晚饭吃过之后，我要将自己记录的家长会精神与儿子面对面分享，一句一句、一行一行、一科一科全部交代清楚。儿子桂猷猷已掉到 41 名，远远不是进校的 120 名的水平，我一边鼓励一边和孩子一起制定计划，用计划规定儿子周末一天多的时间。早上 8:30—9:00 起床、吃早餐，听英语磁带 20 分钟，阅读背诵；9:00—12:00 做作业；12:00—13:00 吃饭；13:00—14:30 休息；14:30—18:00 打篮球、散步或做作业；18:00—20:00 吃饭、看新闻；20:00—23:00 做作业、听写单词。起初星期五下午放学，后来周六强化上课，晚上回来，其实只有星期天大半天，星期天 16:00 返校。

每个周末按制定的时间安排，日复一日形成了习惯。包括什么时候洗澡什么时候问老师或同学问题都有时间规定。英语单词、语文生词全部听写，每周末对老师布置的作业，由我或老婆签字，家长盯的是背诵、阅读和第二套辅导资料。老师说的没错，习惯的确很重要。每到时间节点，我们和儿子都知道该干什么；时间被忙碌、责任、学习填充，日积月累，无形中有了沉甸甸的感觉。高新一中的老师很负责任，每科的作业都认真批改。对号、半对号、错号清晰仔细，错处疑问处老师当即改出。如果做得好要么是 95 至 100 分要么是对号，有时还有"好""优""赞一下"的评语。难怪开家长会时，老师对学生了如指掌，无论哪个学生都说得准确无误，回来问学生也是一点不差。学习是枯燥的，儿子猷猷也有厌烦闹情绪的时候。不高兴了就自己倒在床上呼呼大睡。进去一看很生气，也只能让他睡，睡起来再学。有时觉得儿子心静不下来，就让他把课本和辅导资料带上，到灞河边临水而坐或在树林里铺一张布单，我看小说，他做作业。

还必须说明一点。儿子桂猷猷上初中几乎没有受到过表扬，记忆中三年也就那么几次。而李子京、赵雪、姚思雨、郭嘉成等等都成了老师表扬的常客。每次我都会把这些学生的学习方法、特长一一告诉儿子，鼓励和同学交往沟通，学习借鉴别人的长处。经过几乎一年的努力，儿子终于站住了位置，到 41 名后再没有后退，触底反弹，36 名、22 名，初一最后一次考试是第 7 名。儿子给我打电话时，声音像六月的麦子又干又脆，我考了第 7 名，男生第 1。他是一个善于发现问题的人，而这个问题是与表现自己分不开的。比如哪一次没考好，一定是题出偏了或出了范围，赵雪、郭嘉成还不如自己。考好了是自己努力的结果，比如这一次是男生第一。

老师好多次感叹地说，从没有带过这样一班学生，成绩如同过山车，忽上忽下，有时让她懊恼不已，马上又激动万分。这样的学生潜力无穷。每个学生都可能经过努力冒到前面去，也有可能稍一松懈又掉下来。老师第一次提出家长配合调整孩子状态的问题，把最好的状态调到考试。我喜欢足球，熬夜看球是常事。儿子猷猷空闲的时候也陪我一起看。调整状态，我总以为是一个来自体育层面有点神秘、宿命和玄而又玄的东西的，眼见不着，手摸不着，一个高明的教练总是能将这个捉摸不透的东西玩于股掌，将看似弱势的局面通过暂停、手势、换人扭转，将原本鱼腩队伍带出一片意外的新天地。高新一中的老师将这个词用在学生身上，可谓别出心裁。要求家长配合调整学生的状态和心态，起初我还真是不以为然，觉得是务虚玩名词。然而，儿子最终也是"调整状态"的切切实实的践行者和受惠者。

不打之后怎么办

儿子猷猷的状态并没有保持多久，这是正常的，否则就不正常了。一般情况下，这一次考好了，下一次就会考砸。这主要是由于骄傲、疏忽和不在意造成的。老师说，在如此竞争激烈的重点班，只要你一愣神，马上会"沉舟侧畔千帆过"。初一期末考试的骄傲涟漪一直荡到初二开学。考试的成绩下去了，本在意料之中。接着原来每周50元，增加到80元还不够。这不是钱的问题，但许多问题都出在钱上。多数父母都以为给孩子钱准备好了就行了。其实钱不等于学习成绩，更不等于好大学。有的时候还会适得其反，钱起不到上进的作用，还会起到后退的反作用。儿子小时候拿钱捣蛋的情景又在我的脑海里浮现。我问为什么钱花得多了，回答是饭贵了，借了同学的钱。接着又出了一个问题，以前考试掉下来，我们都要与他一起分析原因，即便是自找的"问题"或"原因"，明知狡辩，我们还是认可的。会认真听我们的建议，理科如何强化，文科怎么跟进。这一次没有解释原因，只说没考好。没考好总有原因。没有原因。我感觉有问题了。语文落后了，作文经常只有40多分，阅读一知半解，有时生字还会丢分。英语更不行，120分不过百。

我对老婆孟洁说，可能是叛逆期来了。到西安后，我们的分工是：学习上的事我多管，生活上的事她多管。每次到西安，无论是我去还是老婆去，都以在家里做饭为主，包饺子、炖排骨、吃火锅是三大家常饭。儿子的衣服老婆尽职尽责，早早备齐。当我说到叛逆期的时候，她的意思按分工归我管。猷猷这次的情况与以往不同。学习不主动，对成绩排名热情下降，对家长、老师的教育抱有默然的抵触情绪。竟煞有介事地说人生有多种活法，考学不是唯一途径。不只如此，明明作业做错了，指出来还故意不改，就是2+8的简单问题也装得听不懂。任你如何巧舌如簧，循循善诱，他总是有老主意——瞪眼傻看，一脸的茫然、不在意，甚至带着轻视、藐视和挑战的眼神，欲盖弥彰。儿子又一次在挑战我的底线。我有一种世界末日的感觉，后悔到西安来了。许多例子涌上心头：

有个孩子，家长轮番驻守，天天看着背上书包行色匆匆去学校，结果恋爱谈得一塌糊涂，原本考一本很轻松的事情结果连三本也没有考上。还有一个孩子沉迷网吧，晚自习之后，把被子卷成一个筒状，将枕头塞进去，弄出一个躺着的人形翻墙去上网。直到有一天，老师揭开空被子，才知道秘密。叛逆的重要原因之一，可能是初二新开了物理与化学，学习任务、难度陡然加大了。儿子的书包一下子鼓了不少，越发沉重，勒得双肩有两道深壕；作业一本接一本，精神已经很疲惫了，哈欠连天还得继续做，几乎逼近心理和生理承受极限。还有，度过心理依赖期之后，不同于往日生活的新鲜画卷徐徐展开，未经过滤的事物猝不及防的来到眼前，逐渐蔓延的厌学情绪让孩子对父母规划的前程产生畏难和怀疑，试图自作主张，和父母展开"本我"的争夺。孩子的叛逆也是逐渐显露的一个过程，从其说话、花钱以及默默无语的抵抗等等，无一不在表明自己长大了，有思想了，可以决定拿主意了。这比公然反对更隐蔽更可怕。这个过程不易发觉，没有细致观察很难发现。儿子冷漠的态度让我心火骤起，我习惯地举起手。过去儿子会躲，这次不仅不躲还用轻蔑的眼神看我，分明是在提示我说话不算话。还好，我想起了承诺，手徒劳地垂下。

我拉起儿子猷猷去客厅，儿子不去，说要写作业。我说你写什么作业，这样下去不知会怎么样呢。我想起了三十六计里的苦肉计和西班牙作家杰森·班卡多的《十八英里的惩罚》。因为儿子说谎，父亲惩罚自己，让他产生了深深的负罪感，从此再不说谎了。既然不能打不能硬来，就要来软的打动他。孩子的教育没有固定的公理和定理，别人的成功对你不一定完全适应和皆准。出了这样的问题最重要的是必须面对，千万不能绕着走。一个成人的智慧对一个孩子还是有优势的。我坐在沙发上，给儿子讲家史和自己。

刚到贺家河的时候，正是麦罢的季节，到处飘荡着成熟的麦香。当时还没有入户，村里人不让拾麦。爷爷就把家人背过洛河到宜君县一个偏远山村去拾麦。那时的洛河水很大很急，波涛汹涌，震耳欲聋，从瀑楞上过要跨一个大壕沟，水深看不到底，只能用脚探索，每过一次都差一点被水卷走，下面就是无底的深潭。每年夏天都有人掉进河里，尸体在十里之外才能找到。我们整整拾了一天，从太阳出山到夕阳西下，河边高耸的虎头山渐渐隐进夕辉里，巨大的阴影如同圆张的虎口一点一点吞噬阳光；风顺河而下，带着黏湿的泥腥和扫荡一切的怒吼。我们又渴又饿，爬到河边喝泥黄的河水，轮换着朝远远的村子喊话，喊着喊着就没有了声音。好不容易爷爷来了把家人背过河。回家的路上，我走着走着就什么也不知道了，饿晕在水渠旁。到了家里找不到孩子，爷爷返回来，抱着我号啕大哭，以为我死了。回去爷爷借了一小碗白面，奶奶擀得又细又长，干捞了一碗，只准我一个人吃。我坐在炕中央，像一个家长，受宠若惊，不知道自己怎么了。我高兴地吃面，其他人偷偷抹泪。后来，总算落了户，由你大姑也就是我的大姐千莲带户，嫁给了一个比她大很多的人。大姑哭得寻死觅活不愿意，不愿意又有什么办法，要落户只有这一条路。爷爷也是扛了很久，打算用真情打动干部，毫无用处。明明是一个大坑，有路也弯不过去，必须咬牙跳。后来你二姑千梅也就是我二姐也嫁到偏远的宜君县，为的是二姑父家里粮食多可以接济我们。二姑也是一万个不愿意，架不住爷爷的软硬兼施和血泪哀求。没有供大姑和二姑读书，还随意强硬地决定了命运，在爷爷的眼里女子是没有发言权的。我们的今天是大姑、二姑牺牲幸福换来的。同在一个队上，本地人与外地人差别很大，分的地不是偏远就是边角地块。村里调皮的孩子经常在门外"客户""客户"地乱喊，有时还叫大人的名字谩骂，声音故意弄得模糊而悠长，这种似是而非的侮辱，如同一个个巴掌，冷不丁掴在脸上疼在心上。

小学五年级是在负家塬小学上的，离村子有一扇坡五里路。你的奶奶已经去世了，大姑二姑都已出嫁。爷爷还不太会做饭，没有面就拿玉米糁蒸馍，那种馍难熟。这样的馍我不敢拿到灶上热，只能放到抽屉里，很快就发馊了出了白毛，掰开一把白丝。我把馍上的白毛抹去，揉碎用开水泡，放点盐就吃了。馍又酸又臭还不能在人多的地方吃。后来玉米糁馍也没有了，吃糜子馍高粱馍，咽不下去，就着辣椒吃上了火，全身起疮流血流脓。爷爷实在看不下去求爷爷告奶奶借了20斤麦交到灶上。20斤麦票当晚让人偷得一张不剩。没有粮了还不敢给爷爷说，就向同学借馍用做题换馍，亏得大师傅心好，有时偷偷给馍，好歹渡过了那个可怕的学期。

初中没有开英语，高考的时候又考。我没有办法只得从ABCD开始学。我问老师英语，女老师看了一眼说，你现在学英语要是能考上学，我倒着在学校转三圈。我一下子蒙了，就说要是考不上我倒着走三圈。我就日夜学英语，狠写狠背单词。高考到来了，数学是我的特长。中午休息的时候，一个同学拿来麻黄素让我吃说提神，我吃了两颗。其他同学都睡了，我睡不着，快要考试的时候却睡着了。可能是同学良心发现吧，在考试就要开始前返回宿舍把我叫醒了。拿到卷子时心跳得要飞出来，铁皮桌也随着抖动；全身发热，大汗淋漓，脚像踩到沼泽里，黏黑无比；人轻飘飘的像空气一样，一点点地飘离考场；双眼迷离，听力下降，神情木然，老师的声音和卷子的纸声遥远得如同另一个世界。老师问我要不要看医生，怎么敢看啊。解析几何是我的强项，可题里的左和右仿佛两个跳蚤蹦跳不停，按都按不住。我把左看成了右画不出来图，还问老师是不是题出错了。老师哂笑了一下，你好好看，高考题还能错了，是你的眼睛错了。我在这个题上浪费了 40 分钟，最终恋恋不舍得放弃了。我感到万念俱灰，要丢人现眼倒着在校园里走了。我的数学只得了 35 分，英语还得了 49 分，全县最高 60 多分。我只考了中专，差三分能上大学。我回来哭着给你爷爷说让我再补一年。爷爷说补啥补，牛都卖了，这几年都靠我挪脸求人靠自己脚蹬手挖种地，欠了一屁股人情。不要不知好歹，能考上学就不错了。爷爷说罢哭得跟个孩子一样，朝着埋老爷和奶奶的方向咚咚磕头。

　　我的大学梦就这样碎了，那道解析几何题成了永远甩不掉的梦魇。
　　我泪流满面……
　　儿子桂猷猷早已泪流满面，扑到我怀里，两人痛哭了一场。
　　儿子，我给你说这些，是洛川人说的没办法的办法，是法师撕裤腿——最后一招。我拿你确实没有办法了，你长大了看到了外面的世界，懂得更多我高兴，但是懂得更多也要理解父母的难处。我们不需要把你往西安送，在洛川也能考一个学，还不是希望你的将来会更好一些。你走后，有多少夜晚你妈哭醒来，多少夜晚我梦见你的被子蹬掉了没有人盖，你让人抱走了我撵不上，醒来时枕头都是湿的。我们不敢给你说，怕你分心怕你不愿意在西安待。爷爷说的对，有一碗饭吃就行了。人生吃不过三餐，睡不过一张床，看似简单，只是这一日三餐一张床也差别很大。你试一下那玉米糁馍试一下糜子馍，几天拉不下大便，偷偷跑到厕所用手抠。当然这种时代和日子一去不复返了，天下有哪一个父母不愿意让儿女们过得更好一些吃得更好一些。儿子，父母也有许多缺点，比如急躁、张扬、动不动就打你；父母也有难处，也不是圣人完人，有不对的地方要理解要原谅。

你现在好好想一想，学不学在你自己，在西安还是回洛川也在你自己。

儿子桂猷猷抹着泪进了房子。

背了四年的一封信

在这场战争中，我用的是"苦肉计"，摆出一副弱者还有点可怜的面孔，似乎不地道不大气；而人的一生地道、大气、有尊严不是时时都有。有一个父亲比我还绝，女儿因为交往同学不慎，不愿学习，成绩直线下降。夫妻二人轮番上阵竟然斗不过女儿。父亲真心有世界末日的感觉，决定刮骨疗毒，破釜沉舟。他到班主任老师那里，将各科老师请到一起，也把女儿找来，复述那场激烈的嘴战。女儿受到老师严厉的批评。父亲含泪说，我是一个不称职的父亲，失败的父亲，我不怕老师笑话，反正大半生都过了，你才刚刚开始，就这样不在乎自己，我真的心痛。女儿被刺痛了，慢慢走上了正轨。大家说的时候都觉得很危险。一个合格的父亲不能因为危险而止步。都说父母为了孩子什么苦都愿意吃，这算什么呢。其实这还不是我最后一招，还有一招，仍然老套还得用，我写了一封信。

亲爱的猷娃：

你好，当你打开这封信的时候，爸爸已在回家的路上。今天爸爸说的这些话很早就想告诉你。或许你不相信，不知道如此凄凉的事情就发生在不久前。实际上，这个世界仍有很多人生活在水深火热之中。有些孩子别说到省城上学可能连到县城的条件都没有。我讲自己的过去，讲自己的经历，不是以悲观痛苦的心态，而是以乐观和幸运的心情。复杂的经历会变成一种财富。我从小的愿望是想当作家，或许有一天我能写出很好的文章，艰苦的过去会成为汩汩冒涌的源泉。你也有痛苦的经历，吓得我和你妈不知流过多少泪，只是你不知道罢了。古人说，天将降大任于斯人也，必先苦其心志，劳其筋骨；古人还说，古今成大事者，不唯有超世之才，亦唯有坚韧不拔之志。不要说担大任成大事，就是一个普通人都要经历困难和坎坷。农村人说，人从一生下来起就要受苦受难。如同唐僧西天取经，必须历经九九八十一难才能取到真经。所以，没有轻而易举和一帆风顺的人生。成功和光环是从失败和黑暗中得来的,甜蜜和幸福是由痛苦和不幸中产生的。咱们桂家生活在湖北,来到陕西已经有四十多年的历史。短暂的历史,在时间长河中或许只是一瞬,却不乏精彩,有不幸也有幸运,有痛苦也有甜蜜,有成功也有失败。有些人逝去了,生活戛然而止,有的人出生了开始了新的生活。生者对逝者的最好传承和祭奠就是更好地活着。爷爷、奶奶的经历,父母的经历,这些都是桂家的血脉流淌的痕迹,你应该知道。而你的一举一动也将在桂家的族谱里出现,属于你的那一章将要由你去撰写。

你懂得一些事情,这是进步;你对生活有主张,这是进步;你敢于说不,这是进步……可是生活是万花筒,精彩奇妙的世界才徐徐展开,如读一篇文章,读到的还只是"引子";如看一场大戏,看到的还只是"前奏";如听一首歌,听到的还只是婉转的"序曲";如做一件事情,所做的还只是简单的"开始"。

做人要有底线,人生必有敬畏;道德是处事的底线,法律是行动的敬畏。黑格尔说"纪律是自由的第一条件"。人生是自由的,这个自由是相对的不是绝对的。随着年龄的增长自由的限度和空间也会变窄变小,会有许多约束和限制。只要有一颗敬畏的心有底线的心,你就是自由的甚至是完全意义上的自由。只要不想踩踏庄稼,狭窄的田间小道仍可健步如飞;如果毫无所忌,宽阔的大道也无法行走。人必须尊重长辈,人必须孝敬父母,人必须遵守法律,法律以外的事情不能做。说话做事要讲信用,说到必须做到。不能拿别人的东西,再好的东西不是自己的不要去想。不要想着占便宜,要用自己的努力去获得。

我不知道你去没去网吧,也不知道多花的钱里有没有进网吧的。我知道网吧是一个虚拟世界,那里边假的东西无法分辨的东西太多,有许多从法律的缝隙里溜出来的东西,看上去很美,一下子能把人带走,再要回来就难了。我不让你上网是怕你受到诱惑,等你有足够的辨别能力的时候再上网。

恋爱不能谈,年龄还小,爱尚朦胧。当前主要任务是学习。事物都有一个产生、发展、结果循序渐进的过程。人同万物一样,成熟方最美丽。如同青杏最好别采,与其酸牙捂腮唾弃,不如当初不摘;没有人不渴望秋之成熟收获,沉甸圆润之实,远比清瘦憔悴之青皮更好;你还是一个嫩嫩的青皮，女孩也是一个嫩嫩的青皮，不要试图去采别人，也要学会保护自己拒绝别人，防止被采。对自己负责，更要对别人负责。你在家里受到怎样的呵护，别人亦受同样的爱怜。爸爸和妈妈真的不希望你受到伤害。

  应该有一个梦想或理想了，哪怕是一时实现不了的目标。常言道，有了理想目标就有了方向。夸父明知追不上太阳仍追不止，女娲、精卫明知补天填海不成仍补填不止，愚公明知移山是妄想仍移山不止……时间是一个很奇怪的东西，坚定地朝一个目标努力，日积月累，斗转星移，看似不可能也变得可能。想着你考高新一中困难，没料到你考上了，还进了重点班；觉着你跟不上，没想到你站住了，还在不断进步；你已经创造了奇迹，还在创造奇迹的路上。属于你的世界才刚刚打开，你忙什么，该你主宰的时候自然会让你登台。

  如果你要想考入一所名校，那就不能有弱项。弱项就是水桶那一块最低的木板，无论其他板有多高，一切都由最低板决定。语文于理科不是很重要，语文于高考于人生很重要，你与人沟通不能用 xy，你永远不能沉默前行，特别是当你有一个远大理想，学好语文必不可少。我当初将你带入语文宫殿，又把你赶出语文的华堂的确不对，在这里向你道歉。语文是个慢工活，不像理科突击就可见效，这要长期的积累，记生字、多阅读、多动手。你喜欢动嘴，英语单词也是一个字母一个字母地背，这样记得快忘得也快。多动手，勤用脑，总有一天语文成绩会上来的。是的，人生不只由高考一条路决定，可高考也是最宽最好的一条路。舍弃高考而求他路，未知和凶险不可估量。许多舍弃高考的人，获得一时之轻松快意，难说没有后悔的时候，个中苦辣只有自己知道。既然世界上没有卖后悔药的，既然人生是一条单向道，那咱就不要做后悔的事不要走回头路。

  你真的很累，爸爸妈妈看在眼里疼在心上，几乎没有童年，没有快乐的生活，被沉重的学习负担压得透不过气。我背过你的书包，重如块石，压在石头下的童年会快乐吗？你厌烦学习甚至叛逆都可以理解，可你想过没有，高新一中的孩子不都是这样吗，全国的孩子不都是这样吗，咱可以停下可以过快乐的童年吗……爸爸妈妈可以等你，别人不会等你。

  爸爸妈妈的脾气都不好，打过你骂过你，这一切都源于对你有过高的期望。其实，我们说你不聪明害怕给你压力，因为你不止一次吓过我们，一岁的时候与你爷爷同一天下病危通知，三岁的时候又得了重病。我们在西安儿童医院号啕大哭，真的想到了死。你很坚强挺过来了，还这么健康阳光，特别是那次你说"我是一个聪明绝顶的家伙"的时候，不知我们有多高兴。我们的雄心便有些膨胀了。

儿子，爸爸唠叨了这么多，一定让你烦了。太多的死板语言，教条刻板的说教，可我也就这样的水平。这是爸爸很久以来想对你说的话，说出来我心里就空了敞亮了。

祝：儿子快乐！

父：桂千富
二〇〇七年九月

这一封信儿子猷猷背了四年。这是后来偶然的一个机会发现的。

英国作家凯特．阿特金森说，多少危险掩藏在静谧中。一个人在一眨眼、一失足间就能失去一切。一个人就是失去一切，也要想着光明的事情。我的感受是心里只有黑暗，没有光明。因为国人内心光明的灯线在孩子手上。所以即使安全度过了叛逆期，仍然常常感到后怕。我突然想起了《麦田里的守望者》里几句话，有那么一群孩子在一大块麦田里玩。几千几万的小孩子，附近没有一个大人，我是说——除了我。我呢。就在那混账的悬崖边。我的职务就是守望。要是有哪个孩子往悬崖边来，我就把他捉住……我整天就干这样的事，我只想做个麦田的守望者。一个满口粗话处于叛逆期的孩子的内心仍然有光明，让我肃然起敬。可惜许多人看不到隐藏的光明。

儿子猷猷回来说班上又走了一个学生，到美国去了。这已经是第二次说同学出国了。后来老师征求我的意见，是否让儿子出国。我觉得这是一个需要认真考虑的问题。高新一中与国外许多高中有交换生。不少尖子生交流到了国外中学短期就读，老师的孩子也交流到美国读了一年。据说是唯一一个没有汽车的高中生，选修了汽车修理课程。交换生一般都是尖子生，猷猷达不到条件。李子京就去美国交换了一年，回来考试仍是全级第八。有一年儿子被选为参加美国中学交换新生来高新一中的欢迎仪式，记忆最深刻的是外国女生穿着蓝色的高跟鞋。鞋嗒嗒地敲在高新一中的地板上，震撼在学生和家长的心灵里。儿子说的时候流露出十分的羡慕。还有更震撼的，剑桥是世界著名的学府，管理森严。1958年的某一天，突然发现平一堂的楼顶上，斜放着一辆奥斯丁牌小汽车。没有人知道是如何上去的，按当时的条件，不可能把一辆整车搬上20多米的屋顶。这无疑是一个大事件，学校知道是谁干的，没有处分，说不定这个人将来也能成为牛顿或罗素。除了交换生，去国外读书还有一种情况，有钱人专门送孩子去国外，初中就送出去，再就是高中读国际班考国外大学。老师问我的时候，我毫不犹豫地推辞了。我也知道，出国对儿子的未来发展会增加选项，激发隐秘、潜伏和压抑的能量，而出国同样隐藏着未知与凶险，也可能产生多米诺骨牌效应。我天生不是一个果敢的英雄主义者和孤注一掷的机会主义者，没有能力和勇气规避与"最好"相伴的风险，只求"很好"就不错了。这就是我一直平庸的根本原因。我想起父亲在我和哥哥工作之后开的那次家庭会议。我算了一笔账，出国一年需要30万元，无论如何是负担不起的。我对儿子说，从心底里不希望你出国，我们舍不得。还有出国费用实在负担不起，要是让我们倾家荡产，供你出国，我们不会这么做。如果你真想出国只有靠你自己。儿子猷猷看我说得如此庄重，马上觉得自己的想法太天真，这个话题到此为止。

怦然心动

儿子桂猷猷又步入正轨。这是我从他回来的表现感觉出来的。做作业很主动，学校的事情也愿意分享，遇到不会的题直接问我。这让我很惊奇，比以往似乎更信任我。于是我也当仁不让，无论是数理化还是语文先接题。我说要看书要给我时间，已经很久没有摸书本，那些公理、定理、算式和词汇都忘记了。儿子就说不急。

猷猷问"怦然心动"怎么写。我认真地看他，不知意图，是成语的意思，还是——儿子忸怩地笑了，成语意思当然懂。那你的意思……我的脸腾地红了，弄得他也很尴尬。爸，想哪儿去了，老师让写一篇《怦然心动》的作文，觉得没啥写。噢，我说，那得好好想一想。儿子诡谲地笑了笑，回到自己的房间做作业。

中午太阳很亮，透过半落地阳台玻璃直射到沙发上。春天刚到，炎热隐隐袭来，虽有一湖灞水，按开发商宣传要比城里低2摄氏度，我丝毫没有感觉出来。西安北有黄土高原，南有绵延不绝的秦岭，狭长的八百里秦川承载十三朝古都的辉煌与没落，名满天下，气候则委实不敢恭维。冬天从西伯利亚南下的罡风一路裹挟，沿途吸附，依塬台南下一路加速狂飙，撞到秦岭，万矢叠加，尘埃纷纷落下，浩日仿佛摇曳的青灯似有似无，西安就成为名副其实的雾都。夏日北风弱了，从东南沿海形成的热带风暴将包含雨水的云雾裹挟，一路北上，拾级登高，跟跟跄跄，抛抛洒洒，已显轻薄的云雾又被秦岭挽留缠绵，洒向西安的凉风与细雨就丝丝缕缕，这里又成了名副其实的蒸笼。北边拾级而上的高原，南边绵延横亘的秦岭，如同馄饨的两边，将八百里秦川合围包裹，不只是物质上的栅栏，也是精神上的藩篱。聪明的皇帝们也许正是看到了这一点，纷纷建都立国，扬名立万。

雾都和蒸笼是冬夏的西安，此时是难得的春秋明媚之季。儿子猷猷到底是不会写呢，还是有意在试探我。我曾经说过父子是一对矛盾，一定时期可以说是假想"敌人"，的确存在父进子退、父退子进的攻防拉锯。

我还写过一篇《60后与90后的战争》的文章，就是写我与儿子之间这种微妙的对峙关系。很多人都不在意这种父子之间关系的变化，一厢情愿地认为是"人民内部矛盾"，什么"家丑不可外扬"啦，"肉烂在锅里"。今天的孩子早已不是六零后七零后了，时代也早已不是六七十年代了。父子之间已由紧密无缝变得松散有隔阂甚至遥不可及。一周只有五天，五天里什么都能发生，简单地捂盖，一味地强硬都不行。当孩子还小时，父子之间的关系，父为主要矛盾，儿为次要矛盾；父为主导，儿为从属。既然如此，父亲就要尽自己必须尽的职责。

有一个朋友给我讲了他和儿子的较量。儿子每天周六早上八九点起床，说去早练、读书。父亲大喜，觉得有出息了。如此一来，成绩不升反降，就觉得不可思议。一分耕耘一分收获，哪里有耕耘没有收获的道理。碰到同学，问儿子天天周末起早出去干什么，他就说锻炼、学习。你儿子还真勤快。看到对方说话语气不对，就追问起来。你不想想这种年龄的孩子周末哪一个不要睡懒觉呢。是呀，朋友恍然大悟。儿子原来也是叫不起来，每次都非常生气。朋友远远地的跟着，儿子急匆匆在前面走，径直走进广场网吧。朋友眼睛一黑差一点栽倒。儿子看起来木木的，根本不是编谎套云的人。他到网吧门口，看到里边许多青少年玩得不亦乐乎。朋友就问老板，刚进来的孩子成年了吗？没有。那你还容留上网，这不是违法吗。好我的哥里，人家父母都不操心，你操哪门子心，我们开网吧的也难，总得挣钱啊。朋友刚想发作，父母都不操心的话让他羞愧。打电话叫警察关一个网吧，还有许多个网吧，总不能关完吧。朋友让老板把儿子叫出来。看到父亲，儿子登时呆住。谎言破灭的一瞬间，父子相对无语，朋友欲哭无泪。儿子耷拉着脑袋，等待父亲的爆发。为了学习，已经爆发很多次了；爆发显得微不足道、毫无意义。朋友决定釜底抽薪，断掉后路。他把儿子带到办公室，写了一份《父子断绝关系书》。大意是儿子不爱学习，喜欢上网，屡教不改，既如此劳心费神，不如快刀斩乱麻。从此，你没有我这个父亲，我没有你这个儿子；我不养你，就不用读书，想什么时候上网就什么时候上网。儿子以为父亲又是煞有介事，如往常承认错误，向父亲讨好。不料父亲不为所动，要把断绝关系书送到法院送到学校，儿子这才怕了，痛哭流涕，写下保证书。儿子便渐渐上心学习。我在写这部书的时候，亲戚帮我打印。恰好孩子不愿意念书了。亲戚说你不愿意念把被子扔了，人也不要回来，爱干什么就干什么。从今往后咱们没有关系了。孩子便没有再提回家的事。

我想这些其实都在延长思考在拖延时间，怦然心动，字典上说受到惊吓，心跳不止。这解释太过中性，要我说没有诠释真正的含义。编写词典的人一定和我一样面临窘境。我专门看了一部名叫《怦然心动》的美国电影。主人公布莱克和琼莉七岁时初次见面，"怦然心动"，差一点实现"初吻"。怦然心动就是爱的开始，这个词为爱而生。照词典的意思应该不难写。儿子猷猷为什么还要意味深长，若有所思呢。

我听过一个"怦然心动"的故事。

还是在初中的时候，一个同学被老师请上讲台造"怦然心动"的句子。他造的是"那一天我看见她，怦然心动"。原本句子造的也没有问题，只是这个"她"让老师和同学们都哄堂大笑。老师一直问那个她是谁，被逼无法，他说出了女生的名字。教室里立刻爆发出山呼海啸般的笑声。女生捂着脸逃出了教室。

同学其实没有说假话，只是有时真话只能藏在心里。生活中也需要善意的欺骗，有些真话要用时间去等待。他说的那位女同学的确很美，瓜子脸，大眼睛，两条麻花辫修长光亮。小女生身影在校园里游弋，带着黄鹂般的笑声。每天晚上梦里都是这位小女生的如花笑靥、美丽靓影。事情的转向缘于他一次莽撞的飞奔。水房在教室的后面，打水到教室要拐一个直角弯。女生们常常叽叽喳喳三五成群去水房，男生们则敲着缸子飞奔拐弯。有一天他飞跑拐弯，一头撞向小女生，在小女生倒下去的一瞬间，他看到一张因为惊吓而羞涩绯红的脸庞。一声近乎求救的惊叫从小嘴里飞出。后面有砖砌的散水，倒下去不堪设想。他将自己手臂尽量伸长，穿过小女生的颈部，仿佛塞了一个枕头。小女生摔得不重，他却趴在小女生身上。正是夏天，小女生圆圆的小乳贴在胸膛上，两人的脸挨在一起，他的心里瞬间燃起大火，埋藏心底很久的东西复苏了……小女生不由自主地喊了声"流氓"……他俩都在这个学校待不成了，从此失去了联系。

朋友说他一生都记得那个"怦然心动"的造句，还有那惊险的"零距离"接触，若不是世俗的阻隔，说不定会终成眷属。怦然心动是初恋的门。怦然心动用在一见钟情用在初恋再恰当不过。儿子或许拿怦然心动试探我。他挖的大坑向我投来狡黠诱惑的眼神，我不会跳的。不会跳总要过去，这就要绕了。绕是洛川人的特点，三句话问不到底。问干什么去，到屋达；做啥，耐怪去；到底啥事，有一事。其实也都是一问一答，问者并不指望确答，答者也没有真答，都那么随口一说，习惯成自然。洛川人倒没有什么，外面的人受不了了，说洛川人"鬼"，时间长了就把洛川人直呼"洛川鬼"。这种独特模糊语言的形成有历史渊源。洛川最早生活的民族就是鬼方族，边塞重地多民族杂居，防范必不可少。普遍认可的说法是国民党攻打延安时，洛川是红白交界线，到处有通讯站，地下组织，明战暗斗，敌我难辨，一家人可能有敌有我，说话必须隐秘，久而久之形成了无确指的模糊语言。有的人便拿洛川人这种说话特点编了许多段子污蔑洛川人。有个打电话的段子：你在哪儿，在车上；车在哪儿，在路上；在路上干什么，朝前走。还有一个请吃饭的段子：上级十一点半来检查，下级问，吃了没？没——到底吃了没，都这个时候？……吃了就吃了，没吃就没吃？吃了——这不是一句话。要我说这是历史的产物，是文化民俗的一部分，"鬼"也有聪明灵活的意思。要不"洛川会议"无论如何不敢在当时还是白区的洛川召开的。

儿子猷猷到客厅倒水，我忙转过身往阳台处走，装着构思的样子。阳台的几盆花卉映入眼帘，君子兰花开了，开得这么繁茂，如同一把燃烧的火炬。还有几盆叫不上名字的花草，新绿初绽，映衬得君子兰更显华贵和娇媚。君子兰放得低，加上沙发的遮挡，如此热烈的开放进行得这样默默无闻。怪不得人称梅、兰、竹、菊谦谦四君子。而这高雅被文人墨客不吝笔墨渲染的四君子唯有君子兰低矮不事张扬，唯有君子兰的花开得这么鲜艳这么诱人，既有李白的豪放又有李清照的委婉。

我将花草重新调整，拿出塑料凳放到君子兰下，把其余花盆绕君子兰摆放，让这把火炬引人注目地燃烧。做完这些之后，我邀请儿子猷猷到外面走走，透透风，这也是日常的功课之一。学习累了，我或孟洁或者我们共同陪同他一起到楼下或瀍河边溜一圈。公平地讲西航花园的绿化不错，高大的雪松，如一把把巨伞，日积月累飘落的朱红松针铺成了毛茸茸的厚毯，阳光斑斑错落，打碎了成片连在一起的阴凉，凉爽和潮湿外泄，平添扑进去乘凉的愿望；竹林着意弯曲铺排，新叶抽动着地下的营养把燥黄的竹竿弄得青绿水嫩，微风过后，竹林挤挤靠靠，发出细碎的窸窣，如顽皮的少女打闹嘻哈；碧绿的草坪沿参差不齐的楼头延伸，毛茸茸的嫩草如宣纸被阳光穿透，无数光缕无序交织漫射映得草坪光润透明……我们走了很久才回家。

打开门的一瞬间，我大叫一声。儿子猷猷惊奇地看我。顺我的手指望去，燃烧的君子兰亭亭玉立。爸，君子兰这么好看，开的花这么多，这么红，我还以为君子兰不开花呢。

难道你不"怦然心动"？

"怦然心动"，儿子猷猷动情地说。

我就讲如何在打开门一瞬间描写看到君子兰怒放的感受。开头必须点明"怦然心动"。第二段由近及远细看君子兰花型花瓣花蕊，一共多少朵，低头闻花，描写香味，想象蜂蝶飞舞的情景。第三段联想梅兰竹菊四君子，重点写君子兰艳丽开放，叶娇花媚不张扬，引用咏兰诗歌，"兰生深山中，馥馥吐幽香"，"空山见幽兰，素衣谦君子"，"欲以蘼芜共堂下，眼前长见楚词章"。第五段结尾照应开头。

儿子猷猷《怦然心动》的作文是为数不多被老师表扬的作文。

儿子猷猷在初中出名的机会不是很多，记忆中大约有三次，一次是初一期末考试全班第七名，用他的话说是男生中第一。听到他的名次，一位同学说要晕倒了。第二次大概就是这次的"怦然心动"。第三次因为名字。上操时，老师点名，把桂猷猷念成了桂球球，马上爆发出哄笑。老师也很尴尬，在同学的纠正下重新念了一次。但桂球球很快传遍了校园，甚至成了同学调侃和玩笑的绰号。我和老婆开家长会时，去得早看学生活动剪辑专栏和作文墙报。一位女同学问我们孩子叫什么，老婆孟洁说叫桂猷猷。女同学马上捂嘴笑了，连说我知道我知道。

《阿凡达》、周杰伦及其他

某一天看到电视上一位心理学家侃侃而谈，说不管孩子做了什么都表扬都肯定都赞扬。爱听好话是人的天性，尤其国人爱听好话。教育家都说要多表扬孩子，信誓旦旦地将此作为一条成功的经验到处宣讲。这个我不敢苟同，做好了表扬，做错了一定要指出要批评。尽管如此，用好"表扬"的确重要。

儿子桂猷猷的成绩一直不稳定，时好时坏给我和老婆孟洁带来了压力和烦恼。我去和老师聊了几次，总体感觉稳定前进。我问老师，一百多名，不知道将来能考到哪里。一百多名也是高新一中的一百多名，已经不容易了。最差还不考个西交大。心里虽有不甘，但西安交大也不错，不枉我们和儿子这么多年的努力。我的朋友把孩子小学就转到西安，伴随着年龄的增长，不断传出了令人羡慕的消息。最终，孩子考上了西安交通大学。医院还有个孩子考到香港大学，轰动了好久。我们不敢以后者为榜样，以前者为标杆。

每次考试之后，老师都让写小结，和学生一起分析卷子，改正错误。特别是在错误知识点处举一反三，触类旁通，彻底解决问题。考得好自然老师点名表扬，考得差受批评。每逢期中和期末考试之后必有家长会。总体上我和老师合拍，考得好大表特表，考得差也分析原因，提出加强的地方，经常过问和督促。老婆孟洁说我过分情绪化成绩化，她更注重细节和全面。儿子猷猷十三四岁也是孩子，长得高仍是孩子免不了耍小孩子脾气。老婆最爱唠叨儿子待人接物不行，礼貌不周。到别人家串门，亲戚朋友来访和一起出去吃饭，猷猷总是不主动打招呼，被老婆盯住了就说叔叔阿姨好，声音卡在喉咙里，蚊蝇一般。老婆就一次次说叨。儿子的脸上就不好看，说我冲他们微微一笑，也算是打招呼了。打招呼有很多种，不一定要开口。儿子念念有词。说实话我是赞同的，我小的时候因为羞于问候没少挨打。老婆总希望他的嘴上有蜜眼里有水会来事。我则对周日早上叫他起床十分头疼。每天晚上睡觉时说得好好的，早上不起来，饭做好了叫一次哼一下，叫一次哼一下；一会儿再睡5分钟，一会儿10分钟，讨价还价。除非生气发脾气，才会懒洋洋起床。觉得儿子太懒，不知道尊重人，不理解父母。等和许多父母沟通之后，方知孩子都是这样，一家不笑一家。末了，有人就说，你娃那么乖还不满足，要是我肯定偷着乐。

表扬的书面语言就是激励机制，不要说孩子，就是大人也十分在乎。我更有深刻体会，那次接待省委组织部培训班之后，还有一次刻骨铭心的表扬，这次堪比那次。

洛川是省长党建工作联系点。2007年1月，省上要开人代会选省长。按照惯例省长要到联系点慰问群众。县上领导敏锐地嗅出其中的机遇。洛川苹果完成了专业县建设目标，四大改形全面推进，苹果产量质量大幅提升。洛川的领导就想在包茂高速洛川出口的桥西塬上规划建设洛川苹果产业园区，包括苹果会展中心、信息中心、仓储中心，建设陕北、全省乃至西部苹果产、销、集散地，工作重心转向营销和品牌建设。这是一个很大胆的设想，领导层思想也不统一，有吹牛皮的嫌疑。省长要来，总得把思路汇报给省长。县长先是让主管农业的常委介绍，常委的嗓子一直不好，又让主管县长介绍，县长临时有事。县长就手一指我，说你汇报。我汇报？大家都有些震惊，给省长汇报不是闹着玩的。当时觉得县长很草率。苹果局搞了两张图板，旅游局搞了一张，一共三张图板。我起草了汇报材料，在单位在家里一遍又一遍练习，末了对检查组、对县级领导最后对县长汇报。省长来的时候，是一个阴沉的天气。当时天空灰云低垂，冷风嗖嗖，人们在寒风中聚在高速路口，县级领导、部门领导加上干部群众足有百余人。省长乘坐中巴，一看这么多人怎么也不下车。意思是搞形式，影响不好。大家一时怔住，短暂僵持。好在市上领导还是将省长劝下了车。我的心咚咚直跳。突然的变故打破了正常思维，神情便有些紧张。好在开始介绍时，已经过了一段时间，自己做了调整。我目视展牌，侃侃而谈。开始还有些嘈杂，很快安静下来，呼吸声都能听见。市上领导目光一直看着省长，县长的目光在省长和我之间跳跃，不时抛出一个肯定的眼神。省长阴郁的脸庞渐渐明朗起来，已经聚集的五官松弛下来，一丝轻松漾开，最后变成不易察觉的微笑。介绍结束的时候，响起了热烈的掌声。省长目视周边和图牌，又认真听县长补充，最后省长说，很好，这恐怕是个方向，不错。简短的一句话赢得雷鸣般的掌声。车门一阵开开合合，人流瞬间消失了。省长很高兴地看完了那一天准备的每一个点，最后还破天荒地在全县领导干部大会上讲了话，提出了把洛川苹果作为全省的聚焦点和代表符号，全力支持洛川建设苹果产业园区和生产、储藏、加工、销售四大基地。随后，省长又在省政府黄楼会议室召集省上有关厅局领导和市委市政府、洛川县委县政府领导参加的会议，进一步重申了洛川苹果的领导地位和做大做强的决心。这就是洛川苹果发展史上著名的"黄楼会议"，对洛川和洛川苹果来说都是史无前例的。所有这一切都源于省长第一次视察和印象。其实省长也做了不少功课，全省果业正处战国时代，群龙无首，迫切需要收拢手指，统一六国，重拳出击。在座谈总结时，县长说，桂千富以其聪明才智赢得了省长的赞誉。至今每每提及如火如荼建设的苹果产业园区都会说，这是从桂千富那三张展牌开始的。

　　行政上的事情，复杂的时候很复杂，简单的时候也很简单。汇报之后，自己的人气指数飙升，好长时间都处在高兴激动的状态。自己已是四十好几的人了，对于表彰奖励甚至是口头表扬还这么在乎，何况儿子猷猷呢？我对老婆孟洁说，对儿子要以鼓励表扬为主，不要因为打招呼之类的事较劲。

　　再接到儿子猷猷的电话时，我就说你真棒，我们为你高兴和骄傲之类的话。他有时莫名其妙，最近没有值得表扬的呀，是不是弄错了。我说没错，你在不断进步。我一直想做一件让儿子高兴的事。2010年，《阿凡达》上映了，故事讲起来复杂，实际很简单。

　　2154年，不堪重负的地球濒临灭亡，地球人要到潘多拉星球开采超导矿石。潘多拉星球不适合人类生存，而且已居住着土著——蓝色的纳威人。人类为了顺利开采矿石，启动了阿凡达计划，就是通过将人类的基因注入到克隆的纳威人胚胎中，创造出能够执行人类意志的克隆纳威人。杰克成为这一计划的执行者，他在潘多拉遇到了纳威人的公主妮特瑞，一见钟情，并通过了纳威人种种考验成为一员。在人类和纳威人的谈判失败后，人类动用武力开始了野蛮的掠夺，杰克也成为"叛徒"，受到怀疑和排挤。但他没有放弃，用行动再次受到纳威人的信赖并领导纳威人打败了人类军队，把人类赶回地球。杰克则决定成为彻底的纳威人，与妮特瑞一起守护纳威人的精神家园。电影大气磅礴，跌宕起伏，爱憎分明，引人入胜；既是一个美轮美奂的科幻巨制，又是一个正义战胜邪恶的正能量大片。我想和儿子一起看这部电影。

　　星期六我早早赶到钟楼影院，买好电影票，站在接踵摩肩的人群里等待黄昏。夕阳从开元商城从钟楼金顶缓缓落下，金顶顿时开光似的发出耀眼的金色光环。渐渐变小的新华书店看似仍在东大街闹市，其实一次次在憔悴消瘦，形容枯槁，隐隐的书卷幽香慢慢地终将消失在现代的重金属音乐、纷沓的高跟鞋声和嘈杂夸张的吆喝声中。钟楼在遥远的唐朝一定很威严，夕阳下的影子会在东大街毫无阻挡地舒展，眼下被庞大的开元商城阻绊，蜷曲成一个围巾的模样……《阿凡达》的故事还在不断上演。

　　儿子猷猷打来电话。我说来钟楼。他说回家，作业多。我说先来钟楼。远远看到儿子从人群中钻出，庞大的书包让他已显驼背。儿子早已戴上近视镜了，那一道道标志近视度数的光圈每年都要新增。许多时候，我都在反思这样对他到底对不对，是为了自己的虚荣的面子，还是真的为了他的未来还是谁的未来。

　　我朝儿子猷猷挥舞手中的电影票。

　　看完电影来到东大街已是华灯绽放，刚从一坨凉粉似的夕阳里又走进一坨凉粉似的昏黄的街灯里。人依然很多，永不消失的人群、脚步和呼吸滋扰着已严重变色的土地和空气。我还顾不上过分的反思，思想还沉浸在《阿凡达》里。

　　怎么样？我问儿子。

　　谢谢你，爸爸。儿子猷猷又一次拍了拍我的肩膀。

　　猷猷说他很想看，班上有许多同学都看了，显摆了很久。咱不是在网上看的，咱看的是正儿八经的影院大片。儿子说，一跳一跳的，书包往下一沉一沉。我往上提一提，想背一程，儿子不让。他已经比我高出不少，摆出了一副保护我的姿态。我乐于让高大的儿子保护。《阿凡达》的涟漪在儿子心上久久徜徉，也在我的心上久久徘徊。

　　有许多不是我能做到的，但一定要做可以做到的。

　　儿子猷猷很喜欢周杰伦，放假回家，学习间隙，晚上睡觉的时候，听周杰伦，有时还旁若无人地哼唱。我对周杰伦的印象不好，是从我这个年龄层次的人和电视上那些所谓的专家那里先入为主的。我的生活在单位与西安之间切换、回车，时间硬盘和思想软盘被忙碌占满了。许多决定不是拷贝就是下载或者听说。周杰伦吐字不准，唱歌不清；周杰伦低级趣味，格调不雅……如此不可理喻的周杰伦为什么会成为青少年趋之若鹜的偶像；为什么每一个单曲发放都会万众瞩目，独霸排行榜。而许多所谓大腕一辈子只有那么一首，不然就是死板无聊地翻唱，一次次重复上台，了无新意故态复萌。被人忘记又不甘寂寞，攻击、骂人、生事又成了那些人炒作的手段。我开始听周杰伦，起初也是听不甚懂，听得多了就觉得味道出来了。2007年放寒假时出了一趟远门，带着儿子桂猷猷，一路上几乎反复播放的是周杰伦的《听妈妈的话》。悠扬的乐曲，简单的歌词，把母子之间的关系、角色的倒换诠释得细腻而温馨。周杰伦的歌不只曲美词也美。周杰伦是一个天才的作曲家，方文山是一个天才的作词家，把年轻人的情绪、心理摸得一清二楚。许多看似简单的曲调不逊于任何一首名曲，许多凝练的歌词不输于任何散文诗歌。两位年轻人开辟的传承文化的歌曲影响不亚于专家、学者。我们要向《东风破》《七里香》《发如雪》《听妈妈的话》《青花瓷》致敬，我们要向"是谁在窗台把结局打开，那薄如蝉翼的未来经不起谁来拆""脸被打捞起，晕开了结局"学习，而不是一味地说三道四和否定。我从此喜欢上了周杰伦，一有空就与儿子一起听周杰伦，分享他的歌和他的故事，与儿子的共同语言多了许多。

  周杰伦出新唱片的时候，我买了一张送给儿子猷猷，他兴奋地破天荒地亲了我一口，连说谢谢。我们的关系随着时光的行走慢慢加深。

  也就是在这样轻松的环境中，我问他将来想考哪个学校？能不能放一个卫星。

  浙江大学。儿子说。

  那是一个大卫星。我们很满意。

  将来想干什么。

  临溪而歌。

  什么临溪而歌。

  抱着吉他在溪边歌唱。

  我静止，仿佛看到儿子临溪而歌的身影，儿子就是溪里的一朵浪花，随金光闪闪的细浪跳跃着远去。

儿子猷猷每次进步我都会表扬并且有奖励，比如吃西餐，买一本书，看电影，有时还会给50、100元让他自己消费。我们到德克士多一些，里面有牛排米饭有蛋花汤，与中餐更接近容易接受。必胜客我侧面问过人，比肯德基、麦当劳还高一个档次，那里的比萨很正宗。猷猷经常听同学说必胜客的比萨好吃，露出羡慕的神色。我带老婆、儿子毫不犹豫地去了一次。儿子吃得满嘴油渍，不停点头。常吃不行，一顿还是可以的。

假日里的阳光与阴影

　　细想起来儿子桂猷猷能称得上的假期还是初中的时候。高新一中安排假期要搞社会实践活动，到社区劳动，给父母做一顿饭，等等。开始的时候，对学校安排的课外活动我们也是应付了事，但西安那些家长的认真程度让人十分敬佩。参加活动，全家出动，又是照相录像又是记成长记录，弄得既严肃又神秘。相比之下，我们就简单多了。人们常常说孩子的成长要学校、家长、社会的共同努力，学校有老师，家长有父母，社会是谁呢？社会看似虚无又包罗万象，看似单纯又复杂万分，看似安全又十分凶险。我一直抗拒把儿子放手放向社会。然而，儿子猷猷回来要待一个假期，小学时的同学早已各奔东西，不相往来，自己又不能天天相伴，走向社会也是必然。

　　老婆孟洁给儿子找了一家圪崂面馆端饭。

　　圪崂面是210国道线上洛川段永乡乡圪崂村人发明的快捷面食。由于所处位置在一个拐弯旮旯，洛川人称圪崂。有一家人率先在国道边开起了食堂，经营西红柿鸡蛋、青椒肉丝、家常豆腐、豆芽蘑菇、蒜薹炒肉等几个家常菜和扯面。司机和乘客落座，一人一菜一碗面，面免费加。洛川是高塬地区，小麦生长季节长，出粉率不高，却十分劲道，一碗面加一碟菜，简单快捷，实惠便宜，一开张便大受欢迎。南来北往的乘客都愿意在这里吃饭，少了点菜的烦恼，又没有大餐的复杂，很快发展到近百家。后来高速路开通了，这些家户便从圪崂村陆续出来到县城、邻县和延安继续经营圪崂面，生意仍旧红火。不只是普通过客、黎民百姓，甚至省市客人到洛川都喜欢吃圪崂面。圪崂面店主的孩子和儿子小学同过学，一到店里就有了伴。猷猷平时在家里很懒，尤其是周末早上很难叫起来，但只要说好的事情没有问题。2008年5·12汶川大地震，给国人留下了永远的伤痛。每日救援的画面、成龙"无论你在哪里我都要找到你"的歌声、艾青"为什么我的眼里饱含泪水？因为我对这片土地爱得深沉"的诗句常常拽出我们连绵的眼泪。那一阵儿子猷猷的学习生活也被彻底打乱了,三天两头放假,弄得我们的心也悬悬的。不到星期天,不能在儿子身边,只得委托在西安理工学校教书的小舅子孟小红照顾。当时丈人与丈母娘在孟小红家里。一到地震的时候,一家三代就到街心花园支帐篷睡觉,没电的时候,儿子与爷奶要爬十几层楼。猷猷搀着奶奶上下楼,从家里搬运东西,勤快麻利,没有怨言。听到夸赞我的心里美滋滋的。我的父母过世早,儿子是姥姥姥爷看大的,我就让他叫爷爷奶奶,把丈人与丈母娘作为自己的父母看待。儿子与爷奶的感情深厚,几天不见,奶奶就打电话要见儿子。看望爷奶也是儿子一道永远吃不腻的菜。到圪崂面馆端饭之后,猷猷总是按时起床,9点准时到面馆。起初还不太适应,没有几天,端饭抹桌子扫地就搞得熟练认真。客人只要吭声会不声不响送到桌上,面汤不多了就会及时补上,客人走了马上抹好桌子,把地打扫干净。我和老婆带亲戚还专门体验了一次,儿子脸红红的,多少有些不好意思,服务得很周到,直到我们走了才告诉老板。老板要退钱,儿子没有要。半个月实践后,他兴冲冲拿着老板签名盖章的鉴定放在成长记录袋里。儿子从食堂走了多日,老板一再打电话还让到他那里,可以付工资。我们耐心说明了情况。这一次端饭的经历时间不长,让他学到了许多待人接物和做家务的技能。我们很满意。

2008年奥运会开幕了。我的三挑担开的是文具店。儿子猷猷和妻哥的女儿孟涵一起从文具店里批发了奥运旗和国旗。起初两人每人一把,默默在街上走,两把小旗随风飘动,许多人以为是免费发放的上前索要。儿子猷猷说是卖的。有的人认识我和老婆。怎么了,你爸妈供不起你上学吗,让你们在大太阳底下卖旗。儿子就很不高兴,不知道这些大人们怎么会那样想。后来终于敢叫卖,一男一女,高高低低,怯怯的声音从儿子和侄女嘴里飞出来。许多人驻足,对这两个孩子指指点点,还说这么小的孩子见钱眼开成财迷了。旗卖过之后,姐弟俩又清早起来到汽车站批发《华商报》卖,两个孩子每人抱几十份沿街叫卖,很快就卖完了,算了算账每人每天还有十几元的收入。儿子就显得很有成就感。

儿子猷猷打电话说,今天他主厨,做西红柿炒鸡蛋、炒土豆丝和烧豆腐,让我们一起回家吃饭。他没有做过饭,每做一道菜,都要请示老婆孟洁。老婆就在电话上耐心指导,还一再说不行了不要做了,回家一起做。他说端过饭,学了几招没问题。下班回家菜一盘盘切好了,馍也热好了，只等热油炒菜。老婆喜欢把油烧红，油烟大冒时下菜。我不这么做，油热到八成就好。她说有生油气，我说生油气总比着火好吧。那一次着火让我刻骨铭心，打死也不会把油烧得直冒烟。儿子把菜炒好了，不是油少就是盐多，味道不怎么样，却是他十几年来第一次做饭。我们拿起相机拍照留念。这一顿饭我和老婆吃得津津有味，撑着肚皮将菜全吃光了。猷猷一直笑。

儿子猷猷还自创了一个不出家门就能锻炼的好方法。他最喜欢的体育活动是打篮球和乒乓球，打篮球去附近的学校和体育场。乒乓球台子不多，整天要我陪他隔空对打，要不就啪啪把球往墙上打，搞得很晚。我们都觉得吵人，担心把墙打花了。后来他在茶几上打乒乓球，我俩都觉得不靠谱。猷猷把茶几腾干净，中间用烟盒、围棋盒、奥利奥盒、好吃点饼干盒做隔档，央我陪他打十一分制乒乓球赛。我十分不情愿，耐不过软磨硬泡，勉强陪打。初打时不适用，茶几窄短，质地坚硬，老是出台。后来慢慢琢磨，掌握了方法，竟然打得有模有样。几场下来衣服汗湿。时间长了就成了我家集体活动的保留节目。后来孟洁也忍不住参与进来，一家人一有时间就打得不亦乐乎。我曾经还有个想法做一个视频发到网上去，一定会火。这实在是一个不出家门锻炼的好方法。搞一个茶几乒乓球比赛一定不错。

假期阳光灿烂的日子最终还是有乌云飘过。在此之前，儿子猷猷确实在学校的象牙塔里在父母的翅膀下安静地过着安全的生活。一切都是理想、单纯和书面化。书本和实际是有差异的，学校、家庭和社会也是有差异的，前者属于小于后者却不可以代表后者。事发我与儿子一次去体育场打三人篮球。一个年轻人身体瘦高，球技花里胡哨，我防守他。我年纪大了，球龄很长，对他的一举一动了如指掌，想从哪里过就提前阻挡，大多数都被阻截，免不了身体接触。年轻人面子上过不去，把我搡了一个趔趄。儿子看到后，马上上前与年轻人理论，说打球你推我爸干什么，两人怒目相向，有发生战争的可能。我急忙插在两人中间，笑着分开了二人。回家的路上，我就对儿子说打球很正常，推推搡搡没有啥。他说那是犯规，NBA的规定是技术犯规要罚球的。我说可能我防守时的动作大了。大了也不能这样推你，你比他年龄大是长辈呢。我说社会复杂着呢，吃一点亏没啥。猷猷就问为什么要吃亏，都吃亏不是助长了那些人，我无言以对。

马上又有一件更大的事情来了。

我们住的高塬小区到街上有一条经过果园的小路。晚上没有路灯，接连几个妇女被抢，弄得人心惶惶。儿子就问为什么公安局不管。我说报了案有一个过程。这个过程有多长，我妈每天也要走呢。我说这些天你接送吧。要是我上学去了，你不在的时候呢。我就搪塞，没事，你管好自己，我们大人会照顾自己的。以为这件事就这样过去了。一天，儿子突然掏出两把明晃晃的刀子给了老婆孟洁一把，说妈你把刀子放在包里，出去的时候拿在手上，要是有人抢就捅他，又给了我一把要我防身。做完这些还不算，儿子的脸色青灰，义愤填膺。公安局是干什么吃的，这么长时间连案子也破不了，要这些人纯粹是吃闲饭，我去找他们。

儿子欷歔说的不是没有道理，我还是不敢顺毛梳理。社会上这类事情太多了，见怪不怪，儿子就有些受不了了。怎么对儿子说呢。必须在上学之前把这个问题解决了，不能带到学校，不能把原来好不容易建立起来的无污染的原生态体系一下子打破，否则要出问题的。要寻找一个机会把儿子的情绪和愤怒安全地导流与释放。

我说儿子你相信世界上有完美的人吗？

什么意思。

有没有一个完全没有缺点的人。一位哲人说过，在纯粹光明中就像在纯粹黑暗中一样看不清东西。

没有。

那咱就要允许人有缺点，允许人改正缺点。

咱没让谁改缺点啊。

比如公安局可能正在破案，线索还不是很清，咱要给时间。

已经一个多月了，什么时候才能破案，我看纯粹是不想破案不作为。

儿子肯定是受到了影响，这些话就是某个大人说的，不然这么几天不会有这样的口气和认识。

我说是的，中国是有好多问题，比如腐败比如破案不及时，没有安全感。其实哪个国家都一样。美国不停地发校园枪击案，那么多鲜花一样的孩子无辜地死了。枪却禁不了，许多富人有话语权，许多商人要挣钱，一般弱者就不停地死了。还有老布什、布什为什么只警告咱们，不制裁，干打雷不下雨，而奥巴马上来不停地制裁我们。一会儿说出口的轮胎抢了人家的饭碗，一会儿又说钢铁便宜得让人家的钢铁没有办法卖，今天制裁明天加税。关键是奥巴马是个平民总统，那些富人选他上来，就要替富人说话。布什的家底厚根子深，就可以不听他们瞎起哄。美国说的民主自由，也是相对的。看那些大片不都是打打杀杀，腐败、暴力、色情，也没多少公平正义。中国十几亿人，美国几亿人，咱们街道人比车多，人家街道车比人多。人少自然好管。咱们这么多人，警察只有那么一点，还就是一时应付不过来。

儿子被我狂轰得一时无语。

你还小，不了解社会，远比想象的要复杂。现在的任务是学习，掌握认识社会和改造社会的方法，等你踏进社会后就会更深入清楚地了解社会。

你给我和你妈一把小刀，要是盲目刺错人怎么办，要负刑事责任要坐牢的；要是我们打不过人家，刀子就成了伤害我们的工具……

儿子猷猷瞪大眼睛，肯定没想到这些。

那你们别拿刀子，一定要注意安全。

我们是大人，生活几十年了，你放心。以后不管遇到什么要冷静，要和老师和父母商量，千万不要冲动，做傻事。小品不是说"冲动是魔鬼吗？"

儿子猷猷点了点头，肯定没有完全了解。我也只能说到这个层次，不知心灵的阴影飘走了没有。

不能说的秘密

快到初三的时候，儿子猷猷说能不能租房子。我惊了一下，这个问题我没有考虑。我说给一个理由。

儿子猷猷说，晚上十点半下晚自习，大家吵闹，十二点才能睡着。一个半小时能做一套题。还有周末路上浪费时间……我打断他的话，一个理由足够了。这个问题在初一时想了一下，一闪而过，没有认真考虑。提前量还是没有打好。

我们一起在中介公司电话遥控下看了几处房子，最后在科技二路中天花园租了一套朝向西北的一室一厅的小房子。儿子原本不是主动之人，学习主要是完成老师布置的作业，一般不"加餐"。这次主动提出来我们都有些惊讶，这是好现象。有的人租房子为了省钱租城中村的房子。说实话，我不考虑那样的房子。城中村拥挤，人员复杂，卫生不好，还不安全。看着省钱，其实冒很大的风险，身边就有很多的例子。

儿子猷猷的班主任很厉害，第一次家长会就把大家惊了一把。说话逻辑严密、思维清晰、不容置疑，有人格气场，对家长要求像对学生一样严厉。猷猷说他们班主任在全级都数一数二，不光课讲得好，班也带得好。200名住校生，晚自习集中做作业，各带班老师轮流值班。只要知道是他们班主任值班，所有同学都说，恶霸值班，得规规矩矩，不能说话不能走动，更不能抄作业玩手机。和老师相处的时间长了，同学们早已对每一个老师的声音、脚步和脾性了如指掌，只闻其声就知其人。班主任走路的声音低沉而有力，还没有到教室，大家早已趴在桌子上，手里的笔在作业本上唰唰行走，宛若千百条蚕在啃桑叶，又像淅淅沥沥的春雨。看到同学们都低头认真做作业，老师很满意，轻轻地在教室过道里来回转悠，像站在浪里滑行的舢板上的水手。同学的笔也如一只小舢板在白色的水面上滑行，迟疑或者停顿的时候，大舢板划过来马上轻声提示或用指尖点一下，小舢板立刻继续。

老师很喜欢桂猷猷，说好多次看到他一个人在教室打扫卫生，身影在荧光灯下梭子一般无声穿行，任劳任怨，兢兢业业，很是感动。这是我第一次听老师这么动情地描述学习以外的儿子。我心说你还不清楚，周末早上叫起床很难，脏衣服袜子脱下来扔在那里不洗。老婆常说把儿子伺候成了"四体不勤五谷不分"的懒虫。儿子先是担任劳动生活组长，初三时候任班长，还获得了一次"三好学生"。我对当班长不太同意，认为影响学习。老师说，初三这么忙，同学们都埋头冲刺，没有多少事，当吧，没有坏处。后来我才想通，老师在为上高中部内定做保险。当班干部也是优先考虑的条件之一。心底对老师有了深深的感激。老师说，这样乖顺的孩子绝对配得上高中部。而我仍然担心中考是不是有问题。

前面说过，1800名学生，能上高新一中高中部约为300名。6个人里边录取一个，比高考录取比例要低很多。还有，老婆孟洁天天说我是一个张尿。这是洛川的方言，意思是张扬、外向、喜欢炫耀。儿子在西安上学，每周末要么坐班车，要么与其他学生家长拼车。我喜欢与别人分享儿子一点一滴，加之自己写材料又在乡镇干过，口才还可以，一路上掌握了大部分话语权。老婆同行的时候，老爱用眼睛暗示我少说，无奈心里搁不住东西总要一吐为快。吹吧吹吧，你儿子考不上高中部看你怎么见人。我心说不至于吧，嘴还是没有说出来。以我的滔滔不绝、趾高气扬，猷猷不远的将来会放卫星——考进浙江大学。

租房子后离高新一中初中部很近，步行也就十几分钟。高新区比西航的环境要好多了，住到这里才知道房价高是有道理的。走路可以到华润万家购物，旁边有麦当劳、德克士和波涛眼镜行，再走几步有世纪金花、三楼就是奥斯卡影楼……每到晚上，华灯初上，从北边窗户看去，鳞次栉比的高楼错落有致，由近及远，从低到高排列，形成了山峦叠嶂的气势。归人如蜂回巢，灯光次第亮起，人影晃动，十点钟达到高峰，勾勒出高高低低不同景致的楼廓，就有了好莱坞大片中镶满星光的高楼大厦的感觉。高新不只环境好，不闯红灯，不随意过马路，一切都显得文明高雅。有一次与儿子一起通过马路，抢走了一步，被拉回来，弄得很尴尬，之后再也没有闯过红灯。西安人喜欢放炮，从小年一直放到元宵节，密密的炮声频频打断儿子的学习。我就很讨厌放炮者，把窗子关得严严实实，声音还是能进来。好在有一名老师也在这个小区，前面提到过的全班第一的常客李子京同学也在这个小区。每到周末猷猷给我指李子京父亲开车带儿子补课。我鼓励他和李子京交往，在一起学习复习。我看到儿子复印的李子京英语作业，整齐得如机打一般，对这个孩子便从心里增添了羡慕和敬佩。老师肯定给猷猷施加了压力，又一次模拟考试没考好，老师专门把电话打到我的手机上，交代如何盯住完成作业和复习，还让我告诉他中考前的模拟答题要留余地，可以放弃几道题，把最好的状态放到中考。末了又让儿子接电话，接罢脸色就变得很难看。那些天，儿子在卧室学习，每晚都让我泡一杯咖啡提神。我们在客厅睡一觉后，凌晨一两点，灯光还亮着。从门缝里能听到沙沙的书写声或琅琅的阅读声。说实话，我有些心疼，就说你努力了就行了，爸妈不怪你。同起床一样让他睡觉也是一件困难的事。老师的话无端地在我耳边响起，急切、认真、严肃，毋庸置疑。我想是不是考不上高中部。心里顿时担忧起来。

老师说没说内定的事。我问儿子猷猷。中考前高新一中肯定要将前300名的学生先内定上高中，给学生和家长吃定心丸，害怕学生流失。内定从猷猷入高新一中的时候家长都知道了，眼看中考在即，还没有消息，和我心情相似的家长很多。内定需要班主任和各科老师签名共同推荐，实行连带责任。内定之后，中考即使考得不好也能上高中部，只是多出点钱的事。我说过拿钱能解决的事就不算事。

儿子说没有。我说老师没有透露吗。没有。儿子的情绪并不高涨，最近好像被老师批了几次。

有一天，我接到班主任老师的电话，说明天开内定家长会……我噢地喊了一声，失礼地打断老师的话，一连串的感谢，弄得电话那一头也有些错愕，半晌没有言语。有必要这么高兴吗。有，当然有。上不了高中部我的压力比儿子还大。我是一个死要面子的人，从一开始和熟悉的人分享点点滴滴，还貌似教育家给别人出主意甚至给别的孩子叨叨上课。上不了高中部，就如同老婆孟洁说的真是一个张尿，牛皮吹破了。等我平静了，老师交代了一个极为慎重的事，不能给猷猷说，就说没有内定上。我问为什么。老师说你娃要给一些压力，不给压力傲得不行。这对我还是个难题，要想什么事都没有发生，张扬外向的我还真得注意。不过，总觉得对猷猷残酷了些。

我和老婆孟洁一起参加在高新一中高中部召开的内定家长会。偌大的阶梯教室座无虚席。大部分家里来两个，多的来三个，教室足够大，过道台阶上还是坐满了人。那一天，家长们的面子是大大的，自尊心也得到了极大的满足。副校长们一个个讲话，学生们展示在校生活的点滴，把家长从初一慢慢引向初二再往初三最后到高中部。印象最深的是几个学生假期补课实践。教室租好了，宣传单发了不少，没有一个家长愿意把孩子送来，都是些稚气未脱的毛孩子还能补什么课。学生们就发动老师帮忙，把老师的孩子拉来。几个课时下来反响很好，最后收到了大约三十名学生。同学们讲述着自己的经历，说得泪眼蒙眬，搞得台下一片唏嘘。最后好像是著名的焦校长讲话。这个充满传奇的中年妇女十年将高新一中带向前所未有的高度。校长其貌不扬，操一口流利的关中话。她介绍了高新一中的发展历史，有多少状元，多少清华北大学生，从美国哈佛到英国牛津剑桥都有高新一中的学生……感谢你们送来了这么好的学生，孩子将来是清华北大的高才生，你们是清华北大的学生家长……

接下来参观了校史馆，会议的情况在一张张图片和许多数字中得到印证。焦校长被家长围在院内潺潺流水的假山旁。心急的家长干脆想现在就交钱。焦校长在阳光里笑得很开心，像朵盛开的康乃馨。会都开了，肯定能上，我还怕你们的孩子跑了呢。

出了高新一中的大门。我用电话通知了几乎所有的亲戚，完了又加上一句千万不敢给猷猷说，还没有中考呢。

回来之后，老婆孟洁让我压稳，别流露出任何蛛丝马迹。我们都尽量忍住，毕竟是高兴的事，心情轻松多了，话也多，有时还轻轻哼唱。吃饭的时候，我们都不停地瞄儿子猷猷。可惜那一阵子他完全沉浸在冲刺的战斗中，一头扎在题海里，无暇顾及我们情绪的变化。何况他还只是一个孩子，没有走向社会，更没有城府。我旁敲侧击地问内定的事，他说不知道。我想说不用这么努力，终究没有说出口。儿子又拿出一道几何题问我。我说你把课本也拿来，不一定能做出来。那就算了。我不想示弱。自夸数学物理的大话仿佛还在回响，不接题等于打自己的嘴巴，硬着头皮接了。过去的题和今天不可同日而语，初三的题已是当初高中的难度。我学得再好，高考数学才35分，就是没有麻黄素的影响及格就了不起了。我感觉到自己的嘴巴隐隐作痛，老婆孟洁的眼神从医学书里跳出来，挟带一把匕首。儿子，让你爸做，肯定能做出来。

我一页一页地翻课本，重新熟悉定理公理和常用算式。这道题是关于圆切线的解析几何题,是我过去喜欢的题型。简单的描述,简单的图示,表明一点也不简单,需要做辅助线,这又是我的弱项。看来要拿下这道题并不容易。尽管我用了一页又一页纸,画了一次一次图,做了一条又一条辅助线,列了一道又一道算式,地上满是纸的残肢,每次马上要冲出包围遇到的不是悬崖就是鸿沟,又得转回头从头再来。越做不出来就越急,越急就越紧张,一紧张就心跳加快,浑身燥热,汗渍泠泠……高考幻觉出现了,又掉进那道题的陷阱,左与右如两团雾霾在我的眼前跳蹿,很快模糊了视线,一种绝望的感觉突袭身心。这道题仿佛成为失败的呐喊,死亡的信子。高考不是由一道题决定的,而一道题可能是多米诺骨牌的推手。老师说要儿子猷猷调整状态。这个状态就是身心最好的时候迎接大考。我也常对儿子说,心态一定要放好,拿到试题先看一遍,心里有答做计划。遇到难题,一时做不出来一定不要纠缠,要学会放手,这道做不出来,也未必影响整个考试。做完了再回头解答,说不定就会了。

那天晚上最终没有解答出来,就带着这道题犹疑地睡了。夜里题像幽灵一样一会儿是个空洞,一会儿是个亮点,一会儿是个诡秘的雾团,一会儿又是一段不通顺的句子在脑子里飘来飘去。题图始终在这些魍魉飞行的怪物背后时隐时现。突然,一条辅助线在图上闪闪发光,我爬起来做好,打开房门,儿子猷猷已经去学校了。

猷猷从学校回来,我把题认真讲解了。儿子说和老师做的一模一样。爸,你真行。那当然。我的尾巴又翘起来了。

中考的时候,儿子猷猷说考数学做的有点慢,预备下课铃响时,还有一道12分的大题没有做。他一下子紧张了。读完题时,偷偷笑了,这种类型老师讲了很多次,同类题型做了两个A4纸。他毫不费力地解答完毕。

我对高新一中的老师又敬佩了一分。

儿子猷猷中考纯分考了515分,顺利地被高新一中高中部录取了。他后来说,其实早已知道内定了,同学告诉他的。看到我们俩心情那么轻松就更坚定了。这家伙压得这么稳,继承了他妈的内敛,跟余则成差不多。儿子肯定骄傲了,中考只考了515分,比高新一中录取分数线只高出几分。就这个分数拿到洛川是第二名,只比第一名少了不到一分。

凯悦和王蕊一个上了唐南,一个上了师大附中。

刚考完试不久,我们还未回到洛川,发生了一件令人十分痛心的事情。儿子猷猷回来双眼通红,头伏在老婆孟洁怀里痛哭,声音低沉而有穿透力。孟洁哭了,我的眼睛也开始犯贱。猷猷说老师得了癌症。我们顿时怔住,多么好的老师啊。我们陪儿子一起哭,好一阵子才平静下来。我们想去看老师,儿子说老师住院,还不能见,幸好是早期。学生们商量派代表去,带上大家的爱心和祝福。我联想到儿子小学考高新一中时二姐去世的情景,觉得许多事都出现得蹊跷,巧合得可怕。遭遇也让我对迷信有了敬畏和怯懦。我们在心里一遍又一遍祈祷老师早日康复。

第四辑

没有进重点班

我始终相信儿子桂猷猷能考上高新一中高中部的，尽管班主任做了许多外围工作，儿子当了班长，还当了"三好学生"，这些也都是上高新一中同等条件下优先考虑的。不管怎么样，我和老婆孟洁都松了口气。初中三年终于结束了。不管未来还有多少困难，用行政上的话说是取得了"阶段性的胜利"。我又可以和熟知的人分享孩子上学的事情。

报名是中考结束不久进行的。家长很多，院子里几乎站满了。与初中整个高新路堵得水泄不通相比，现在要轻松多了。高中部在唐延路，与初中部一路之隔。门口也停了不少车，占了一些道，影响车辆通行。

家长们带着孩子，怀着激动与兴奋的表情，还略有不安。大部分人胳膊肘下的小包鼓鼓的，因为钱没有交上去仍显拘谨，心照不宣地问候，有些人接电话，大约是说报名的事。轮到我们交钱时，我把钱递给儿子猷猷。他略显迟疑，不知什么意思。我说你交吧，感觉一下。儿子拿着沉甸甸的3万元钱进去。我站在一米黄线以外。交完钱猷猷说挺沉的，我说知道就好。不过不要挪脸求人，这就挺好，相当于省了不少钱。当时还流传着要上几大名校，考不上交的远远不是这个数。

早在初三快毕业时，我就在高新路与唐延路之间踟躇。儿子猷猷肯定能考上高新一中，成绩虽不稳定，忽高忽低，总围绕着120名这个排名上下，录将近300名学生应该没有问题。有一段时间让老师批得没有自信，知道找房子狠狠说了我一顿，带着哭腔：你找房子，考上考不上还不一定。一定能考上，我说。不要找房子，等考上再找也不迟。我表面上答应不找，实际上一刻也没有停。说得轻巧，一下子几百名家长都要找房子，哪来那么多理想的房子。汲取初中的教训，提前量必须得打，还得打好。唐延路附近找不到房子，能找到的都是甘家寨城中村的房子，前面说过这样的房子不考虑。我又回到高新路上，在一家新楼盘——望庭国际租到36平方米的新房子，一个大开间。有独立的厨房和卫生间，还有一个勉强可以放一个小书桌的小空间。我和老婆到家居市场买了一个香柏木架子床，上面1米，下面经过改造后可放1.5米的床垫。房子小了点，睡觉分不开，但小区干净卫生，绿化很好，物业也敬业。周边的环境不错，是西安比较大的办公场所，每天有密密麻麻的白领在望庭国际后面的时代广场上班。我和老婆孟洁选择比较宽敞的道路，从望庭国际后门，绕过玻璃大厦到唐延路一直朝北走，穿过两条小街就到了高新一中。我们走着平常步伐，不紧不慢。还有一条近道，可以穿过甘家寨插斜去学校。我们走过之后，觉得这条道脏乱、狗多，气味难闻；晚上灯光黑暗，行人复杂，不安全。专门提醒儿子不要走这条路。步行到高新一中大约14分钟，儿子的个子高，腿长，有12分钟就差不多了。这些事都是瞒着他干的。等到高中开学，把儿子带到新租的房子，显得很高兴。我就又说了些自己预言很准之类的大话，洋洋得意了一番。

儿子猷猷高中没有进重点班。我心里多少有些失落。老婆孟洁很大度，说重点班太紧，考哪里都行。只要儿子阳光健康。话是这样说，肯定心里也不忍，面上看不出来。

儿子猷猷分到高一一班。中考也算是正常发挥，不知道排名，应该是在200多名。内定约300名，再从全省择录180名，猷猷的排名还会下降，想必跌到300名吧，进不了重点班很正常的。从儿子上学的过程来看，已到了另一个阶段，而我似乎还在初三拼搏巨大的惯性中停不下来。我们一家都喜欢看电视，新租的房子交了收视费，买了一台电视机。我周末到西安，有时星期五下午有时是星期六早上，儿子放学是星期六下午，然后买菜做饭，买点零食什么的，这样生活过了几年还是蛮享受的。猷猷没回来，我就横沉在沙发上，眼瞅着电视进入休眠状态，一睡就是几小时。一到西安思想放松了，觉得自己是一滴水珠，回到了无垠的大海，无人打扰无人理睬无人相识，过属于自己一家人单纯而又简单的生活，也是非常惬意的。没有在单位每天单调地上下班，冷不丁领导一个电话，忙活许久。幸福其实很简单，无拘无束是简单的幸福也是高级的幸福。面对大海，春暖花开……看起来很美，实现起来很难。人的幸福不在外表而在内心，心轻了心静了，看一切如止水，对一切都平静，这样就幸福了。有一年中央电视台记者见人就问"你幸福吗"？像在直白地索要幸福，搞得人很尴尬。幸福也是见仁见智。我觉得幸福是起码的物质基础上的精神幸福。读了《凡尔登湖》，就会觉得幸福的物质俯拾皆是；

读了《茵梦湖》，就会觉得幸福的精神弥漫得呛人。物质淹人不一定有精神幸福，精神高人幸福或许只要一点点物质。当然存在精神天才，他们的幸福也许不需要物质，因为其精神已与耶稣和上帝平起平坐。显克维奇说幸福就在于能以神的希望为自己的希望。我想普通人难以知道神的希望，即使知道可能太高尚，那种幸福即使得到也带不来快乐；神不吃不喝，主宰正义，我们普通人饿了时有一碗炸酱面可能幸福得要晕过去。德国人海·伯尔为我们描述了《优哉游哉》的幸福场景：一个渔夫自在地在海边闭目养神，一位游客兴奋地拍照留念。他问渔夫这么好的天气，为什么不去捕鱼。渔夫说已经捕了，够明后天吃。游客说，要是不停去捕鱼，就会有很多鱼可以开一个大工厂，赚很多钱，然后可以在海滩上优哉游哉闭目养神。渔夫说，我本来就在优哉游哉养神是你打扰了我。知足常乐，幸福不要很多。还有人说，幸福就像是一只蝴蝶，当你对他紧追不舍时，你总是无法将它掌控，但如果你安静地坐下来，它或许降临到你身上。美国研究家阿瑟布鲁克斯撰文说，有人已经成功捕捉到这只蝴蝶。幸福有三个主要来源：基因、偶然事件和价值观。用数学的算式表示就是，幸福=48%的遗传+40%的偶然事件+12%的价值观。遗传和价值观我是赞同的，至于偶然事件无法理解，要是天上真的能掉馅饼的话那就很好理解了。在中国只有很少一部分人的幸福需要这么复杂的成分，大部分人把子女安排好了就无所求了，差不多能够抵达幸福的彼岸。我的幸福滋味只是在儿子没有回来之前可以自在地品味，觉摸着快回来就停止咀嚼，开始刷碗、炒菜、做饭、收拾家务，然后分享一下本周的情况，看还有无特殊需求，什么时候洗澡搓澡，要不要买课外书，等等。我们都是一架短暂休息的机器，儿子就是油门，从回家的那一刻转速骤高，手忙脚乱。初三的灯要亮很久，我们睡一觉醒来，夜里一两点仍亮着。既不忍心又心生安慰，目标和卫星是靠夜以继日的刻苦迫近的。到高一时，不一样了。灯光亮到十点最多十一点就暗了，唰地推开门，高大的儿子就从那个逼仄的小房间出来和我们一起看电视。他最爱看足球，交收视费专门要了足球频道。晚上学习时间短，看足球的时间长，往往是睡过一觉之后电视屏幕仍一闪一闪的，蓝莹莹磷火一样的鬼悚灯光搞得我心里很窝火。我就说，睡吧，都几点了。儿子就说马上睡或"扔一下"。这个马上、"扔一下"往往是半个小时甚至一个小时。我最痛恨这个"扔一下"。洛川人把马上、立刻说成"扔一下"。"扔"字我不会写，只能这样代替。我理解"扔一下"意思就是时间短暂，马上、立刻，就像扔东西那样迅速。事实是这个"扔一下"用不了几秒的动作往往得用半个小时一个小时。记得还是在政府办当副主任的时候，负责协调县长讲话材料、政务活动安排，一句话凡是县长日常事务都得操心。县长让通知一个人到办公室，问我得多长时间。我说"扔一下"。县长立刻变了脸，我让你洛川人"扔一下"害惨了，明明立刻、马上的事"扔一下"就"扔"没了。"扔一下"是多长时间？县长黑着脸问。我觉得县长也是小题大做，但肯定不止一个人"扔一下"把县长"扔"怒了，说不定还把重要的事"扔"没了。六分钟。我说。县长抬头看了一下挂钟坐下。我调了一辆车用六分钟的时间把县长要找的人带到办公室。县长笑了笑说，记好，"扔一下"就是六分钟。我说那不晓得，再不说"扔一下"。那可由不得你。我让你"扔一下"怎么样。我就觉得自己虚荣心把"扔一下"弄成六分钟太短了，不只害了自己，说不定哪个倒霉蛋让县长"扔一下"给"扔"了。我原来很要好的一个朋友，算得上是发小，朋友来了或有重要活动都叫他。他就老说"扔一下"。这个人的"扔一下"是一两个小时，人走茶凉，活动搞完了还"扔"不来。我们渐渐疏远了。所以我对儿子猷猷的这个"扔一下"很生气，就不停地翻身搞得床咔咔响并伴有十分响亮的"唉""照死了""不知将来会怎么样"之类叹息埋怨的话。在这样综合措施下，他才会真的"扔一下"关掉电视。我就后悔自己安装有线电视了。一位同学在西工大附中陪读，租的房子没有电视。我总觉得那样太折磨人，委屈大人也委屈孩子。打开电视知道天下大事，不管干什么不能与外界隔断联系，比起电脑，电视安全多了。我觉得有必要和儿子谈一谈。现在是不是作业不多？不多，早早做完了。上高中比初中还轻松？我也不知道，反正作业就是少。不会看些课外书什么的，你的作文差，我买一本《满分作文》怎么样？儿子未置可否。其实，他不喜欢看课外书。我曾满怀希望地推荐过诸如《最后一片叶子》《麦琪的礼物》《交叉的花园小径》《品格》等等外国短篇小说，希望他看后和我一样兴奋激动，如果邀请我讨论那就更好了。可惜他不愿意看，看过之后毫无反应。除非老师规定的《繁星·春水》《朝花夕拾》《三国演义》之类的必读书目，才会强制阅读。猷猷初中读得最仔细的一本书是《水浒传》，每读一回写一点读后感。初中放假的时候学校还安排看《恰同学少年》电视剧。我专门买了碟片，猷猷一有空就看，看了一遍又一遍。我有时间也陪同看《恰同学少年》，讲的是毛主席和蔡和森、向警予、杨开慧、陶斯咏等进步青年在湖南第一师范的读书生活。每看一集写一篇观后感。后来不止一次想，主席一定会出在湖南，清朝三大名臣不是湖南人就与湖南有关系。曾国藩是湖南人，左宗棠也是湖南人，洋务运动领袖李鸿章是曾国藩的弟子，这三个人一个剿灭了太平天国，一个收复了新疆伊犁大片土地，一个搞起了洋务运动几乎承包了晚清与外国人打搅的所有事务。在晚清政治舞台举足轻重，使摇摇欲坠的朝廷得以喘息。如此温床和积淀一定会诞生震古烁今的巨人。那时我还没有如此见解。除此而外，儿子猷猷很少仔细看革命题材电视剧，倒是很喜欢看动画片、惊悚片、鬼片。主动买过几米的书、《时间简史》，《火花》和郭敬明的《最小说》，多半喜欢漫画、插图文字少的那种。阅读对他似乎是一件艰难的事，这类题老是失分。一个朋友家的孩子从小学四年级就喜欢看书，认不得字问大人或者查字典。一年时间家里的书看完了，就到亲戚家找书看。问要什么礼物，永远只有一句话：给我买一本书，什么书都行。这个孩子小学六年级写的关于秦岭的文章，已经有超越年龄和见识的成熟和气质。

  我给儿子猷猷买了一本《满分作文》。我翻看了几篇，是全国各省高考满分作文总汇，有分析欣赏还有写作辅导，这本书对他一定有用。儿子把《满分作文》拿到上铺，放在枕头边，床头有夹式台灯随手可开关。可能是考虑到我和老婆孟洁的感受吧，电视还真的看得少了，书看得多了。台灯刺眼的白光比电视蓝光还难受，心里却好受了。一本《满分作文》读下来，作文肯定会有提高。杜甫不是说"读书破万卷，下笔如有神"吗。古时在竹简上书写，读书万卷也抵不上今天几本厚书。我也是读书的受益者。我的生活有两条平行线，一条是生活与工作的平行线，这是任何人都需要走的一条线，另一条就是梦想当作家的平行线。开始写文章也不知道什么论点论据段落大意中心思想，特别是写规定题目规定时间的文章心里没底。有一年高考作文题是看图作文。一个人挖了许多井，有的离水很近有的很远，最终也没有挖到水。其实就是一个目标专一和毅力的问题，我都不知道自己胡说了些什么，看起来很简单，动起手来就跑题了。对于考试来说，跑题是致命的。后来上省委党校有时间就发疯地读书,党校还没毕业写的《旋转餐厅落成剪彩仪式》《杰作》《自作自受》等小小说就频频发表了。2009年我出了一本小说集叫《糖果》,竟然还有不少粉丝,有点作家的名气了。猷猷原本很喜欢作文,四年级的游记就很像样子,后来自己怕从文科上走就采取卑劣的手段扼杀了梦想的火苗。作文就成了儿子的弱项。我曾经短暂后悔自责过,现在弥补还来得及。儿子看书动静很大,书页哗啦啦翻,腿脚还在床上动弹,弄得床板吱吱响。可能看到高兴处了吧,偷着傻笑,整个床也跟着颤抖,甚至影响我的睡觉。我和老婆孟洁则佯装不晓,假装打呼噜,让他放心地看书。

有一天,我去上铺换床单才发现儿子猷猷床头放的不止《满分作文》,还有《零分作文》和《格言》杂志。格言杂志的第一篇往往是格言新说。比如"有理走遍天下",这里讲的是"无理走遍天下";"入乡随俗",这里说的是"入乡脱俗"。我觉得什么格言新说其实就是反格言伪格言。如果说格言只有一个扉页是"格言新说"还可以接受的话,《零分作文》就无论如何不能接受了。

我又遇到了山一样的问题。

管不住的学生

老婆孟洁说没进重点班，儿子猷猷很在意。我说你怎么知道。看出来的。怎么看出来的。感觉。我问过儿子多次，都说没有什么，并不是所有的尖子都进重点班。还列举了初中时排名靠前也没有进重点班的学生。这同样是他自找的台阶话。这个情况开家长会时老师也讲过。其实，每次家长会的内容，老师都给同学们讲了，讲给家长无非是重复和强调。

细想起来，老婆孟洁的感觉没有问题。高一以来，儿子猷猷对学习没有初中那么营心仔细，小房子里坐不了多长时间，要么倒水，要么上厕所，走动得很频繁。每次都要驻足电视面前许久，感觉不是他喜欢的节目，却表现出格外的兴趣，问东问西，还发表奇谈怪论。特别是让我闹心的《零分作文》和《格言》，在他看来，简直是新世界新大陆。还没等我提及，干脆主动和我们分享起来"格言新说"和《零分作文》里的可笑文章。按猷猷的说法，正统的格言基本上都可以反说都可以新说，还一套一套的。比如愚公移山是错误的不可能的也是不科学的应该学智叟，不要异想天开，应该绕着走。还有高考《零分作文》里《弯道超越》写道"每次我骑着它在合肥大街小巷的车流中穿梭时，春风拂面，我性感的胸毛迎风飘荡，总能让我找到一种古代大英雄驰骋疆场的快感"。还有《我说九〇后》，通篇从九十一，九十二一直数到二百四十九。点评是：惊天地，泣鬼神！全文挑不出一处错误，实现了全数字化，真可谓高技术型人才！儿子说的时候，仿佛换了一个人，眉飞色舞、手舞足蹈，笑得要闭过气去。好笑是好笑，完全没有这么好笑。我感觉什么地方一定出了问题。后来，给他搓完澡出来听见手机嘀了一下。我到小房子拿起来，原来是信息。问干啥，儿子说做作业。好孩子。你干啥，儿子问。上网。我爸盯我很紧，儿子说。你爸疯了。儿子回了省略号。能不能在你家住，同学问。儿子答恐怕不行。我头嗡地大了，没有勇气再往下看。

完了完了。儿子猷猷没有进重点班，心情肯定不好，直接表现对学习失去了兴趣和动力。的确有些成绩好的学生没进重点班，而另外一些平时表现一般的中考冒上来进了重点班。原来一直不如儿子的一位同学月考一下子蹦到全级前 30 名。他的成绩一直没有起色，在 200 名徘徊。现实看，目前的成绩也不是不能接受，高新一中的学生、择优录取的学生都处在调整定位期，天下大乱，群雄争霸很正常。只是在这样一个特殊的时期，儿子看《零分作文》、看"格言新说"，用完全不同于以往的眼光看世界，十几年辛辛苦苦培养和建立起来的世界观很可能因此土崩瓦解。这是最可怕的。不止《零分作文》和"格言新说"，记忆中他还主动买过斯蒂芬妮·梅尔的小说《暮光之城》，设计精美，厚厚的像一块砖头。我找出来翻开，立刻掉进了一个凄美绝伦的爱情故事。气质漂亮，聪慧苗条的美少女——十七岁的伊莎贝拉·斯旺，因为母亲再婚，来到偏僻终年阴雨的小镇上，结识了忧郁神秘、苍白潇洒的同班男同学爱德华·卡伦，他来自一个"素食"的吸血鬼家族。两人一见钟情，坠入爱河。这场爱情注定充满诡异和无限艰辛。贝拉身上的要命香气深深吸引卡伦，他不仅要拼命压制自己的欲望，还要不顾一切地保护她，不让其他吸血鬼靠近。故事伤感而凄美地展开，在爱情与危险之间摇摆，前一分钟展现的是大美爱情的致命诱惑，后一分钟又掉入生死存亡的危险深渊。人与吸血鬼超越界限的爱情缠绵推进，精彩绝伦；动物贪婪残暴天性下人生存的危机四伏，险象环生。作者将青春期爱情困惑与扑朔迷离的情感纠葛刻画得细致入微，丝丝入扣的描写与洗练优雅的文笔唤起了读者无尽的想象，亦真亦幻的故事与曲折诡谲的情节激起读者不断阅读的冲动。我读得长吁短叹读得泪如雨下。受伤的年幼心灵从刻板、繁重密不透风的学习高墙里逃逸出来，完全有可能一头栽进渴望已久的缠绵悱恻的爱情怀抱。我感觉有无数双看不见的手在争夺儿子，另一边只有形只影单的我，我能赢得这场拔河比赛吗。

这样的情况，初二十四岁时也出现过，那时毕竟年龄小，懂的也不多，思想还是刚画上轮廓的画板，不要说着色，即使重新构图还来得及。现在不一样了，十六岁几乎是成人了，思想已经是一张基本形成的画了，要改变很难。这是儿子意志和精神最脆弱的时刻，需要别人关照、关注，甚至是关爱。父母的爱无私却有所图，老师的爱无私却严谨，这两种爱已司空见惯，并且成为负担。只有女同学的爱最新鲜最无目的最可能吸引儿子。

我不能贸然问儿子猷猷，先见班主任老师。高一开过一次家长会，班主任是男老师，长得高高大大、白白净净，说话文绉绉的。没想到这一次见面效果并不理想。老师对这一班学生又是点头又是摇头，说从来没有带过这样的学生，与初中班主任老师的话惊人的相似。老师的骄傲和烦恼都来自课堂纪律。这一班学生可以用一个"闹"字来形容。上课时，老师提问题，马上有几十双手都举起来，接着是震耳欲聋的抢答声。胆小的老师被吓得不轻，学生怎么都跟打了"鸡血"似的。许多代课老师都向他反映情况。刚带上班，老师还比较骄傲，课堂气氛特别好，回答问题争先恐后，师生互动很融洽。老师就解释说，咱们高新一中不就提倡课堂活跃、师生互动吗，课堂气氛好了又适应不了，要改的不是学生而是老师。后来老师还是不停地反映，最后学校教务处甚至主管校长找他谈话了。从骄傲自豪向烦恼转化的想法，不光来自外面，还来自自己的感觉。自己还是班主任，上课几乎成了配角，总有那么些学生先入为主，引导课堂气氛。教师成了大浪里的小船被音波颠得摇摇欲坠，不得不拼命呐喊，加上肢体语言，甚至跑到闹得最欢的区域制止才能安静下来。后来上课，几乎不敢提问。老师很无辜，这么大的体魄管不好学生也很尴尬。老师说开班会的时候央求学生一定要注意课堂纪律，要尊重老师。咱们班的成绩不好，别再弄得老师都不敢来上课，吃亏的是你们哪，孩子们，求求你们啦，声音小一点文明一点斯文一点行不行。

　　我说到了学习时间问题，是不是作业不多。老师说是，高一各学校都抓得不紧，一是学生大了，管理与初中不一样，每天不再跟在屁股后边婆婆妈妈，学习有自主权和支配权。二是高一文理未分班，客观上管理也有所放松。这一切都说明，高一学生学习不紧张是客观存在的事实，并不代表学校和学生有什么问题。分班之后，你就马上能感觉出紧张来了。

　　早恋问题怎么办。老师说这个问题很复杂，天天强调，每个班可能都存在。我的心咚咚直跳。猷猷倒没有。老师说得很干脆。我兴奋的表情还没有爬上脸，被老师一句话打回去了。你娃不谈，并不代表别人不谈。什么意思。班上有一位女同学看上你娃了，还什么非他不谈。岂有此理，这不是明抢吗？我所知道的都是男人抢女人，现在居然也有女孩子抢男孩子。这世界真是疯了。看到我又紧张又生气，大约容色也是十分难看，老师说这种事关键在你儿子。你儿子不愿意，谁也没有辙，回头我再找

141

那位女生说说。能不能告诉同学的名字。我难道连这一点素质都没有了吗。你来得很及时，有些不应该说得这么细，点到为止。你不至于亲自去找女同学吧。你找人家说什么呢，你没有年轻过，你没有一见钟情，你没有暗恋过爱过人吗。咱们这样做从人性角度讲是不道德的。我被老师质问得有些懵，谁没有年轻过呢，谁的心底里没有甜蜜而痛苦的秘密呢。

从老师办公室出来，越过唐延路上行马路，来到宽阔的绿化带。唐延路很可能是西安市最宽阔的一条街道，有近300米宽。绿化带里栽植了不少绿化乔木，高大参天，绿荫如盖。树下草坪不久前割过，一层新出的嫩芽如同刚浆洗过的巨大床单被抖开晾晒，弥漫着新草淡淡纤维芳香；那些随意摆放的硕大鹅卵石暗藏着天然却似人工镶嵌的神秘图案或花纹，犹如玛雅人的神秘文字；低矮的紫荆、红叶李和百日红一簇簇如同考试后聚在一起讨论试题的学生，又紧张又兴奋又拘谨；绿篱自然不少，被修剪成巨大的动物和怪诞引人注目又无确指印象派雕塑……这些都是巨大床单上的绢花或稀或稠地弄出一番情意和妖娆；阳光如剑的细芒轻轻撩开叶的纤口，氧气袅袅婷婷，增添了空气的秀色，一张张贪婪的大口使劲开合，脸上便有了惬意的神色……

我得跟儿子猷猷谈谈。尽管有些话永远不想说，说不出口，该面对的时候必须面对。想起他初中问我"怦然心动"作文题时的尴尬，觉得做家长的也很难。现在的世界还有现在的信息，几乎没有神秘可言。儿子肯定知道"怦然心动"如何写，并且已经在某个地方某个时候与同学一样遇到了某个"怦然心动"的小女生，在儿子心里掀起波光粼粼、久久难以平静的涟漪。初次动情和爱慕必定是羞涩的、隐晦的，当然不敢拿到阳光下。儿子向我讨教，明知故问的神情让我有种被愚弄的感觉。父母与子女之间没有硝烟的暗战，有结果还不如没有结果的相持好；这是一层朦胧的窗户纸，迟捅比早捅好。所以，我绞尽脑汁挖了一个"兰花坑"总算应付过去了。现在不行了，必须迎面而上，不能再回避了。

我问儿子猷猷班上谈恋爱的同学多不多。不多，也有。有没有想和你谈的，或者……我觉得自己脸发热，神情也开始紧张，说话就不利索了。每次想和他说起这类事总是很吃力，脑子就不够用，短暂有空白，心里还有一种不地道的窥视、歉疚。有个女生老找我，像个疯子。儿子说得轻松，大概看出了为父的难处和拙劣的演技。我和老婆孟洁对他的坦诚一直抱有十足的把握。最明显的例子是每次考完试之后的分数与排名说得一点也不差,还有平常一些小事都可以佐证。听到如此坦率的回答,心里顿时敞宽了不少。借着这种气氛的惯性,我说不小心看了你的手机,好像有个女同学给你发信息。儿子的脸拉了一下,一丝不觉察的奇怪表情掠过脸庞。你洗澡的时候,我听到了你手机响……我装得万分抱歉和万分的不注意,那信息几乎是蹦到眼前甚至挡住了去路,不看不行。我对自己这种此地无银三百两的表演深深痛恨,但我别无选择。记得原来看过一篇中篇小说《别无选择》,一开始就写道,有才能有气质、富有乐感的李鸣到他所崇拜的王教授那儿请教是否可以退学,王教授的回答是:老老实实学习去吧,你别无选择。

其实生活中的许多事情别无选择,家庭别无选择,父子别无选择,命运别无选择。看不看儿子猷猷的信息客观上可以不看,主观上也是别无选择。许多教育家把这种家长的"偷窥"弄得神秘、庄重,甚至是不能逾越的雷池。我的看法没有那么高调,也就是一封信或一条信息,恰当的方法,坦率地面对未尝不可。原谅爸爸的草率。儿子猷猷一定看到我发红的面色和扭捏无辜的神态。噢,有女同学发的,不是女同学就是男同学。女同学的父母都在国外,和爷爷奶奶住,没有人可以说话,就给我发信息,还问能不能到咱家来住。真逗。我盯着儿子看,一脸的真诚和平常。话已至此,还有一个女同学发信息的事就无法再问了。再问不只暴露了自己"无意看到",还会破坏这种坦率谈话的气氛。

恋爱的事,我也不知道怎么说,以我们过来人的看法,现在不谈为妙。马上要分班,之后是高三,时间很紧,精力有限。我们那时……儿子猷猷打断我的话,能不能不要说你们那时,现在是现在,过去的已经过去了。你们那时和我们现在并无多大关系。我最不爱听你们说"你们那时……"我自鸣得意的嘴,被儿子的话呛得合不拢,神情也被定格悬在半空的状态。他从来不顶碰我,这是到西安来最明显最清晰的一次。这种顶撞不直接不粗糙,软软的,用洛川人的话说是"软钉子"。只不过软钉子的劲道成色最足,无法生气无法反驳。看来"我们那时"要真正退出口语舞台了。我顿感手足无措,表现出失望,甚至是失意的窘态。好在他还是有所克制和保留,马上将手搭在我的肩上,咱们和西安人不一样,同样一个问题,截然不同的处理方式。比如恋爱问题,西安同学的父母知道了,会互相了解情况，约时间双方父母见面，让两个孩子互相帮助互相学习……

　　我将信将疑，儿子猷猷又一次露出初中问"怦然心动"时的微笑表情，含义十分明显。那就是他什么都知道，过分遮掩是徒劳的。我也知道关于恋爱的问题到此为止。否则，不只是自讨没趣那么简单，事后证明也的确如此。

临溪而歌

郁闷的高一终于过去了，儿子猷猷分在了理科高二四班，一个与初中班主任气质很像的女老师当班主任。不知为什么，我觉得心里轻了一些。学校很快召开了家长会，交代家长如何配合学校管理学生，一切又驶入了似曾相识的轨道。老师又一次讲了将来高考的形势。理科约360名学生，从以往的情况看，能进前100名就可以冲清华、北大。我们班没有重点班好，但绝不能放弃对清华和北大的追求，这是老师的希望也是家长和学生的希望，让我们一起努力。我还是很谨慎的，初中儿子猷猷排在120名，经过中考大调整，可能在200名左右甚至300名，想清华、北大已经不现实了。他的理想是浙大。除了清华、北大，浙大也不错了。浙大与清华、北大也只是差一蒜皮的事，不知道他怎么想的，这几乎是一个无法放飞的卫星。在我们的心里，考上西安交大就完全可以交代了。

那次谈完之后，我的情绪不大好。明显感觉儿子猷猷一种不可逆转的抗拒。他的个子已经比我高出半头，腿粗臂壮，在篮球场上生龙活虎，是个可以一夫当关的大人模样。同时，知识积累也已经远远超过了我们。不只是文化程度，就是生活常识甚至饮食搭配也是相当的丰富。什么不能多吃生菜，生菜会置气，什么红薯与醋不能同吃，南瓜与豆腐不能同混，还明确对老婆孟洁用药提出了异议，小时候怎么让我吃诺弗沙星，对孩子不好。更气人的是，原本他定的每周三大名餐饺子、排骨、火锅也成了攻击的对象，说我们逼他吃饭，把他弄胖了。人胖了，脑体比例不合理。大象的脑子比人大多了，除以庞大身躯结果与人差远了。猷猷许多奇怪的理论让人哭笑不得。家里只有一个孩子，本身就金贵，千般呵护，加上学校心理老师、营养老师的辅导，每个学生不由自主地把自己当作宝贝中的宝贝。中国足球冲不出亚洲，过去说心理素质不好技不如人，说有恐韩恐日恐西亚症，最后几分钟过不去，功亏一篑；后来又说教练不行，施大爷来了米卢来了如今卡马乔也来了，中国男足还是冲不出亚洲，连中国女足也折腾成亚洲二流球队。卡马乔不愧是名帅，来中国时间不长就说了一句掷地有声的话，大意是独生子女拖累了中国足球。起初，我还觉得是纯粹的唯心论，仔细一想还真如此。儿女在父母的呵护下不由自主把自己当成了天仙宝贝，这样的宝贝怎么舍得去踢球，踢球又千方百计自我保护，该冲的不冲该抢的不抢该防的不防，一场球不就是这么一两次疏忽就葬送了吗。还有，广州恒大圆了国人的冠军梦，顺势创造了2013最热的词语"土豪"，而这个冠军的成色不足，进球的多是外援，教练更是如雷贯耳的意大利人里皮。许多俱乐部都准备效仿恒大复制奇迹，梦想一夜登上亚洲之巅，即便登顶了，就能代表足球进步了吗。君不见俱乐部的前锋大多是外援，急功近利的直接表象是好像中国足球不需要前锋了，国人更是鲜有好前锋。陪衬做惯了，一旦到国家队做前锋一时难以适应，梦游、临门不进球就成了常态。难怪赛前赛后队员信誓旦旦，却一再创造着中国足球耻辱纪录。我想，中国足球还要在黑暗中徘徊很久。

　　体魄和知识的双重优势，必然导致话语权的转换。尤其是儿子猷猷大鸣大放地拿出"西安人对恋爱的态度"一下子把我拍死了。我才真正有了危机感。觉得他是一个渐渐升起远翔的风筝，我手中的线滚越转越快，风筝的剪影在蓝天白云里翻滚、跳跃、滑行、旋转，如一个长大的牛犊在春天的高塬上撒欢，拽得劲直的长线终有一天会嘭地断裂，不知道没有束缚的风筝还想不想有人惦记的日子，也不知道撒欢的牛犊会不会再想母亲的怀抱。如果说，父母艰辛的努力只为放飞孩子，便觉得这种付出多少有些悲凉。朋友给我讲过至今让我唏嘘不已的故事。同是一个院校的大学教授，两家相邻而居，分别都有三个孩子。一家培养孩子兢兢业业，大儿子考到哈工大，留校在东北成家，女儿考到湖南大学又在湖南生活。父亲是肺心病，每到季节变换就要住院，身边离不开人。小儿子高考时，本来可以读更好的大学，母亲力主报了西北大学，为的是离得近，身边有个人照应。哪知小儿子西北大学毕业后考到美国继续深造。隔壁教授家并没有那么细心地培养，子女都在本市就业，每到周末儿孙满堂，推杯换盏，甚是热闹。这家女主人便暗自垂泪。先是把大儿子叫回来，儿媳找不到工作，生活又不习惯，吵架成了经常，不能为照看父母让儿子离婚吧。老两口又跟随女儿到湖南住，那里空气中都浸透着呛人的辛辣和黏湿的酷热，又回来了。没有办法，只得在侄子侄女住的西安买了一套房子，一旦老头子要住院就求侄儿侄女帮忙。至今一提到儿女，两人既骄傲又无奈，脸上露自豪，嘴上出叹息。还有悲凉的，把儿子送到日本读书，就地成家立业。父亲旅游到日本想见儿子，等到机场空无一人，儿子才来，明显不情愿。在日本的几天，儿子只请父亲吃了一顿便饭，临走时也没有送父亲。那位父亲在异国土地洒下了滚滚热泪。还有一位母亲越洋与在美国读博士的儿子聊天，催促赶快结婚生子。儿子说他没有那个义务，也不打算结婚。末了，意思是把他供出来已不是父母的了，而是社会的。好像没有父母什么事。正是考虑到这一层，我才反对儿子猷猷出国。有人总结了，供得好，儿女就是社会的；供不好，儿女是自己的。大多数人的做法是，只要儿女考得好，是不是自己的，见不见得上无所谓。这难道不也是父母的悲哀？

老婆孟洁看得开，劝我不要老是"阶级斗争"，要学会放手。说得轻巧，这么关键的时期，看《零分作文》看"格言新说"，你说正常不正常。她还不知道这些，看到《零分作文》和"格言新说"也是无语。还有，儿子猷猷的梦想是临溪而歌。临溪而歌看上去美丽，是阳光下的泡泡，很快会叭地破灭，只留下濡湿的皂香。斗嘴归斗嘴，必须"亡羊补牢"。还不是让周杰伦弄的。她暗指我纵容儿子听周杰伦。还不是你让他小时候学吉他弄的。我马上回敬老婆。这些问题在我头脑里萦绕了很久，渐渐成了一块沉重的石头。见了老师之后，这块石头风化了一些，被风带走了一些，分班之后，石头炸开了又飞走了一些，仍然有沉甸甸的感觉。老婆只是一味要我压稳，不要见风就是雨。她奉行的是"好人哲学"，一般不得罪人。我常说你会做人，要出了问题怎么办。真的出了问题老婆马上会说她管生活和衣着，这两样没出问题自己就算尽心尽责了。得罪人的事我做，已做了多少年了也不差这一次。我无论如何都要谈谈"临溪而歌"了。

儿子猷猷和大多数孩子一样，喜欢听流行歌曲，也喜欢哼唱。大约是三四年级的时候吧，老婆孟洁周末安排了补课。儿子的装扮成了当时孩子们追随的偶像：右手提着书本袋，左手拿着方便面，腰上一边别着BP机，一边别着随身听，双脚和屁股随着耳机里的音乐扭动。课间休息时，都围着问东问西，很是火了一把。后来又报了吉他课程，周末又背着一个大大的吉他去听课，走一步吉他拍一下屁股，从后面看去，仿佛是一把吉他在行走。不久就能弹一些单曲，后来还能弹一点和弦。可惜，我们决定把儿子往西安送，文化课成为第一位，音乐之路就走到头了。虽然那把已经很久不用的吉他一直跟着儿子，每天翘首以待好朋友的抚摸，连正眼瞧一下也没捞着，落寞地装出一份"曾经"相识和徒劳地邀约，孤寂地靠在墙角，积满了灰尘。猷猷喜欢周杰伦是刚到西安不久，只要有时间就听，只要在家里放音乐多半是周杰伦。要是有了新歌，会让同学下载，出了新碟就提示我当礼物买给他。初中放假回来进卡厅，他的"周杰伦"已唱得有模有样。后来，还抓狂地喜欢过方大同、王力宏、林俊杰……始于周杰伦，没有终于周杰伦，最喜欢的仍是周杰伦。

　　临溪而歌的梦想是如何产生的，我不得而知，印象中有一次看音乐MV时，某位歌者怀抱吉他，与女友相拥而坐，自在地边弹边唱，脚前一弯淌满珍珠的溪流熠熠生辉旖旎远去；碧绿的草原舒缓地起伏连绵，野菊花挤在一起朝着日光绚丽摇曳；蒲公英的信子随风飞舞，在花草间走走停停；蜂蝶欢快地高飞低旋，恰若音符在澄明的空中跳动……那的确是一幅人间美景，对于我也是很有吸引力，更不用说内心朦胧的儿子。猷猷的性情温和，并不喜欢激烈竞争的生活，喜欢散漫而恬淡的生活，就像小提琴《梁祝》，喜欢舒缓的慢拍。

　　为什么想临溪而歌，我问儿子。没什么，就是想。知道我想什么。想当官。错。最不想的是当官。也不希望你走仕途，这条道和你想临溪而歌一样看上去很好，其实不然，不能率性而活，需要说不想说不愿说不能说的话，做自己不想做的事。我最初就是想当作家，从老师第一次在我的作文上写"一枝红杏出墙来"的批语时就想。万物萧条，柳芽初绽，冰河初融，空气中还有料峭的寒意，一枝红杏开得红红火火，伸出墙来。那是一种看上去很美很招摇的风景。那时我就想当作家了。后来，我考上了学，成了家有了你，当作家的梦想渐渐就淡了。我首先要吃饭，有饭吃才能有力气想，有饭吃才能有力气写领导讲话写计划写总结写文章；我不能只为自己或梦想而活。我在政府大院工作，混一官半职是亲朋的期望，也是规则，我暂时忘记作家梦想专心写材料，被提拔了。我没有当成作家，却用手里这支笔赢得了爱情，赢得了人生另一种辉煌。前两天，书记又找我谈话，让我到一个大部门去。我不去，说当再大的官赚再多的钱都不胜把娃管好。书记就说我颓废了。人的一生并不是你愿意干什么就能干什么的,看上去很美的东西要干起来也不是一件容易的事。比如当作家,有一万个人想当作家,真正实现梦想的连一个也许没有。全省三千多万人口,能称得上作家的就那么几个。

　　临溪而歌本身没有错,与"一枝红杏出墙来"的作家梦没有两样,看上去都很美。这是精神层面的,而生活是物质层面的。吃的再差,都能读《莎士比亚》、听周杰伦,而看再阳春白雪的书听再高雅的音乐,肚子却永远不会饱;换句话说,看上去很美的东西,要有力气去欣赏,饿着肚子看什么东西也不会觉得美;说得再直白一些,你必须先养活自己再追求"看上去很美"的梦想。与出国一样,你要靠自己,不能指望我们倾家荡产甚至把养老金拿出来让你出国或临溪而歌。如果有良知,一定不会如此心平气和地出国,也一定不会轻松优雅地临溪而歌。

　　我知道了。儿子猷猷说。

桂猷猷的家长站起来

高二的生活明显紧张了许多，儿子猷猷在高一一年松散之后，与初三紧张的生活实现跨越式接轨。星期六晚上回来很晚，吃过饭之后就进小房子做作业。我又开始给儿子泡咖啡、冰镇饮料。小房子灯光亮到很久，无声无息的，时间仿佛静止了一般。我有时怀着窥探的心态打开门，他要么在做题，要么在记单词看语法什么的，毫无觉察。

百名成了我和儿子猷猷的目标和梦想。我说，要想考个好学校放个让父母高兴的卫星，一百名就成了你的坎，越过这个坎就有希望。老师说100名以内都有考清华、北大的可能，有两层所指，一层是每年高考高新一中考入清华、北大学生有50名左右，另一层是每个孩子情况不同，百名之内第一名和百名看起来差得很远，其实不然，这里有状态和发挥的问题。几乎很难有学生百分之百发挥出水平。每个人的心理和状态都将成为影响高考的重要因素。这个我有深刻体会。小时候父亲挥舞大棒的阴影，经常出现在考试的天空，自然大考发挥一般。1984年的高考除了父亲压力因素还有麻黄素的影响，那一道题40分钟连图也没有画出来，毕竟只差三分就有可能上大学。别看只是中专与大专的区别，仕途一路都绊在这个坎上。有一年重视文聘，凡第一学历是大专、本科的几乎是齐步走式得到提拔。上帝终会露出微笑，但你必须看到。相比较而言，妹妹桂千珍的心理和状态更不好。原来学习比我和哥哥还好还踏实，平时也名列前茅，很早就小有名气，一到高考不只心理反应，身体也出现不适，病得不行，每次考试都不理想。老婆孟洁还说到一个女同学平时成绩在全班前几名，每次高考心理崩溃，人事不省的被拉回来。我还有个同学平时学得很不错，做题又快又好，身边总围一帮问问题的男男女女。同学就很骄傲，心气很高，在老师面前也很受欢迎。参加高考第一年没能考上大学，连中专也没考上。第二年同我们是一年，下来连化学几张试题都不清楚，自然又没有考上。最诡异的一件事是美国一次篮球决赛，甲方领先一分，只有一次进攻的机会，球权还在甲方，甲方开始准备庆典了。不料，只见甲方持球球员带球冲到乙方篮下扣进。所有人都惊呆了，事实不能改变。我们把这种情况叫晕堂。这都是心理问题。老婆常说儿子的心理脆弱，承受不起压力。纵向来看，重要的两次试都考得可以，小考进了重点班，奠定了基础，中考成绩不是很理想，可能受到内定的影响，但也考上了。这样看来抗压性还可以。

我的评估很快得到了印证。一次开家长会，轮到数学老师上台讲话。数学老师个子不高，穿一身整洁的中山装，显得精神干练，如同一个精致的等腰三角形。尽管十分注意，仍不时有陕北口音溜出来，声音沙哑却很有磁性。老师上台第一句话是：哪一位是桂猷猷的家长，请站起来。

儿子猷猷一直表现中等偏上，虽没有几次让我露脸骄傲的机会，也没有让我窘迫的事。开家长会听到老师前面表扬尖子生和进步最大的学生以及后来又点到的倒退最大的学生，我想听到儿子的名字又怕听到。有几次口头表扬，也有几次批评，很少被叫到学校"单练"。这是最严重的问题，说明孩子有大麻烦。猷猷说初中坐过一个同桌是全班倒数第一。老师经常叫父母单练，父母就不停安排补课，弄得孩子上课的时候老是打盹，形成了恶性循环。记忆中有一次英语老师打电话让我到学校去。洛川距西安有200公里路程，不像西安的家长随时可以去，周末赶到学校，我万分抱歉。英语老师说猷猷英语有退步。最近一次英语考试120分还得了110几分，听力只差一分，应该说还可以。我将情况说了。老师说，你看的都是表面现象，具体情况并不掌握。你儿子最近回答问题不主动，嘴里有一个核桃咕噜咕噜说不清，这是不自信的表现。我恍然大悟，老师管到这个程度，只有点头道歉和讨教的份。老师说回去后盯住周末布置的作业，要把每天的课程和知识点都弄懂，尤其要把语法强化一下。还有，每天必须问老师一个问题，没有问题也要到这里报到一下。我想，儿子猷猷一定在数学又退步了，数学一直是强项，要是这也出问题那就是大问题。我十分羞愧，汗从头上涔涔而下。家长的头都向右看似的转向我，虽然我的个子不高，在窗明几净的教室里还是又突兀又孤独。

这是本次全级数学考试成绩第一的桂猷猷同学的家长。

老师刚说完，教室响起了热烈的掌声，由痛苦往兴奋转换的过程也只有零点几秒，燥热退却了，汗下去了，一丝丝受用的凉意由内而外由外而内地对流。我在一双双钦佩的目光中坐下来，仍感觉还似站着那么引人注目。儿子猷猷那次数学考了 115 分，是全级第一。因为不是重点班，或许因为老师带的班很长时间没有出全级第一才会引起这么重视。这也是猷猷西安六年中仅有的几次引人注目的单科全级第一。洛川人说三十以前看老子，四十以后看儿子。我已经四十好几岁了，仕途如同秋末的苹果就要下树。自从回城之后，就把培养儿子放在除工作以外最重要的位置。许多洛川人抱有"念到哪里供到哪里"的观念不放，把学习、成才的责任全部抛给孩子。由于疏于教育，孩子不仅没有成才而且没有成人，做着无所顾忌的事。有的家长学起了福尔摩斯，买了好多衣服每天换装跟踪，玩起了猫捉老鼠的游戏，上演着一幕又一幕荒诞不经的滑稽剧；有的家长无原则地溺爱孩子，一味迁就满足一切要求，最后欲壑难填，拿着刀子逼父母给钱，一声不给砸家具二声不给砸电视。没有管好孩子，本该享受天伦之乐的父母，不得不成天跟在孩子后面"擦屁股"。洛川人会说父母把孩子惯坏了把孩子弄"日蹋"或弄"瞎"了。有的人说，死了算了，眼不见为净。死，对一个人来说不是那么容易的事；死不了，就得天天面对孩子。这世界上，可以从来的事情很多，只有人生不可以。那些想死的人一定不想死，希望有一种橡皮一样的东西擦去以前，重新来过。即便真有人生橡皮，再生一个孩子，以这样的心态和方法，似曾相识的结果就会再次出现。这样的人没有人同情，那些变坏的孩子还埋怨怪罪父母。孩子在家里横行霸道，在社会上也无法无天，成天捅乱子。据说连西安破大案要案的八处，对洛川年轻人都要提高警惕。父母管理孩子既要有耐心也要有手段，既要有女人的温柔又要有男人的威严；既要有不设防的区域又要有设防的底线；该让得让，不该让的寸土不让。这样才不至于出大问题。我是看怕了，才下决心把儿子猷猷上学作为一件大事去做。这次的成绩让我很是骄傲了一番。我又可以滔滔不绝地和人们探讨孩子的管理和学习问题。老婆孟洁就横眉冷对，让我少吹，嫌丢人。考第一还丢人，这是逞能。在儿子的事情上，我和老婆孟洁也常常拌嘴，总嫌抓得太紧，嫌我旁若无人地夸奖。我说老婆是"温肚子"，老婆则说我是"跃跃子"。洛川这个地方很特别，有许多特指的方言。温肚子是指有事藏在肚子里，不说出来，干成了大事也不炫耀。这和老婆孟洁压得稳是一脉相承的。"跃跃子"，就是高调张扬的意思，小有成绩就自我表扬，用土话就是人没来屁都来了。很形象很确切。与我的性格十分相像。由于是贬义，我就激烈地回击，包括管孩子的事也包括家里的事。我和老婆有时火气很大，脾气很躁，一点就燃。儿子猷猷就会抛来一句话：不要嚷了！洛川人把吵架叫嚷。

我渐渐在管理孩子方面有了点名气，不少人主动探讨。一个人的女孩在铁一中上学，曾经考过全级第一，一度倒退到900名，现在也只在500名左右。我就说怪你。那人很惊奇，佩服得不行。他自己有一段确实很少看女儿，老婆给女儿买了一个手机，女儿一头钻进手机里，上课还偷偷用。手机肯定要买，但不能天天带，放在宿舍，晚上回来再开机；或者交给老师，用的时候再要。记得一次儿子带同学和我们一起吃饭，那位同学从坐下一直到走，都没有正眼瞧过人，一只手在桌下摁个不停，眼睛一直没有离开。我对儿子说，这孩子很不礼貌。他说现在这种学生多得很，哪像你把我管得微机课差一点过不了关。我说等你考上了大学，就不会管你了，恋爱、上网都可以。我差一点在亲戚家里碰了钉子。亲戚的孩子不想上学，找我去劝劝。我使出浑身解数，道理一套一套，例子一个一个，话语一堆一堆，说得亲戚心花怒放，差一点都要提前感谢我。谁知末了，孩子撂下一句话：我叔说得太多了。这是头一次听屁孩当面拍我的脸，顿时觉得气势全无。亲戚往外送我时多站了一会，把孩子的情况往前往后又说了不少。我才弄清楚自从安装了电脑之后，孩子学会了打游戏，成绩一天不如一天，不愿意上学。今天去学校要手机，明天又要山地车，不买就不到学校去。该买的都买了还是不去。我说孩子已把你弄清了，不管要什么，你们最终都会满足，当然不上学也会满足的。我又回到屋里。我说，娃不上学了还有什么意思，明天把电一停，电脑退回去，搬到果园，让孩子跟你们一起劳动。不学习就得种苹果，将来娶一个媳妇就在果园生活也挺好的。没有米面油叫人给你们送一些，就这样吧。

第二天，亲戚打来电话说孩子又愿意上学了。我说你孩子迟早会辍学的。

安装有线电视我都后悔了，更别说电脑了。从初二开始，每周末的作业都要上网打印。开始我带电脑在家里打印，后来不带电脑，让儿子猷猷到外面打印，每次都得好几元，这钱不省。网络这个东西太可怕了。

高二的时候，有一次到班主任那里了解儿子猷猷的学习情况，班主任和英语老师在一起。班主任很兴奋，一连几个不错。英语老师说猷猷阳光、朴实，每个老师都爱。这话不假，儿子猷猷曾给我说过，物理老师很喜欢他，每次提问时，老师问同学们：这个问题谁回答呢？全班的同学都会说桂猷猷。因为老师询问之后，十有八九会说请桂猷猷同学回答。班主任老师神秘地说，猷猷这次考得好。有多好。很好。老师不想说名次，原来班里都排名，后来一位家长往教育厅打电话，举报排名让孩子有压力，就不敢公开排名了。最后老师说是 105 名。我与老师一样高兴，这是一个普通班，没有几个学生能奔到百名以内。百名是一个值得更多期望的排名，我不止一次对儿子说"百名"的事。

我要考清华

高二紧张的日子过去了,高三戛然而至。我和老婆孟洁也有了大考前的凝重与焦虑。

儿子猷猷从学校回来也愈加疲惫,负担很重,感觉是爬了很久的蜗牛,每前进一步都很困难。模拟的成绩也不理想。有几次,他说心脏感觉不适,有时还手捂心口。老婆用听诊器听过,还带着看过大夫,买了药。她说用功太多,注意休息,劳逸结合。嘱咐抽空陪儿子到楼下散步,减减压。望庭国际据说是参照德式公寓修建的,在枫林绿洲对面。第一次知道诗意枫林绿洲楼盘还是在初一给儿子报名的时候,说什么有优惠点之类。当时只顾高兴,怀揣着择校费,如同捧着虚幻的梦想,希望赶快交上去,心无旁骛,后来才知道上高新一中买楼还能打折。初三快结束时,我在高新路、唐延路、科技路上徘徊租房子。望庭国际正在建设,我从门口走过,几乎每个月去一次售楼部,售楼小姐热情地讲解、迎送,以致最后都不愿意接待。等到租到望庭的时候,才感觉这地方真的不错。楼的外观褐白相间,仿佛是用融化的巧克力喷涂罩面,夹杂着奶油夹心,颠覆了中国楼宇的外观印象,独特另类。北京长安街上有一个巧克力公寓,远远望去如同一方直立起来的巧克力方糖,玉树临风,稠腻的甜香沿长安街缓缓流动。望庭不是一块,是四块,东南西北合围,矗立在高新路上。天气好的时候,一上高新路就能看到北面硕大的巧克力夹心大楼,楼顶"望庭国际"四个字晚上闪闪发光,如同天上下凡的星辰,恒久而激动地俯瞰陌生的人间。院里是一块方形的绿化带,中央有一池清水和几间房子。清水上用松木条钉做的步道和水上埠头,几条长凳随意摆放供人休闲。春天刚到,冬眠过后仍显木讷的鱼群开始游动,如同彩霞在水里滑翔,要是丢点食物哪怕是一个动作,霞就从水底飘上来谄媚跳跃,面前的一方水沸腾翻滚,云蒸霞蔚;到了盛夏,水里的荷花长得飞快,微风拂过,叶和花轻盈舞动,好似美少女手里的转碟,彩霞绕荷花时而狭长时而聚拢,弄出一番魅人的热闹。刚搬进来的时候,还在栽树、种草，一些地方裸露得像秃瓢。现在草坪碧绿鲜嫩，微风袭来，溅起一波细浪荡来弋去。高大的银杏树缀满绿色掌形绢花，随风鼓起如潮掌声，顽皮呼唤苍穹里过往的红日与皓月；稠密的竹林析出一块方正的绿糕，被麻雀和风逗弄得颤笑不止，推搡打闹，几近瘫软；樱花树茂盛无比，柔嫩的枝条难以支撑突然的旺长，如美少女晨练的肢体一点点下压，树就有了伞的气质。有时为了不干扰儿子学习，我到楼下散步，坐在绿树间的木条凳上看书，有晨练的人绕圈，有遛狗的走过，有老者并肩出门，有俊男靓女相拥而行……在这和美而洁净的环境里，阳光由淡转浓由浓转淡，时间一点点蒸发，思想的疲惫和眼睛的睡意徐徐袭来……

一家人与朋友一起吃饭，儿子猷猷就说不好好给他看病。不经意间一句话还是打破了吃饭的和谐。大家短暂地沉默，老婆孟洁的脸上就有了薄云。我当即表态，请假专门带他到高新医院看心脏。

那时还不知道高考综合征。心想儿子猷猷也太不懂事了，不能当着外人说我们。两人周末辛苦劳动，变着法子做饭，陀螺一样转不停不至于不看病。儿子让同学吓着了。有位学习很好的同学经常补课，紧张的学习和压力日积月累，不亚于任何超负荷的劳顿，身心终于撑不住了，患了心肌炎。书上说心肌炎是指各种原因引起的心肌炎症性病变，多种原因如感染、物理和化学因素均可引起心肌炎。我感觉与劳累一定有关系，如同一根弹簧长期伸直或压缩，终于失去弹性。心肌炎有生命危险。同学就请假休息。知道同学的情况之后，猷猷仿佛心肌炎附体，觉得自己心脏蹦跳得不均匀，间隔有细微的差异，有时心跳间隔很长，随后又欢实地蹦跳几下恢复正常。其实这种情况也正常，因为同学得病，弄得他以为自己的心脏也有问题。

到高新医院，大夫让带24小时心脏监护仪。一天后大夫仔细看了说没事。我和猷猷都希望开一点药，大夫说没病开什么药，是药三分毒。大夫是一位中年妇女，和蔼可敬，看到又高又大的儿子，十分爱怜。就问在哪里念书。说了之后，马上停止工作，仔细端详。说她的孙女也在高新一中，学校怎么怎么好。儿子也不停地附和。两人聊得很投机，我成了多余的人。我插话把儿子的表现说了。大夫说这是考前综合征，看到别人有问题，怀疑自己也有，如果不及时看医生，时间长了假想病就成了孩子思想上的真病，如此下去可能导致厌学、情绪低落、自我责难、焦虑不安或反应迟钝，还有可能患抑郁症。抑郁症我知道，这种人有自己的幻觉世界，独自封闭在一个假想的空间里，恐惧与人接触，严重的时候可能自杀。我的一位朋友有一个女孩，老婆一辈子假想自己患这病患那病，家里不准开窗，不让别人来家串门。女儿被妈妈整天神神叨叨弄得抑郁、休学，还到中央十二台心理访谈节目中咨询过心理医生。

　　医生和儿子猷猷谈笑风生，我感觉到很庆幸，他也不再捂自己的心脏。大夫问你的理想是哪所大学。儿子猷猷脱口而出说是清华。我是个很要面子的人，也很讨厌吹牛的人。老婆孟洁天天说我在儿子的事上吹牛，其实我连10%的水分都没有加，只是在回忆或分享的过程中侃侃而谈，激情飞扬。我继承了父亲"说书"的基因，一个看起来很平常的事情从口里出来完全是另一副模样，前因后果，预言奇遇，欧·亨利式看似意外而完全符合情理的结尾，把倾听者的胃口调到最高后戛然而止，情绪和思想随着惯性在毫无所依的空中脱离秋千一样飞出，给人的震撼、回味和效果比大团圆、平铺直叙要好不知多少倍。我说的再风生水起也万变不离真实。因此，当听到儿子第一次竟然面对刚认识的大夫说自己的目标是清华时，我很震惊，仿佛受到嘲弄，被什么重击了一下，不由自主捅了捅他。意思是谦虚一点，收回刚才的话。哪知他不仅没有收敛，而且明明白白赌气地又重复了一句：我的目标就是清华，怎么了？我无语，倒显得自己太低调太矜持了。大夫马上说有志气，考上清华一定要告诉她。这的确不是他一时冲动的想法。在整理他用过的书本时，有一个小小的日记本，记录了他与一位同学相约考清华的承诺：我会努力、尽快、必须调整好心态，还要跟你一起考清华的哟！同学回道，我现在脑子里仅有的想法，也是支撑我高三坚持下去的想法，就是一起考上清华。

　　从医院出来，我低头跟在儿子猷猷的身后，似乎他的胸前张扬地写着要考清华的梦想。我和老婆孟洁不止一次展望高考，由三本二本一本逐级往上登，再从一本的西电西工大登到西安交大就有了高处不胜寒、一览众山小的感觉。猷猷说过自己的目标是浙江大学，站在西安交大的台阶上，远远望了望云雾缭绕似隐似现的"浙大"山头，又羡慕又安慰。清华、北大的山头更加模糊，完全淹没在云彩里。西交大很不错了，更别说"浙大"。西安的学生大多想去外省名校，外省去不了，就选择西交大。这当然是"平均"心态，而尖子生的目标又简单又单纯，那就是清华、北大。

我说这是你自己说的，没人逼你，既然有这样的目标和梦想就要努力。高考让人喜又让人恨，万千考生拥挤在自隋唐"科举"演化而来的"高考"独木桥的确悲哀，不容否定的是高考是一个细密的大网，打捞了绝大多数人才。教育部说高考不能取缔，对百姓不利，这话我信。

我嘴上这样说，心里到底还是欢喜异常。这个梦想我不会说出去的，只当儿子猷猷一个可望不可即的目标，即使不能实现说不定惯性的作用或可到达西交大，甚至更高一点的学府。不知有多少人梦想清华北大呢。梦想在心里和说出来是不一样的。在心里是一个神秘，说出来就成了压力，往往是不留后路。这对十分刻苦的儿子未必是坏事，也许想以这种倒逼的方式让自己走得更远。行政上工作紧了，就倒排工期，从应达到的目标往前追；出了问题也倒查，从结果往前究。这都是破釜沉舟的做法。抛开了清华话题，猷猷又义愤填膺地讲了一个例子。说父母不知道怎么想的，让孩子那么小就念书。有一个学校招了一名十岁的神童高中生，度过了高一安逸的轻松之后，高二马上硝烟四起，对抗强烈，几乎每周都有测验。尤其是物理让人难得头痛，孩子吃不消了，考试时竟哭起来。老师打电话让父母把孩子领走。神童的光环也随之消失了。这让我想起了方仲永，五岁作的诗已很有些模样，被人冠以天才和神童，等长大了与常人并无二致。中科大少年班曾经鼓起多大的风啊，最终并没有带来预料之中的甘霖。还有，一个同学的孩子上儿子曾考过的那所学校的火箭班，初中三年课程压缩到两年，一下子把孩子学厌了，火箭的发动机装反了，没有飞起来反而掉下来。还有前面不愿上学的亲戚家的孩子原本一度学习不错，父亲到学校介绍进步的经验，便有些膨胀，偷偷给老师交代让多布置一些作业。孩子说老师欺负他，给别人布置的作业少给他的多，就不愿意学习开始逃学。不知有多少家长在犯着同样可笑而幼稚的错误，以为早上学多给孩子压力就能培养出人才。殊不知拔苗助长适得其反，这个故事家喻户晓，只可惜许多人还不汲取教训，不停地重蹈覆辙。亏得当初儿子上学时，我和老婆慎重考虑后没有提前报名，到适龄再上学。我们这里的农村人说孩子没有到担力的年龄让孩子担力，会伤腰伤力的，过早地成为未老先衰的"小老头"。

爱情与性

关于这个问题我一直很犹豫，在写与不写之间思考了很久。最后决定还是写出来。这是不以人的意志为转移的客观规律。性在高考前成熟，爱情因为"怦然心动"或"惊鸿一瞥"悄然绽放。我们都是过来人，那时候还很封闭，爱情与性还是来临了。没有樱花那么早没有桃花那般灿烂，是在不知不觉中绽放的，夜来香似的默然而至。

记得自己初中时，有一位女生经常喜欢问数学题，有时很简单就觉得太愚笨，不由得抬头报以轻视的目光，迎来的是绯红的脸颊和扑闪的眼睛。女生说一些要不要麦馍和棉衣厚不厚冷不冷之类的莫名其妙的话。我说与你有什么关系。弄得女生泪光闪闪。等到上了高中，自己对坐在前面的女生有了牵挂。同桌男生总是用大头针把女生的长发钉在桌子上，等到下课起立弄得女生头后仰，一双倒视、愠怒的眼神射出鄙视的目光。我的脸唰地红了。连说不是我不是我。同桌骂我是胆小鬼骂我是王连举，更加起劲地在女生坐的凳子上放大头针，把女生钢笔的吸水管弄破，或者把笔尖放在桌沿，在女生衣服上弄一大摊墨水，要不就故意散布女生的坏话……这些与我无关，女生还是迁怒于我，对我瞥一眼扫一眼，一副看不起的神态。好在我的作文好，还写小说《生死牌》，渐渐有了名气，每次作文课都要站起来读作文。女生开始借作文，也不时扭过头问问题，好看的眼神沿笔尖爬到我的脸上，四目相撞叭叭地碰出火花，烧得目光噌地下泄到笔尖行走在纸上。如此温暖的一幕不断上演，隐藏在题里和作文里的秘密从深水里浮上来。女生喜欢甩黑亮的长辫子，常常温柔地刷过脸庞，宛若小手抚过，留有淡淡的余温，心里便有什么东西动了一下。女生有一天塞来一张纸条，约星期天到她家吃饭。这个小动作也恰巧被她的同桌发现了，面对撞破秘密的狡黠眼神，我吓得没有去。很快位置调整了，有什么东西在心里轻轻断了。

世俗的外壳还很坚硬，就是自然裂开，蜷曲的心灵仍然不愿意探出头来。父亲用武力嵌进血脉里为家族争光的梦想，已成为自己出人头地的别无选择。虽然内心时不时透过缝隙的光亮遥望蓝天白云和浩瀚的星空，窥视碧草茵茵、繁花团簇的大地，揣测星空下和花草间的青梅与竹马，两小无猜，但爱情的门闩迟迟不愿打开。需要几乎是残忍果决阻拒着心理与生理上对爱与性的渴望。考到西安读书之后，外面世界的华丽精彩和漂亮女生们矜持无人的目光又给爱情的大门上了一道闩，一切似乎又回到了原点。一位女同学来信了，我心里又动了一下，一股温馨洇出，慢慢浸润。她已经中专毕业了，有了一份不错的工作。信札云彩般来回飘动，晴空和细雨就反复切换，自尊让一封封信里的气息渐渐膨大，就要炸开的时候，信札里飞出一首费·伊·丘特契夫写的优美的诗歌《别声响》：

  别声响，要好好藏起
  自己的感情，还有向往。
  任凭它们在心灵深处
  升起，降落，不断回荡，
  你应该默默地看着它们，
  就像欣赏夜空中的星光。
  ——别声响！

  你怎能表白自己的心肠？
  别人怎能理解你的思想？
  每人有各自的生活体验，
  一旦说出，它就会变样！
  就像清泉喷出，会被弄脏，
  怎能捧起它喝个欢畅？
  ——别声响！

  要学会生活在理智之中，
  全宇宙，就是你的心房！
  可惜神秘和迷人的思想，
  会被那外来的噪声扰攘，

甚至月光也把灵感驱散，

但你要懂得自然的歌唱！

——别声响！

　　低重的雨云便停留在我的心里，信札也停止了飞翔。我们不止一次讨论诗歌，就要破茧而出和捅破窗户纸的时候，《别声响》悄然而至，分明就是朦胧的制止和分手的暗示，几乎不要费心揣测和研判。即将裂开的壳隙砰然关合，心空纷乱的流星雨下到脸上，渴望回头却义无反顾地背道而驰。女生后来泪流满面地自责，光顾欣赏好作品，没有想到爱的火苗是如此孱弱，不经意间就扑灭了。我的心本来就很脆弱，《别声响》让我孱弱的心灵又经历了一次刻骨的淬火。《别声响》如此优美，让我又爱又恨，它把我潮湿脆弱的心灵当成盾，常常戳得血流不止。

　　老婆最先发现儿子猷猷恋爱的事。拾掇书包时，一张纸条飘出来：桂猷猷，某某某想死你了。猷猷长得高大帅气，胡须越来越密，颜色渐渐发黑；声音也由孩提音变得粗哑而富有磁性。爱与被爱是正常的。高强度与快节奏压缩的时光，没有马拉松式柏拉图和慢镜头的阳春白雪的空间，湿润的云彩和忧伤的雾霾都不会徘徊太久，朦胧的期盼和犹疑的试探被一键跳过，繁文缛节、连篇累牍的情感铺排被简单的暗示和直白的表露代替。我一直想问儿子猷猷爱情起始的情景，是在阶梯教室补课时的不期而遇，还是晚自习中的默然相望，抑或是在球场女生观望叫好时的惊鸿一瞥……也许就是"怦然心动"的结果，也许就是"三角函数"和"解析几何"的求证。我曾经让他和学习好的同学交朋友，初中时和同学一起在家里做作业，高中时有男同学一起回家住。能交男生就不能交女生吗？猷猷后来说女朋友比他学习好得多，也许就是问问题问作业渐渐走近的，也许是我鼓励和学习好的同学交往的结果。无论如何，"家有考生"所有要素都齐全了。高三时儿子还得了一次病，周末跑了很远的路，到女朋友家所在的县上约会。儿子看上去是个大人，毕竟还是青涩的小男生。除了爸爸妈妈司空见惯、亘古不变的热爱之外，的确还需要另一种温馨的细雨蒙蒙的爱意。他一定扑进了柔弱女生的怀里，肝肠寸断地哭诉之后，女生的眼泪和暖意冲走了心头的渣渍和阴霾。父母是父母的关爱，女生是女生的爱怜。两种不同的爱，从今彼短此长。后来想想，猷猷走出病魔的羁绊一定不只是我们的功劳，看似羸弱、清淡的初恋反而是疗伤的良药。只可惜我当时只是一味地惧怕、阻挡。我们中有相当一部分是在被动和仓促中结婚和做父母的，很多人并不知道父母的含义，因而不知道也不会做父母。对于孩子恋爱问题，许多父母无法解这个二元一次方程，便使劲抹黑，描成洪水猛兽，坚壁清野，全力阻挡。一对父母到学校发现儿子有一个玩具大熊猫，肯定是哪位女生送的，立刻逼着孩子把大熊猫还回去。自以为解决了恋爱问题，毕业的时候真人熊猫还是挽起了儿子的胳膊。爱情总被一首诗点燃。如果说《别声响》误打误撞地吹熄了我的爱情火苗。儿子桂猷猷则用林徽因《你是人间的四月天》一再向女生表白。

> 我说 你是人间的四月天；
> 笑声点亮了四面风；
> 轻灵在春的光艳中交舞着变。
>
> 你是四月早天里的云烟，
> 黄昏吹着风的软，
> 星子在无意中闪，
> 细雨点洒在花前。
>
> 那轻，那娉婷，你是，
> 鲜妍百花的冠冕你戴着，
> 你是天真，庄严，
> 你是夜夜的月圆。
>
> 雪化后那片鹅黄，你像；
> 新鲜初放芽的绿，你是；
> 柔嫩喜悦，
> 水光浮动着你梦期待中白莲。
>
> 你是一树一树的花开，

是燕在梁间呢喃，

——你是爱，是暖，是希望，

你是人间的四月天！

    他们在17岁的时候相识相爱，因为有清华之约，因为年轻新奇，爱得幼稚、直白、纠结，让人心痛，一直在痛苦的思念、枯燥的学习中挣扎。虽然，我一直在防范猷猷恋爱，根本没用，但还是感受到了属于他们的甜蜜。我们20多岁还因为一首诗分崩离析，他们却在17岁情窦初开的时候如此果断表白，不负年华，不能不说是幸福。其实，我心里对儿子猷猷恋爱的事一直抱有肯定的怀疑。高中的孩子恋爱是正常的，不恋爱反而不正常。果树总是要开花的，这是自然规律；人也是一样，十八九岁的孩子到了开花的时候；恋爱是心理成熟、生理成熟的标志，即便阻止了心理成熟，也无法阻止生理成熟。记得自己还在初中时，某一次考试下课预告铃声响过，还有一道题没有做完，父亲严厉恐怖的脸庞又浮现在眼前，突然下面一股热流飞出，以为尿裤子了，到厕所一看不是，吓得好长时间睡不好。后来上高中常常与同学挤一个床铺，同学半夜痉挛，弄得自己也稀里糊涂地那样了，方知自己已是个大男人。有一位同学上双杠时，下身接触到杠杆突然就出了，以后需要的时候就上单杠。高中的时候，同学打篮球，不小心碰到下身，出了点血。同学就央我陪他到医院看大夫。我进去之后，脸羞得通红。同学倒大方，说让篮球把阴茎打出血了，会不会影响结婚生孩子。房子里有一男一女两个大夫，男大夫让脱裤子，同学毫不犹豫地脱了。我第一次看到自己以外的男生的下身，丑陋无比，臊得我面朝白墙。大夫用尺子敲了敲同学的下身，居然有了反应，羞得女大夫脸红如血。男大夫说，没事，现在的学生不知道一天都想啥。好奇的自慰让男生们趋之若鹜，每天晚上大通床的床板一波一波地传导痉挛，没睡着的就一个赖一个，宿舍里氤氲着押邪和流氓的气息。只是晚上一次之后，第二天就特别累，上课打瞌睡。只可惜我们当时没人提醒，不知道是正常的生理需要。这不污秽也不丢人，每个男人不都是在懵懂中度过人生灌浆扬花的关键时刻的吗，无人关注无人祝福无人喝彩。女人的首红尚且有妈妈有书上朦胧的暗示和说明，而男人的首次则完全被忽略了。上一辈人羞于启齿，欠我们一个告知与明白，这个账还要移交下去吗。

　　我从心底里并不想对儿子猷猷说性。这是一个太难出口的问题，也是一个很难说清楚的问题。时间和需要不容许我犹豫和推诿，许多次，上铺床板有节奏地响动，以为是看《零分作文》或《格言》中又有爆笑的文章，几次问话，没有应答，灯也熄了。我就对老婆孟洁说你娃成熟了成大人了，有那方面的需要。老婆孟洁骂我是个无耻的偷窥者，不像父亲。我说这是一个合格父亲应该注意的。我们的父母羞于启齿，让咱们在无知无觉中成长，青春留下了太多的恐惧和无解。儿子长大了，不是孩子了，该知道的一定让他知道。这种流氓话我说不出口，要说你说。

　　我问儿子猷猷懂不懂手淫和射精，他立刻满脸通红，头转到一边，手忙脚乱地收拾桌上的书本。不要害羞，这是正常的，树木花草到一定的时候都要开花结果，人也是一样的。只不过你现在学习任务很重，身体、精力消耗很大，不能太频繁。一滴精子相当于十滴血。猷猷抬起头，满脸疑窦。头一天有过第二天是不是很累？频繁了是不是成天迷糊，做什么都没有精神？这种事隔一段有一次就行了。他的头又转回去。学校刚搞了成人礼。不少家长给孩子表呀笔呀什么的，意思还是让孩子好好学习，太过正统和功利。我和你妈给你买了剃须刀，你胡子长长了，黑黑的，到了该刮的时候了，这也是成熟的标志。成人的含义是什么，一个成年人对自己的行为就要负全责了，未成年人违法，法律可以从轻处理，而成年人与我和你妈要负一样的责任。要对自己说的话做的事负责，还要对别人负责。负责不是简单的一句话，可能是不必要的麻烦纠纷，可能是金钱赔偿，还可能是法律责任包括坐牢。和同学相处要两厢情愿，不能做别人不愿意做的事，包括不要与女同学做那种事。

　　儿子猷猷又抬起头，看了我一眼。

　　说过这些话之后，我释然了，紧张得出了一身汗。这些道理我们是从生活中获得甚至是从伤痛中获得的。作为父亲，必须告诉你，这是我的责任，这也是人生必知的经验。我始终相信，最黑暗的角落照亮了一切就明亮了，最肮脏的地方打扫干净了一切就整洁了。

为谁而学

老师说高三模拟一直要模到高考前夕，有十几模。儿子猷猷郑重地与我们谈了一次话，要按自己的思路和安排复习，不要问模拟成绩，也不参加自主招生。听口气是参加的资格不够，能参加的学校又不理想。早在高一高二时就有理科竞赛，他曾跃跃欲试，不知是懒于参加还是不够格，最终不了了之。我也不赞同参加这些，要打断正常的学习程序。参加竞赛获奖，将来高考有10分的加分，但是这10分不是容易拿的，要重点攻某一科，时间与节奏都要变化。儿子如此冷静与沉稳的分析，我们感到放心。我还把儿子与大夫的谈话给老婆说了，她就又说不要给娃压力，考到哪里都行。我说"温肚子"，不信你能压得稳。

我经常翻儿子猷猷的作业本，每次考试之后都有小结。每个学生都要反思近一段学习情况，哪里好哪里差，分析原因，寻找差距。学校初中重点培养孩子的良好习惯，高中又要孩子学会感恩。不外乎家长如何辛苦，给付高额的择校费，每周还要做饭、洗衣服，承受着生理、心理的双重压力。儿子的感恩里有一连串的"对不起"，不止一次地"道歉"，最后是信誓旦旦的表雄心表决心。每次考试之后，这样的情况就要重复一次。我看了之后，觉得又感动又担心。感动的是在老师的指引下，不曾说出口的感谢之类的话都变成白纸黑字，也许是真心话；担心的是如此试试挖空心思地"自我日觉"过头了，长期累积会形成压力和负担。"日觉"是洛川人批评、反思和教训的方言。经常会把批评与自我批评说成"日觉与自我日觉"。这里的"日觉"也是替代词，某人说话做事错了，长辈、领导或主事的人会狠狠地"日觉"也就是批评一顿。单位每年都要开支部民主生活会，首先是领导"自我日觉"，才是党员的"日觉"。一般情况下，都是领导"日觉与自我日觉"，"日觉"得越彻底越体无完肤越好过关。尽管民主生活会并不真的能解决什么问题，但召开之前还是有负担的。这样尚且有负担，猷猷心理肯定有负担。

我把儿子猷猷叫到楼下。正是盛夏时节，夕阳西下，巧克力楼巨大的阴影投在绿化坪上，宛如慢慢移动的黛青色的飞毯；花草和树木都显得暗淡萎靡，哈欠连天；炎阳被遮挡了，空气里丝毫没有凉意，闷热的气浪逆袭，弥漫着烈日炙烤后的焦煳；偶然吹来的风轻轻摇动着玉兰、银杏和竹子的枝梢，发出一阵喑哑和适度收敛的轻笑和私语。我必须对儿子说些什么，这是坚持多年的习惯。许多时候，他并不愿意倾诉，甚至有好消息也不愿意分享。我就装成一个啰唆而渴望的求诉者，用看不见摸不着的语言芒尖，轻轻打开试图关闭的心灵。许多人都不屑于此举，或者指责探求孩子心底秘密的行为。有的时候我们过于囿于所谓学者专家侃侃而谈的理想理论和书本千篇一律的完美经验，把简单直接弄得复杂、神秘，使普通人失去了关注和解决问题的信心和决心。秘密也是能共享的，当你怀着虔诚共享的心态的时候。

  我说你不必这么总结。儿子猷猷静静地望着我，不知道什么事。不必每次考试后如此痛心疾首，发自内心地说什么"道歉""对不起"之类的话。他坐在长长的木条凳上，樱花树浓密椭圆形叶子紧挨着宽大的脸庞。直觉他并不反感，越来越像老婆孟洁，有时候稳得让人心急。我们的付出是应该的，不需要感谢。一丝不易察觉的微笑轻荡，沿绿叶漾进树里。《三字经》里说：子不教，父之过。这是中国父母天生的责任与义务，每一位父母都要这样做，只有做的好与不好，不能不做。这就是中国的现实，中国的国情。外国人十八岁后基本上与家庭没有关系，必须出去自己创业自己养活自己，而中国人不只负有孩子教育的责任还有帮助找工作、成家的责任。只有把孩子安顿好了，能够自立的时候才算完成任务了。到你将来有孩子的时候也是一样的。洛川人对"生娃不管娃"的父母瞧不起，对因为没有履行好教育职责使孩子学坏变瞎的父母也怀有鄙视的态度。管理教育孩子往小说是家事，往大说是国事；学坏了不光祸害家人还会祸害社会。当然这也要看父母的能力，有能力而不作为，能作为而不更好地作为会受到谴责和报应。老无所养和苦不堪言就是应得的报应。因此，我说你不必如此枉费心机地忏悔、自责、表决心。我们这样尽心尽责地做，是做我们应该做的，也是推卸我们的责任。儿子猷猷看了我一眼，似乎对推卸责任有些不解。行政上，经常要开会要讲话要发文件要签责任书，看似落实上级指示落实工作，其实也是推卸自己的责任。会开了文发了责任书签了，还不做就不是上级的事了。省上出了一个大的安全事故，涉及十几人，只有两个人会开得很及时，会议记录很翔实，没有受到处分，反而成为榜样。自责其实就是负担，担的时间久了，再轻的负担也会成为千斤重担。我们现在对你这样，目的是你将来长大了不会责怨父母；我们也不会说"早知当初"的后悔话。

这样就涉及一个"为谁而学"的问题。考试差的时候，你说下次为你考回来；学习不认真的时候，你说会为你好好学的。初中的时候，听到这样的话我想说明白，又觉得年龄小，有的道理还是颠不开。现在，必须说"为谁而学"了。老师让你们感恩父母，大多简单地理解为为父母好好学和为父母考好成绩，以为这样是对父母最好的回报与感恩。其实不然，父母尽父母的职责，父母做父母该做的，父母推父母的责任。明白了这个道理之后，学习就不是为父母而学，是为自己而学。父母的职责尽到位了就相当完成了任务，剩下的是自己，不好好学习，没有好的未来，就不会怨父母只能怨自己。你想临溪而歌没有问题，等你考上了大学，有了工作，能够养活自己的时候，可以临溪而歌可以悠闲地过自己想过的生活。中国人与外国人不同，外国人率性而为，发挥孩子的天性，鼓励孩子想干什么就干什么。从这个意义上看外国注重内容，中国则更注重形式。高考就是一个"全民皆兵"的形式或外表。这个形式的最终结果就是文凭。你到社会上应聘首先要投档，而这个档和门槛最低就是本科学士学位。同样是本科门槛，有的如伏平地，有的又高不可攀；如伏平地也仅仅是有一个文凭，到同样的985、211学校面前简直抬不起头，更别说清华、北大了。现在还有个现象即使有了门槛比较高的本科文凭到社会上仍然无法保证能找到一份相对比较满意的工作。许多人拿到本科文凭之后又纷纷继续奔波于硕士学位争取之中，再上一步是博士博士后等等。一些工作不需要多高的门槛甚至不要本科就行，关键是与你一同竞争的是本科、研究生甚至博士，最终较量的不是能力是文凭。

我是一个中专生，学高等数学、微积分搞得人头昏脑涨，等到工作时几乎用不上，用到加权平均最多一个开方就够了。十几年寒窗苦读多多少少有被浪费被欺骗的感觉，这种情况不是少了而是多了，不是轻了而是重了。我们尚且还有相对轻松快乐的童年，而你自上学以后就一直在高度紧张的督促下失去了快乐的童年和欢乐的时光。这不能怪父母，这就是中国教育的现实，国家和父母毫不犹豫的扼杀了你"临溪而歌"

的梦想。按时下的观念"临溪而歌"是上不了庭堂入不了大多人法眼的"左道",而千军万马奔高考才是人间正道。中国的理论教育已经很先进了,同样的学生在纸上折桂的大多是中国人;而真正到了实践到了动手时外国学生则更胜一筹。等到乱花飞溅迷人眼的时候,从题山试海里走出的你们已不年轻,当初那种天真美好"临溪而歌"的理想早已灰飞烟灭,剩下的只有"人云亦云"、盲目"模仿"跟风了。没有主见的人生要么是似曾相识的成功,要么是千篇一律的失败,不会有创新的人生。然而,就是能得到创新人生的真谛,又有几个父母有放心放手折腾的气派和勇气。因此,扼杀你的梦想几乎是大多数父母的共同选择,也是别无选择。我们选择的是一条最安全的路。

儿子猷猷显得有些茫然,不知道我这先扬后抑,先褒后贬到底是什么意思。尽管有这么多问题,谁又能拿出一个解决所有问题的办法。中国人的心理状态是随大流,而"高考"是想随也得随不随也得随的"大流"。从这个意义上看《零分作文》的考生比《满分作文》的考生需要更大的勇气和胆识。只剩半年不到的时间,我给你还说这么多是想让你放下包袱,根本没必要那么沉重和"自我日觉"似的感谢感恩父母,根本没有必要没考好时如此自责、耿耿于怀。只要努力了,做到了更好,就没必要向谁忏悔;而要回头看看哪里还可以做到最好,努力做好自己,自己满意了父母肯定满意。我们写材料的时候只要自己满意了,领导肯定满意;自己都不满意,领导肯定不满意。所以你为自己而学,不是为父母而学;为自己交代,不是为父母交差,做到自己满意就好。你考一个好一点的学校,就站上了一个更高的平台,未来的光明就多一分。这个荣耀首先归功于你自己,当然我们也从中分享到了快乐和荣耀。

我要拿电视信号线。我说。

拿吧,我控制不了自己,拿了就不看了。

我把电视信号线放在柜子的角落里。

白色恐怖

真正进入高考模拟的时候,我和老婆孟洁反倒轻松了。儿子猷猷说要按自己的时间和安排备战,不要注重一时的成绩。尽管如此,每次模拟不由自主地要问一下。大多是 590 分左右,很少上 600 分,按老师和猷猷的说法,高新一中的分数要比高考时低 60～80 分,换句话说,题比高考要难得多。对此我并不敢苟同,因为平时自己的成绩还差不多,一到大考就觉得特别难,成绩一般。儿子还讲了一个同学的故事。有一位同学平时学的一般,根本内定不上。眼看中考来临了,突然苏醒,发疯地学习,每天都向老师提问,弄得老师连饭也吃不好。没想到名不见经传的同学中考时一下子考到前面。学校在录取该生时很不放心,专门向班主任和任课老师求证情况。往届曾有一位同学学习中等,300 名左右,正常情况下可以考取好一点的一本。高三时也是猛醒,每天学习到很晚,问老师问同学不厌其烦,高考一下子考到全级 30 多名,清华北大都可以上。我想这是学校和老师给学生树立的"子虚乌有"的榜样,为的是充分发挥那些有阶段性突击潜能的学生。儿子尽管一直学习不错,也只是中等偏上的学生。他说过自己是个"聪明绝顶的家伙",也说过目标是清华大学,我们只当是一时兴起,脱口而出或者自我设计的远大目标,心里一直没有敢去想。

时间缓慢而焦人地流动。离高考越近,心就越急,越急就越想知道儿子猷猷的学习情况。当然,我也知道高三不能再给压力,而要减压,学校给的压力已经不小了。我真的有一段时间没有问成绩。儿子周末回家,做作业的时间不是很长,有时星期六晚上也不回家,我就有些沉不住气。说你不是按自己的安排准备吗,感觉学习的时间少了,注意力还不集中。他说自己知道怎么做和做什么。那意思是知道"为谁而学",不要操心。还说在学校每晚凌晨三点起来学习,宿舍楼上有一间杂物间,锁子坏了,他带几个同学在里面学习。我就高兴地笑起来,象征地说还要注意身体,劳逸结合。猷猷表情暧昧地扫了我一眼,意思是巴不得他不休息。相处时间长了，我们之间都成了透明人，几乎没有秘密，不用说话都能知道彼此想什么。

　　老婆孟洁的心情突然变得很差，眼睛红肿。我问怎么了，开始不说，架不住一再追问。你注意儿子猷猷的嘴角和脸颊。我借泡咖啡的机会到小房子。儿子正好扭过头来，我不经意地看看，目光停留在两个地方。白炽灯下，脸庞有两处白皙斑点，仿佛贴上去的白胶贴。这能说明什么，我不解地问老婆，有的地方黑有的地方白很正常。我自己身上也有白点黑点。特别是脖子下小时喝苞谷糁时烫下一个圆圆的疤痕，月白色，如同粘上去的一枚硬币。

　　老婆孟洁怀疑是白癜风。

　　我的头嗡地大了。

　　白癜风是一种常见多发的色素性皮肤病，以局部或泛发性色素脱失形成白斑为特征，是一种获得性的、皮肤色素脱失形成的白色斑片。斑块呈瓷白色，常见于手背、前臂、颜面及颈项周围。该病常常在生活不顺、长期压力等突发过激因素后发作。

　　我并不了解白癜风，而生活中白癜风的病患者的情形一下子蹦到眼前。有一位年轻有为的干部，性格十分开朗，还是单位的后备干部。患上白癜风之后，脸手如同白皮松的树皮一样一块一块脱落，留下许多洁白的斑块，白得瘆人。见人每次都要被问到病看得怎么样了，传染不传染啦，能不能治好之类的话。架不住时间和偏见的双重折磨，干部像一块冰一样，渐渐消失在公众的视野里。还有一个人整个头部全部瓷白，如同一个大白炽灯泡，密密的汗毛如同馊馍上长出的一层白毛。俄罗斯、白俄罗斯是白种人，看上去高大、潇洒、魁梧。特别是女人更是白皙、苗条、婀娜多姿，令人垂涎。白俄罗斯还将女人列为国宝重点保护。而黄种人色素脱落，黄皮肤上绽开的白色小花如高楼上脱落的瓷片一样让人惊悸和害怕。许多人对那位患者的母亲的忠贞产生了怀疑，说什么与俄罗斯人有一夜情，生下了鬼一样的孽种。我并不歧视任何患者，但我对此有心理障碍。

　　我的生活与儿子猷猷考试的成绩一样总是大起大落。轻松惬意之后，肯定会有不顺心的事情到来。当我刚刚高兴与儿子几次谈话，逐渐解决了一些自认为必须解决的问题，以为可以高枕无忧等待高考来临的时候，病魔突然来袭。这几乎与脊髓灰质炎一样是我最害怕的病种。再无厘头的编剧也不能将生活这样随意安排。

我和老婆孟洁商量先不要告诉儿子猷猷，等高考结束之后再说再治疗。她不同意，认为这种病越早治疗越好。相对于病情高考更重要，这是他十几年努力眼看就要收获的成果；她说相对于高考治病更重要，这是他一生平安生活所在。理论上我的意见合理，而实际上老婆的意见更好。怎么办呢，我们为此吵嘴。我不止一次说不要有意看孩子的脸庞，而老婆的眼睛不经意间总是停留在脸上久久盯视。弄得儿子不停地照镜子，以为自己的脸没有洗净。我和老婆难免又有口舌，猷猷就非常无理地扔来一句：不要嚷了！然后是可怕的重压甚至是窒息的沉默。有一天孟洁从儿子的手机上看到有查白癜风的信息，我们就感觉问题严重了。包不住就早一点告诉真相，否则，儿子的压力大不说，连我们也要崩溃了。

老婆孟洁带儿子猷猷去医院检查。

回来时，老婆和儿子猷猷沉默地移动，视我不见，两人的眼睛肿胀，表情呆滞。

我已经知道结果，呆呆得如同一根电线杆子，尽量仰起头不让泪水流下来。这个局面总要打破。我想安慰母子俩，话到嘴边发出的是抽泣。洛川人说事没有搁在你身上，等到搁在你身上和别人一样；洛川人还说医生不给自己人看病，会经谋事的人不给自己经谋事。我平时也是口若悬河、滔滔不绝，而面对沉默的母子俩，也选择了可怕的沉默。

我张开怀抱等待儿子猷猷进来，等来的是沉闷的哭声和湿漉漉的脸庞。那哭声一下一下掏空了我的心。我们一家三口抱在一起，哭声尖厉而豪放。感觉如同面临末日的绝望，所有以前筑起的希望和梦想之塔轰然倒塌。我们哭哭哭，是要把所有的委屈和对未来担忧抒发彻底倾倒干净。

"爸爸、妈妈，没人要我了。"儿子猷猷口里飞出的是一把尖利的刀子，一下子刺中我们的心，血流往外汩汩喷涌。

爸爸和妈妈要你，和你过一辈子。

我娃不要哭考不上学都不要紧，只要娃身体好好的。白癜风也不是什么大病，网上说已经有了办法，根治的日子不会远。生活中有很多白癜风患者，不都一样地生活。白癜风不传染，和同学相处甚至结婚生子都不成问题。我娃不要有压力，这种病和压力也有关系，说不定心情好了，思想放松了病自然就好了。只要每天按时治疗，一定能控制……我和老婆孟洁不停地安慰，总算把儿子暂时稳住。儿子是一面镜子，看到儿子就知道自己老了。他的个头已经长到1米76，高大魁梧，再大仍然是孩子，还没有经历复杂生活的洗礼，一个小小的挫折就能打败。

"爸、妈，你们再不要吵架。"儿子抹了一把泪，"听到你们吵架我很难受。"

儿子猷猷又要哭，我和老婆急忙答应，不停地拍肩膀，把哭声降成抽泣。我觉得有必要向儿子说说夫妻，那点事并不神秘。

其实每个家庭都一样，夫妻俩肯定也多少都有不和。不要相信没有红过脸的夫妻，不要苛求没有吵架的生活。这和物理上不存在没有一丁点摩擦的环境是一样的。吵嘴是正常的，不吵嘴反而不正常。最完美的典范可能是一个假象。曾经有一对完美夫妻，夫唱妇随，出双入对，恩爱有加，备受人们关注。大家都说如果世界上还有一对夫妻，那一定是他们。他们的恩爱并没有秀多久，最终离婚了。表面的完美潜藏着危机，长期压抑的痛苦一旦爆发就是灭亡。美国电影《全民公敌》里男主角的孩子问爸爸是不是和妈妈又吵架了，爸爸说生活中有时需要吵架。不要对伴侣要求太高，毕竟大家都是普普通通的人，有这样或那样的缺点和问题。喜欢一个人始于优点，可能终于缺点；接受一个人的优点同时也要接受这个人的缺点；友情和爱情的时间取决于接受和容忍缺点的时间。我和你妈的性格都很强势，一个不让一个，就像两个尖锐的矛不停在戳，就像弹簧长时间处于拉伸状态。偶尔吵那么几句，释放一下缓解一下，把窝在心里的话说出来，把憋的气放一放，心就空下来，空下来能装更多的东西。这就是马克思所说的螺旋式上升，波浪式前进。你考试不也有高有低吗？总体是围绕一个名次上下浮动。这就说明成绩还是稳定的。你和同学一定也有吵架的时候，吵过之后不也和好如初吗。我们吵嘴也是围绕不分离的情感底线，围绕对你不变的爱和稳定的家这个底线。这是我们恋爱和结婚确定的底线。我们吵架不记话不记仇，吵过之后了无痕迹，恢复正常。不少家庭吵架之后冷战，冷战之后打架，最后有可能分居离婚。你放心我不会打你妈的，结婚时我承诺过绝不打你妈妈。这个承诺虽不伟大也可以说是顶天立地。老爸个子不高是个男人，有颗大男人的心，男人说的话一定要算话。我和你妈不论怎么吵，对你的感情始终如一，不会改变。我们没有你或许还有变数，因为有了你我们永远是一家人。你不知道你是我们生活的希望和乐趣，就是想分开也不可能。用流行的话说我们都是俗人普通人，也阳春白雪不食人间烟火要死要活地爱过，不管这爱情看上去多么美好多么高雅多么圆满，最终都要面对柴米油盐都要面对生孩子和生老病死。就是自己一个人也有骄傲自豪的时候，也有自责后悔的时候；有做得很仗义很哥们的时候，也有很猥琐很小气的时候，何况是两个人一起过。人生都要过七七八八的生活，哪有不磕碰的道理。既然我们是俗人、普通人，就允许犯错、允许吵那么几句。我敢断定我们做的已经不错了，比不上我们的大有人在。打一个不恰当的比喻，我们已经考取了婚姻中的一本文凭了，而且不是一般的一本。你把这个问题放一放，等你见得多了，等你长大了会知道的。儿子后来表示，有同学父母离婚给孩子造成了致命的伤害，他害怕我们的吵架会引发可怕的后果。

好不容易又恢复到过去。老婆孟洁买了一台光线治疗仪，开了一大包药。儿子猷猷一边治疗一边吃药一边备战高考。一周得回来两次，老婆用治疗仪耐心细致地照射。辣椒不能吃了，羊肉不能吃了，儿子最爱吃的火锅也很少了，一切刺激、热性的食物都退出了生活。我们一起进入了十分苛刻的清淡生活。这个从小就贪吃的狗忌食得有些残酷，那也是需要勇气与魄力的。后来又到医院去光疗，每次去时都会碰到不少年纪相仿的青少年，他的病情还算轻的。好在治疗起了作用，白点周边有了淡淡的红晕，对白癜风的恐惧也从我们家渐渐淡下去，他的信心逐步恢复起来。我和老婆仍不放心，回到洛川的时候，隔三岔五发信息：没有完美的人生。缺憾美也是一种美。困难是用来战胜的，不是用来害怕的。一个人没有这样的问题，一定会遇到那样的问题。没有轻易的人生，没有没有磕绊的成长。磨难和收获是成正比的，磨难越多收获就会越多……

老婆孟洁说儿子猷猷心理脆弱是对的。第一次到医院检查后，就旁若无人地大声哭泣，声音在空旷的楼道里共鸣回响。大夫很惊讶，说这是轻的，有些不知要重多少倍呢。儿子得到父母的安抚和保证，又偷偷去了女朋友家，女朋友一定也温馨地给予了安慰。从这个意义上讲真得感谢女朋友。

老婆孟洁带儿子猷猷去医院检查，大夫说效果很好，继续坚持可以痊愈。

我说，儿子，给我一个任务，咱们来个比赛。

你当国学大师吧。

我大为震惊，那可不是一般人能当的。如同高考一样，得从小熏陶。我连历史沿革都弄不清，非常怯懦国学和古文。我想当一名看上去很像的作家。

儿子猷猷没有肯定没有否定，又进了小房子。国学大师比考清华还难，十几亿人也没出几个国学大师。从另一方面看，他对这个爸爸还是很看重的。

我买了一套五本的细说大汉大唐大宋大明大清历史读本。

生活随时会开你玩笑。经过一家大医院检查，儿子猷猷的白癜风原来是一个乌龙。我们真是哭笑不得。

"涵哥"采访我

儿子猷猷的生活里几乎没有整洁、条理和秩序。每个周末下西安，我们都要战斗一番，收拾脏衣服和未洗的碗筷，将房间彻底打扫一遍，打开窗子、拉开换气扇把屋里浑浊空气换掉。这种毫不讲究的生活方式我们颇有微词，经常数落，一切如故。老婆孟洁就说不知道将来会是什么样子。其实年轻人大抵如此，早上叫不起，生活不自理。小舅孟小红两口子周末都要睡懒觉，很少搞卫生，家里不明净。知道我们要去时，囫囵弄那么一下，老爷划胡子，只能是比不收拾强一些。我原本也是一个不甚讲究的人，衣服脏了头发脏了懒得洗，形象邋遢。还美其名曰：艺术家天生不讲究，文豪的起步都猥琐。老婆孟洁讥笑说我的文豪梦和代表作就是贝尔曼老头笔下永远无缘面世的画作。我说J．K．罗琳还拿过政府救济金。经常给老婆讲世界名著，连她都会用名著里的主人公的囧事打击我。有一年给老婆家打果园墙，形容枯槁，疲劳憔悴，孟洁就说像一个逃难的。我就来了气，做了活还被污蔑，狠狠地吵了一架。后来每每拿此事数落老婆的冷漠和挑剔。我没有看到自己的情况，应该真的不怎么样。我对夫妻的看法是洛川人的典型看法：洛川人把男人叫外天人，挣钱养家糊口，搞外面的大事情；把女人叫屋里人，整饬家务，做饭支应门户，把家里弄好。没米面煤气可以停伙，有这些不做饭就是屋里人的不对。老婆不喜欢做饭，这可能与医生职业有关，妇产科很忙，生孩子是分分秒秒的事情，经常跟打仗似的一路小跑，时间长了凑合在外面吃一口成了常态。我就认为不做饭是不尽职，要拴住男人首先要拴住男人的胃。多少次疑问没有人间烟火的家还是家吗，不做饭的老婆是称职的老婆吗。母亲去世早，父亲囫囵粗饭在我的头脑里留下了太多的记忆，而餐馆里的饭菜胃又受不了，还不安全。我十分渴望米汤馍和面食之类洛川流行的家常饭。做饭几乎成了我和老婆之间口舌战斗的檄文。有一次看老婆的手机，有这么一条信息：不做饭天天跟我闹事，太疲劳了。又一条：不做饭就不能一起生活吗。这信息没有发出去，一定很犹豫也很矛盾，没想到做不做饭会成为生活的拖累。让我改变看法的是一次去同学家串门，男同学系围裙包饺子。我觉得这事我做不来，同学仿佛并不在意，公然宣称前天帮老婆洗了一盆衣服，昨天给老婆蒸了一锅地软包子……没有坐多久，我就拉着老婆走了，再坐还不知道又说做什么呢。孟洁不停拿同学比例子，说什么世界不同了，男女都一样，男人做饭是潮流。在西航的另一件事让我更是难以忘怀。周末等猷猷回家的空当也串串门子。西航的洛川人很多。有一天到一个卖烟酒的年轻人家里。同样是六楼带楼顶花园，又紧邻公路，尘土很大。到人家之后，我和老婆简直傻了。光洁明亮的木地板，一尘不染的窗户，崭新整洁的地毯，宛若到了家居样板大厅。原来一直对自己的设计、审美和家装津津乐道，到这之后立刻自愧不如，有一种糟蹋世事的惭愧。能把家收拾得如此干净，能把家什摆放得如此合适从未见过。那次之后，我改变了男主外女主内的观念，帮老婆做饭，特别是拖地抹刷，做着原本不屑做的家务，享受着一日好似一日的温馨环境，心境到底好了许多。老婆没有下来，我就学着做饭，除了不会擀面包饺子，炒菜、炖排骨、烙饼子成了炫耀厨艺的保留节目。我做饭的最大特色是杂，什么都往一起放，感觉是东北乱炖。比如将黄瓜与辣椒剁碎拌成一道凉菜，南瓜与红薯炒成一道另类的热菜，许多有名的大菜或许是一时兴起违反常规做成的。其实，做饭也是一件很有意思的事情，做饭的过程也是享受的过程，吃着自己做的饭接受大家的品评也蛮有成就感。一顿好饭堪比一道复杂的命题，一顿好饭不输任何高雅艺术。中国人讲究吃，穿越千年时光隧道的菜肴，依然色味鲜美，肴香袅袅；周秦汉唐的盛装舞步或许只是华丽筵席的前缀和后絮，南北大菜，满汉全席哪一道菜不是髯须飘飘而精神矍铄。中国历史也是一部饮食历史，方寸桌上不知演绎了多少成败兴衰和悲欢离合。大家都是普通人，既然难以做出惊天动地的事情，还不如放低架子，自己动手，过温馨而又富有魅力的普通人的生活。供孩子读书这些年，我们也改变了不少，忙忙碌碌、有滋有味地同儿子一起同行一起经历一起进步。

  理发也是儿子猷猷不愿意做的事情，每次老婆孟洁都要说儿子头发长得跟犯人似的。儿子则说犯人都是光头，总是拖沓不愿意理发。后来我专门在楼下对面的铭泰发屋办了卡，让他放学路过随时理发。有了卡之后，理发态度依然如故。没有办法我就将自己理发的时间调整与他同步，逼着一起理发。这样总算解决问题了。铭泰才开张，一拨年轻人，叽叽喳喳，奇发异服，心里觉得千万别拿我们当试验。理完之后，感觉还可以，弄出一番别样景致，对年轻人就刮目相看。等到儿子理好之后，我惊呆了，不是"汪涵"吗？小青年不知怎么活脱脱理出一个小"汪涵"，让我更加佩服了。猷猷最喜欢湖南卫视的《快乐大本营》和《天天向上》栏目，拿汪涵当偶像。湖南卫视还有一档节目"百变大咖秀"，化妆师简直就是魔术师，把并不相像的人化装得足以以假乱真。莫不是这些小青年是大咖秀走出来的化妆师。我叫了一声"涵哥"，儿子的脸一下子红了。铭泰之后他的发型基本上都是"汪涵"，我就一直叫"涵哥"。大约是到学校后也被称为"涵哥"，就觉得很受用，也不再反对。老婆倒有些不适应，明明是父子搞成兄弟算怎么回事，说出去要让人笑话。

我叫"涵哥"是有用意的。那时儿子猷猷刚刚被误诊不久，心理的压力和阴影仍然不小，学习又一天紧似一天，表情愈发凝重。我想创造一种宽松的环境。父子表面上隔代，有责任、义务和严肃在里边，实际上都是完全意义上的两个人。既然是两个人也可能是朋友也可能是父子，当然也可能是兄弟。汪涵是一个很有内涵的人，话不多，一句顶一句，是那种少有的一句话能让人喷饭的幽默之人。中国几千年儒家思想盛行，君君臣臣父父子子，天生安放了座位确定了位置，古板刻板死气沉沉，条条框框不只限制了行动，甚至连思想和语言都固化得如一块冰冷的石头。父子之间也就有了那么多渠渠道道，家里是猷猷学习生活两点一线之间重要一点，创造一个轻松的环境，不只能缓解压力，还有可能遏制病魔的发展。随着时间的推移，称呼的变化，态度也随之变化。我更愿意把他当成朋友，当成兄弟般的朋友。喊儿子"涵哥"从外表上是像汪涵，从内心也希望如汪涵一样乐观、豁达和幽默。

有一天回来，涵哥把手卷成筒状送到我的嘴下说要采访我。不是开玩笑。我问。不是，学校布置的任务。那我得思考一下。学校真不错，经常会布置一些亲情项目，从习惯养成到做饭到社会实践再到感恩以致采访父母，是一个成长递进的过程。

我给你说说我自己。

我一生最大的梦想是正儿八经地考上大学。那次吃麻黄素身心发生了严重的变化，头脑不清，画不出图，干耗了四十多分钟。如果不吃药这道题应该能做出来,数学就不会那么差,这道题成了我一生的梦魇,如同一个规律的东西一样定期出现在梦里,全身紧绷,汗水长流。题目里的"左"如同萤火虫和弹力球晃动不已,按都按不住。父亲黝黑的脸庞出现了,手里拿着柠条高高举起,这次考试又完了,这道题让我嗅到了死亡的气息。我原本想补习的,因为家里穷,补习不成。这就成了我一生不停在做的题。每一次都仿佛被人摁在水里推向悬崖,醒来之后才知道虚惊一场。所以,儿子,我希望你能替父亲完成这个梦想。当然你要考一个大学肯定没有问题的,只是考怎么样一个大学。同样的大学,985比211强。我曾希望你放一个大卫星,浙大足够大,爸爸妈妈都会满意的。

人的一生都是不平凡的,每个人有每个人的不平凡之处,只是我们不知道罢了。爸爸其实也是一个病人,小时候得过中耳炎,没有钱治,至今一个耳朵听不见。不光听不见,耳朵经常流脓,怕别人看见,每天都装着卫生纸,卷成圆条粘带。爸爸说话声大就是因为自己听不见以为别人也听不见。给领导当秘书最累,不能问第二遍,听不清只能到办公室揣摩、想象,没少受气挨训。时间长了,学会了看口型。家里穷,每年暑假都要自己想办法挣学费。一次过洛河挖蝎子,脚下一滑,掉进河里被水冲走;水如同流动的厚帘盖在脸上,扑进嘴里,几近窒息,对世界的意识只是偶尔飘过的蓝天白云的模糊片段。觉得就这么死了心有不甘,拼命脚蹬手挖终于站起来了。走出洛河蝎子全部爬到头上,同伴让我站在泥沼里用黄蒿扫下去,蝎子瞬间钻进泥里一个不剩。我又一次哭了,十几块没有了。白天不懂夜的黑。洛河边上的夜晚恐怖而阴森,沉闷的洛河水特别清晰,狗叫狼嚎此起彼伏,一点点捋走胆量和勇气。爸爸不在的时候,我和你小姑桂千珍不敢在家里睡觉,朝着夜色和印象中山上的羊肠小道一遍又一遍喊话,大人回来的时候,我们靠在门上已经睡着了,眼泪还挂在脸上。学校毕业后,分到县上工作,又赶上找对象论个子的时候,被称为"三等残废",一次次相亲见面,一次次被甩,一次次被人鄙视和侮辱。

我的视力不好,有一天飞蝇漫天,吓得连路也不敢走。急忙打电话问你妈,说是近视眼最终都会有这种情况,眼前似有苍蝇飞舞却抓不到。这是正常的生理现象不能太在乎,在乎这苍蝇就会钻到心里永远也摆脱不了。我总以为你妈在安慰我，做着有一天看不见的心理准备，门外到屋里7步，客厅到卧室4步，单位楼梯共21级，经常闭眼沿盲道行走……洛川人说，前面的路是黑的，不知道会发生什么。人的一生什么都会遇到，机会总是留给有准备的人。

福兮祸所伏，祸兮福所倚。

考上学本是高兴的事，可由于天下连阴雨，爸爸和哥哥回不了家。上学的那一天，我和二姐夫就是你二姑父走七十里路到另外一个县搭车。一路上沟河涨水，鞋都走坏了，脚磨烂了，我一边走一边哭。上了车，看到送学生的家人簇拥一起热情告别，衣服崭新，踌躇满志，而我穿着二姑夫的一件旧中山装，形只影单，触景生情，终于忍不住号啕大哭。两年中专，与同学相处，我感受到一种温馨惬意的生活，伤口由外至内渐渐愈合，人从内到外发生了根本变化。洛川人说，人有三年旺，神鬼不敢撞。时间的长河里，有你名义上的灿烂花朵，只要有耐心和永不言弃的追求，会等到翻飞和跳跃的表演时刻。我始终相信一句话，老天是公平的，多一点磨难就会多一分收获，幸运就在不幸的前面。只要有目标加上不懈的努力，时间会让石头说话，丑小鸭终会变白天鹅。你妈妈没有嫌弃我，给了我温馨而美好的爱情，相比之前一点也不差。因为写作有了体面的工作，得到了提拔，特别是上天给了我这么一个好儿子，一家人其乐融融。自己出了一本书，将来还想给你写一本书。国学大师不敢想，小有名气的作家或许可以实现。我对自己的人生非常满意，老天对我很好，感谢上苍。

儿子猷猷静静地听着，没有以往的情绪波动，脸上浮现出敬佩和兴奋的表情。屋里很静，墙上挂钟的秒步响亮地摸进耳中。

后来从网上知道1984年数学卷是那些年最难的，完全改变了以前的模仿和简单重复，开辟了综合考察临场变化能力的新方法，据说难度的跨越至今还没有超过。我的心里也就释然了。能够碰上这样的考题也是难得的经历，或许今后我再也不用在梦中答题了。

补弱项

　　一轮又一轮的模拟，紧张的复习暂时让一家人又回到了过去。我们对儿子猷猷的雄心和期望让病魔惊得降了许多。老婆孟洁说得对，身心重要，只要平安无事，考什么学无所谓。总是要失去之后才觉得不舍和珍惜，总是要经历一次又一次的劫难，才觉得人生其实并不需要那么复杂和过多的奢望，简约单纯的生活也是一种美丽和满足。

　　我和老婆孟洁也不看电视了，儿子猷猷没回来之前或者回来在小房子里学习，每人抱一本厚厚的"细说"史书仔细阅读，屋里响起了断续的翻书声，夹杂着一人两人或三人隐约的默读，好像牛羊在啃青。我读是与儿子的约定，老婆是验证看过的电视剧，比如康熙王朝什么的。履行约定，让我的肩上有一份责任，逼迫我将时间的碎片捡拾起来拼接。早先学过的历史由于时光的磨砺和漂洗，记忆残损得恍恍惚惚、影影绰绰，历史的真迹和印记如同掉进水里的纸张，铅字鬼魅爬起，丝丝缕缕晕开，答案和结果渐渐消失。记忆便如报纸开出的天窗，出现空白和缺失。聊天时说到历史人物、事件，不敢多言，偶尔聊得兴起，滔滔不绝的话语不是被讥笑打断就是由于拿不准尴尬停住……我将五本细说汉唐宋明清仔细读完，新旧记忆穿起了断裂的历史，拂去了"也许""大约"的浮尘，沉淀后的隐约和影绰唤醒了曾经风化和磨蚀的记忆，说话也有了不绝的陈腐和古老汉字的墨香。懂得了朝代兴旺各有各的不同，衰亡却惊人的相似，逃不过皇帝的昏庸，奸臣、外戚和宦官篡权，靠一个皇帝的"仁"治，终究太过理想化。后来又读了《曾国藩》《李鸿章》《左宗棠》，一个大清国靠三个朝廷重臣支撑，既为清王朝穷途末路而悲哀，又为几乎是凭借一己之力扛鼎大清国苟延残喘而骄傲。国家与家庭是何其相似，国家中兴要清明的皇帝，也要忠厚的大臣；家庭的荣誉要能干的父母，也要精明的孩子；望子成龙凤，要能供的父母，也要能念的儿女。而这一切似乎还要上苍的眷顾和垂青。回忆起儿子一幕又一幕的遭遇和对幼小心灵的次次打击，便觉得这人生也真无趣，一切努力都显寡淡和无味。

话虽如此，对他的期许时而潜伏时而显露，金灿灿的果实散发着诱人的清香。我早早地各就位，期盼着忘情采摘和大快朵颐。

老师说，要考名校就不能有弱项。高考语数英理综4门750分，有一门明显弱项就被弱项决定。老师又讲起了水桶理论，弱项就是那块最低的木板。看得出儿子猷猷是老师圈定的争荣誉的学生，一再要求家长配合学校补弱课。并不鼓励补课的高新一中要求学生一对一补弱项，说明到了非补不可的时候。清华和北大是天上的日月，也并不是遥不可及，关键要有一个摘日揽月的雄心，家长要与孩子一样怀有这样远大的抱负。又说了什么不想当将军的士兵不是好士兵，不想考清华北大的学生不是好学生之类的话。儿子的弱项是英语和语文。英语差在词汇量、阅读理解和语法上，语文因为我的原因，主要差在阅读和作文上。我们商量补一下英语和语文，征求老师的意见，老师说适当补一下英语，语文应该问题不大，她重点关注一下。还特别强调高新一中特长文科，要相信学校。学校连拿高考文科状元不假，不同学生不同个体让学生在短时间内把作文搞上去也是让人心存疑虑。带着忐忑不安的心情去学大教育报了英语，多报了些课时，将来用于语文救急。

补课之后，麻烦接踵而来。不知是儿子猷猷对补课有抗拒还是学习忙，时间常常得不到保证。说好的时间不去，只好不停地给老师发道歉信息。周末有时干脆就不回来，这课就补得有一搭没一搭的。对儿子身体的关注早已超过了成绩的关注，有限回家的时间，老婆抓紧照射治疗，时间稍长就传出了轻轻的鼾声，不忍心叫醒，我们到望庭楼下花园里散步。

关于作文，老师开始给儿子猷猷出题目，并不要求每次都写，怎么开头、议论和结尾就行了。高新一中将作文归纳出了一套格式化和数字化的程序，让作文不再不可捉摸，像做理科题一样能够把握。

必须写四段。

开头，两段论证，结尾。

两段论证即论据，一个人物一个事件或现象。

老师说改卷老师要在那么短的时间里改完卷子，根本不可能仔细地看完每一篇作文。一个抓住眼球的开头，一个印象深刻的人物，一个引人注目的事件，一个照应或洗练的结尾。800字的文章，开头约100字，两段各300字左右，结尾约100字就OK了。基本分就有了，如果文字更加优美，书写工整，分数就会更高。

听完之后，我幡然醒悟，作文原来还可以这么写，理科与文科原来也是相通的。毕达哥拉斯说，万物皆是数。世界由数构成。老子说，一生二，二生三，三生万物。就是说一是无穷大。老子又主张"无为而治"，是不是可以理解"0"也是无穷大。"0"是折起的一，一是展开的"0"；"0"肯定是数是理，"0"也是文，是变形的"口"字是无处不在的圆，这样理与文通过"0"互通转换。这样好了，有人说人从出生到死亡就是一个"0"，无谓地来这个世界上虚无地转了一圈，按照上述的理论显然不对。不然我们依然在原始社会徘徊，根本实现不了如此华丽的蜕变；这个过程要不断发生一生二二生三生万物的分蘖，要不然地球早已回到蛮荒时代，而不是拥挤到要到太空寻求新的寄宿星球。马克思说新生事物成长要有螺旋式上升波浪式前进的过程，将"0"与"一"巧妙同时变形运用，实现了"一"与"0"的完美结合。世间的好多事物都是"一"与"0"的结合与延续，再大的树也是"一"与"0"的概念，树枝是"一"，树叶是"0"；宇宙的繁星大多以"0"的形式存在，以爆炸的"一"的形式逐渐消失。我联想到了操场，正是通过一个个巨大的"0"也就是圆把"一"延伸扩展到无穷大。这样我们就能理解毕达格拉斯和老子的伟大和高明了，因为他们是在并不知道原子的情况下用数说世界进而认识世界的。高新一中作文的数字化让我浮想联翩。高中那位数学老师常常出诡异的数学魔题让同学们沉迷其中，后来自费编写了一本高三疑难数学题解，提出用哲学的文科的观点解答数学。老师也是文理兼备的"0"的最好注脚。老师的语文功底也是何其了得。曾经有一位商人发达后衣锦还乡修庙立碑，拿来一份碑文手稿让我改。我看了很久，觉得似能改又不能改，取一个字嫌少，加一个字又多，甚至标点符号也很准确。结果一字未动。老师到单位串门，说碑文是他写的，当即倒背如流，连标点也记得清清楚楚。还说许多人把"举案齐眉"错用成"齐眉举案"，并且说语出《后汉书·逸民传》。我当时大为震惊，没想到文章写得那么简洁，遒劲有力。马上觉得老师把一道道魔力无穷的数学题板述成一首首优美的散文诗歌，激情飞扬地朗诵。暗自庆幸没有改动。高新一中将作文分为四段，甚至连数字基本规定了，将看似复杂的作文简化成理科数字，进而简洁成一个正方形或三角形，有了视觉上的对称美和形式美。文章其实就是美学图形的文字反映。中国的美学就是线条化的对称。"美"字对折两边全等。作文再差的学生，对数学和图案会有直接的印象和把握，作文的恐惧感就会大为降低。

儿子桂猷猷人物选的是乔布斯。乔布斯是2012年两个疯狂人物之一。他所创造的"苹果"帝国也因为他的死受到无数人疯狂关注和追逐。我一下子买了三个版本的《乔布斯传》。生活中被咬过的苹果马上会被氧化发红发馊没有人会去再碰，而乔布斯被咬过的苹果散发出比现实苹果更诱人的香甜，亿万人昼夜排队，趋之若鹜，只为得到被咬过的苹果牌电脑、手机、音乐播放器。这个把苹果王朝推向世界巅峰的神人乔布斯，到底没有抵挡住病魔的追击，死在了最辉煌的灯火阑珊处……无数乔迷、苹果迷潸然落泪，在默默祝福乔老爷一路走好的同时，用购买"苹果"的热情去祭祀乔布斯。也许是视苹果为禁果的上帝，实在看不下去乔布斯如此肆虐苹果，就带他走了，放在自己身边更放心一些。

儿子猷猷的时间有限，我就说你可以简读，详读留给我，咱们一起讨论。我就一头扎进乔布斯和他的苹果里。

按中国人的观点，乔布斯不是一个好孩子，似乎也成不了龙凤。逼迫父母出高额的学费上据说是全美最贵的理德大学，没有上完休学去印度游历。

按中国人的观点，乔布斯不是一个称职的父亲，和女友克里斯安·布伦南生了大女儿丽莎却不承认，以致父女长期不相认，在女儿的心灵上留下了巨大的阴影。

按中国人的观点，乔布斯也不是一个诚实的朋友。同好友沃兹共同创业，由乔布斯销售的电脑雏形APPLEI，赚得平生第一桶金，而乔布斯并没有与好友完全分享。

按中国人的观点，乔布斯不是一个讲究和礼貌的人。无论人多人少，赤脚搭上办公桌，拒绝洗澡。把臭气熏天的馊味说成是体香。随便骂人，十分傲慢、无礼。

按中国人的观点，乔布斯不是一个正常的人，头脑有病，精神分裂。乔布斯固执己见，刚愎自用，明明已淘汰的产品，又偏爱生产致使大量积压。有极强的控制欲和气场，把任何人作为精神的"人质"和俘虏，永远处于领导和决策者的地位。

在中国人眼中什么都不是的乔布斯，铸就了苹果的辉煌，仅仅不到20年的时间，让苹果帝国登上了顶峰。乔布斯之死让世界落泪，不逊于任何一个元首或政客告别世界时的至上尊严。他将与爱迪生和爱因斯坦一同被铭记。

活着就是为了改变世界，难道还有其他原因吗？第一次应聘就是这样说的。

领袖和跟风者的区别在于创新。当市场调查人员汇报信息的时候，乔布斯说不需要这些信息。我们制造什么要让用户喜欢什么，我们的职责是主导风尚潮流。1984年乔布斯发布麦金塔电脑的广告是一个女人用一个大锤砸碎了象征旧世界的秩序，标志一个不囿世俗和规则的狂人以及"狂人"的日记——新一代"苹果"的横空出世。最早的麦金塔改变了计算机行业，第一台音乐播放器改变了整个音乐产业，被誉为"耶稣手机"的苹果手机为移动通信产业带来革命性变化。

密室的出路在于封闭。这不是乔布斯的语录，而是乔布斯的心声。当他和一班人在密室里生理沉睡思想飞扬的时候，美轮美奂的万千梦想碰撞交织出一幅幅超现实或非人间的画图，当微软以开放者姿态通过加盟坐上世界第一的宝座的时候，狂人乔布斯反其道而行之，以封闭管理、密不透风的运营模式掀起逆时代的狂飙，把微软拉下马取而代之。当许多人提着产品讪笑着想进入大型连锁超市销售的时候，乔布斯亲自设计建造苹果体验店傲然面世，曾经不屑一顾等着看笑话的人们，旋即加入了跟风者的队伍。复古并不是倒退，有的时候是前进甚至是飞跃。

手就是笔。当大多数人还沉浸在感应笔的兴奋之中，乔布斯要甩掉"笔"的多余和累赘，让工程师在玻璃上写字。工程师们苦思冥想不得要领。清洁工说乔老板是要在玻璃上触摸。工程师恍然大悟，开辟出了世界上第一块触摸屏。

乔布斯不走寻常路，世界已经适应了那个清瘦矍铄的老头在全球瞩目的产品发布会上如同一片树叶骄傲地飘来飘去，如同马三立似的抖着万众瞩目的"苹果""包袱"。

……

我和儿子猷猷一次又一次讨论交流着乔布斯的故事和特立独行个性，都沉浸在其荒诞不经的决定和倒行逆袭的成功之中。这个人一半是人一半是神,一半是火焰一半是海水,一半主导创新前沿一半又祭起封闭陈规,一半做上帝一半做臣民……乔布斯说我愿用我所有的科技去换取和苏格拉底相处的一个下午。我想他与苏格拉底还要谈精神与思想的助产术。

乔布斯是我陪儿子猷猷读得最为彻底的一本书,共同分享这个狂人的点滴使我们悸动、冲动和抓狂。大概没有第二个人在我们的内心掀起如此巨大的波澜。也就是在这个时候,我们谈到儿子将来上大学选修课的问题。他说选修烹饪。我有短暂的恍惚,总觉得选择随意、轻巧并略带小小的功利,与素来意义上的梦想、理想相去甚远。也许是独生子女享受过多物质的砖拍和精神的狂砸,没有生存与创业的危机。尽管如此,这次的选择比临溪而歌要好,纯粹精神层面的东西总是让人不放心。儿子从小嘴馋,从一出生嚼手指到三天一袋奶粉到后来买泡泡糖再到不挑剔的胃口,对吃的贪婪也诠释着生肖的诡异和神秘。我否定一个不能否定第二个,烹饪不错,上大学后可以选修,烹饪可以糊口,比临溪而歌保险。

就在我们长久地沉浸在乔布斯矛盾世界中的时候,高新一中又做出了一个令所有人特别是我们两个十分伤心的举动。不准写乔布斯,不准写。斩钉截铁,毋庸置疑。老师说害怕重复和雷同,要是几十份卷子都写乔布斯,不只是改卷老师视觉疲劳甚至会得出抄袭结论,那可不是闹着玩的。要求同学们准备的人物、事件或事物相互交流不能雷同。这是一个明智而又负责任的决定,对于我们却不亚于晴天霹雳。乔布斯的光环笼罩了很长时间,满世界都是这个狂人的影子和语录。

我又陪儿子猷猷看了《富兰克林传》。这位从印刷工人起家,是美国历史上第一位享有国际声誉的科学家和发明家,也是社会活动家、思想家、文学家和外交家。领导了美国独立战争,参加了美国《独立宣言》起草工作,创造了至今通用的正负电、导电体、电池、光放电词汇,制造出了避雷针,发明了颗粒肥料,创立了消防队和邮局。在这么多光环耀眼的头衔里,富兰克林的墓碑上只写了这么一句卑微的话:印刷工富兰克林。在富兰克林诸多的格言里,我牢记了这样两句,空袋子是站不起来的。给乞丐讲道理不如给一个面包。与乔布斯相比,富兰克林又让我们从激情梦幻的天空回到了平坦坚实的大地,让陡然升高的血压回到正常。这同样是一个百年不遇的伟人,给人的感觉是另一番景象。也许美国星条旗有一颗五角星的背面写着富兰克林的大名。和乔布斯相比,如同大戏中的两个完全不同的角色,声音和动作同样聚光,观者如醉如痴。我是不大喜欢看人物传记的,拜访了乔布斯和富兰克林之后,又叩响了曾国藩、李鸿章、左宗棠的大门……

2012年还有一个狂人在儿子猷猷的心里掀起了波澜,这个人就是毕业于哈佛大学,效力于纽约尼克斯队的控球后卫——美籍华裔球员林书豪。本已很成功的他,怀揣渴望到NBA打球的梦想,先后被金州勇士队、休斯敦火箭队裁掉。到尼克斯队后,就在2月10日球队放弃林书豪大限之前,先后参加了与新泽西网队、犹他爵士队、华盛顿奇才队前三场比赛中,林书豪场均25.33分并送出8.3个助攻,特别是对湖人队的比赛中,更是砍下职业生涯最高的38分,前三、四、五场比赛中分别得到89分、109分、136分,带领尼克斯豪取四连胜,荣膺NBA东部周最佳,一时成为誉满全球的"林疯狂",是NBA65年历史绝无仅有的第一人。林书豪具备了美国励志大片所有元素:美国梦、草根、走投无路、一夜之间爆发。新秀落选,两次被裁,睡队友沙发,突然之间又成了纽约的宠儿。仅这一个故事就会让我们疯狂地爱上篮球。我们一遍又一遍地分享林书豪的故事。儿子喜欢打篮球,林书豪又是华人的骄傲,更重要的是一个丑小鸭蜕变成白天鹅的励志故事。每次谈起来都手舞足蹈,忘乎所以,老婆就又说我忘记了年龄,没有正形。对了,老婆孟洁常常被我突然爆发的蹦跳、呐喊和鼓掌弄得莫名其妙,体育有那么大的魔力吗,送给了我"疯子"的外号。我说你永远不懂一颗喜欢文体的大心脏,胜利带来的精神愉悦和发表作品带来的成就感满足感把人瞬间抛到兴奋顶峰,不亚于任何一顿物质大餐。这种精神盛宴不是一次性消费券,而是可以反复刷取享用、不需付费的牛卡。体育本身就是正能量,拼搏奋斗累积的台阶渐渐把人引向人生辉煌的顶峰。我和儿子的共同语言大多来自体育,再忙都会陪他看足球看篮球,一个疯子变成两个疯子,只有在看比赛的时候我们才忘掉了父子的严肃,像朋友一样轻松自在。

老师有一次提到《把栏杆拍遍》,我问儿子猷猷《把栏杆拍遍》是不是写篮球的文章。他笑惨了,弄得我很不爽。我想起了被一个小孩砖拍的糗事。上党校的时候,门口有一家书店,几乎每天去一次。我拿起智利著名作家何塞·多诺索的代表作《污秽的夜鸟》随口念书名,把秽

（hui）读成了岁。一个大约十岁的男孩说，叔叔那个字念秽（hui）不念岁。我十分羞愧，逃出了书店。猷猷说你买一本梁衡的散文看。得感谢高新一中和儿子，否则我不会知道梁衡也读不到《把栏杆拍遍》这篇散文。辛弃疾《水龙吟》一词："楚天千里清秋，水随天去秋无际。遥岑远目，献愁供恨，玉簪螺髻。落日楼头，断鸿声里，江南游子，把吴钩看了，栏杆拍遍，无人会，登临意。休说鲈鱼堪脍，尽西风季鹰归未？求田问舍，怕应羞见，刘郎才气。可惜流年，忧愁风雨，树犹如此。倩何人唤取，红巾翠袖，揾英雄泪。"梁衡引用的是词里的"栏杆拍遍"。梁衡散文句句精彩，字字珠玑，描绘了辛弃疾报国无门、痛拍栏杆、仰问苍天的悲凉景象，这是一个人的悲哀也是大宋的悲哀。与国家与当朝相比，个人的命运是何等的渺小和无奈。似曾相识的悲剧在历史上不断上演。梁衡的散文长的厚重仓健，登高俯视，评议俊奇，华彩绚丽，若气势磅礴的大瀑引吭高歌；短的洗练隽秀，迎光把玩，反复吟咏，如弱冠溪流的低吟浅唱。读梁衡的散文，恍似痛饮甘醇，酣畅淋漓；又像离别晚餐，不忍下咽。

  我们又探讨了梁衡。儿子猷猷隔几天就拿出老师出的作文题和我探讨，有时还有他写的一段开头，总的感觉中规中矩，没有新奇巧妙，缺少抓人的东西。我说开头是成功的一半，这一百个字要抓人眼球要点明论点。我就和儿子一起开头，口写文章，有时是家里有时是楼下的草坪里有时是购物的路上……

最后的冲刺

高考前半个月，高新一中放假了。我征求儿子猷猷的意见是否回洛川。他说老师布置了不少作业，还要按自己的安排复习，最好就在西安。老婆孟洁专门请假做饭搞后勤。望庭国际的小房子就不行了，不论做什么都会影响到儿子。我借了孟小红西影路陕西理工学校的房子，专门把面北的卧室的床抬出来放在客厅，买了一个学习桌放进去。安排好这一切，我回单位上班。过了三天，老婆打电话说猷猷要回高新，还说不要人陪。罕见的是老婆居然哭了，说这事大她拿不住，要给我打招呼，让我决定。虽然心惊胆战，心里还是蛮受用的，觉得自己有掌柜的范儿。关键时候还得我说了算。我果断的说现在儿子想去哪儿就让他去哪儿，一切由他。我请假赶到西安。孟洁说儿子哭了，状态出不来，急得不行。为学习急哭了还从来没有过。必须得重视，马上要高考了，这个节骨眼上不能出问题。原来，学习的房间下面是一个灯光篮球场，理工学校的学生不论早晚，球都要打很久。砰砰的运球声、投球声和呐喊声飘上来，不时打断学习和思路。地上堆着十几摞资料，高度几乎没有降低，任谁都会急的。老婆做饭打扫卫生，有时陪儿子出去散步，这些也都有影响。妈妈叫出去，又不好意思拒绝。最后冲刺如同蜗牛蠕动得十分缓慢，终于在又一次刚刚投入进去的思想被下面打球的吵闹毫无道理拽出来之后，他在巨大的压力之下忍不住大声哭出来，推开窗子，朝下面吼叫，还带着恶毒的谩骂。老婆吓得不轻，不敢决定。感觉儿子一下子长大了，简直是一个大男人的发怒，又幼稚得好笑，住在别人的地方，还限制别人的自由，没有道理。

三天前撤过来的一堆堆书籍、学习资料又全部撤回了高新，床上、地上放得满满的，过路都要跳着走。这么多的资料别说记忆，就是翻一遍没有几天也是不行的。我们俩的心吊起来。安顿好儿子猷猷，留了钱，我们走了。三天再来，资料的高度下去不少，他只穿裤头，裸身战斗。脏衣服和方便面盒子摆得到处都是，房间有汗臭味和食物发馊混合难闻的气味。打开窗子和换气扇，把衣服放进洗衣机，找出换洗衣服，拖地洗刷，半个小时之后悄悄离开。五月末的阳光很亮很热，已经有了夏日的灼热，地上反射的热气沿裤管上行，整个人就有了上下夹击的感觉。阳光将柏油从马路里化出激活，泛水一般渗出亮晶晶的油渍，过路的车辆驶过，发出炒菜时刺啦啦的响声，呛人的柏油味便在空气中弥漫。早晨还阳光、嫩绿的行道树和绿篱，此刻就像集体犯错似的统一受训，一个姿势垂头丧气地接受罚站。我们在高新路上散步，心情受到天气的感染，闷热而难受。不让做饭，身体上轻松，心理上又有负担，觉得在这样关键时刻不能陪同，怀有想哭的内疚和歉意。猷猷说初中班主任老师忙得经常回家很晚，儿子备战高考也顾不上照顾。有一天，到儿子的房间，门后一摞方便面盒差不多有两米高，突然倒下来，滚得满地都是。老师的眼泪当即流下来，觉得自己愧对孩子，不是一个合格的妈妈，就请了一个月假，给孩子做饭。这一个月班上就出了不少问题。猷猷当时还有怨气，说老师不能这么不负责任。现在想起来，老师做的很对，只有一个儿子，只有一次高考，若在儿子最关键时刻不能在身边，这种后悔和内疚可能伴随一生。有些东西不能错过，一旦错过无以弥补。父亲匆匆走了，原本筹划了许多孝敬的项目，因为生活的拮据，因为囫囵的等待，以为有充足的时光，最终都付诸东流。现在想起来每每后悔不迭，热泪滚滚，就是搬来金山与父亲毫不相干。所以什么债都可以欠，只有良心债不能欠，不然心灵永远要在谴责的油锅里煎炸，身体要忍受忏悔的终生啃啮。对于儿子，我们该做的都做了，有基本的德行累积优势。既然答应了就不能反悔，留给充足的空间和余地或许更好。从他的角度考虑问题，嫌父母太累的因素也有，每个周末往西安赶，不止一次抱有歉意和不安。穿着棉拖鞋走路都能听见，就不用说做饭了。不做饭的时候要么无声无息地睡觉，要么就要到楼下院子里混时间。春秋两季尚可，已近夏季，不用说走路，坐在那里身上都会冒汗，所以坚决不让妈妈来做饭，也是出于多方面考虑。好在每三天能来一次，打扫卫生、补充营养。高一儿子没有进重点班，学习放松，正处第三次叛逆期，老婆说过留级的问题，当时我就制止了。留级的决定不能轻易做出，愿意不愿意效果都不好。儿子大了有自尊，留级总不是好事情，如果因此就"烂车子撂在雨地"就麻烦了。他的理想是浙江大学。浙大近几年被炒得很火，网上一度排名第三。依目前的排名，浙大也只能算梦想。话说出去了，而且不止一次说，加上我这个大喇叭的宣传，亲戚和朋友都知道了，无形中也形成了压力。从高三下半学期开始，儿子开始发威了，夜里偷偷起床到储物间学习，开始两三个人，后来带动班上十几个人一起学习。三天没有进状态能急哭，种种迹象表明这小子下了血本赌高考。想到这里，我和老婆的心情便轻松了许多，也不再为做不成饭而耿耿于怀，反而隐隐觉得值得期待。

　　高考是在洛川考的。为了接儿子猷猷回家高考，我在院子里专门盖了一间小房子。我们原来在朝北的卧室住，儿子到西安上学后，我们就搬到他朝南的卧室。他假期回来住北屋，说光线不好还潮湿，其实也就这么一说，我心里就一直放不下。高新一中还未放假，我和老婆就买了家具，装上了窗帘，买了新被褥，把房间收拾得一尘不染。考试前夕，周围工队修建打桩一打就是半夜，凌晨两三点又开始打，弄得人很烦。我专门向环保局反映，这才打到晚上十点。6月7日中午，我做了自己拿手的烙饼，将青辣子、蒜、生姜切成碎末和发酵粉一起和进面里揉匀，坐热水半小时，之后放到案上，切成馒头状再揉光，擀成圆薄饼用电饼铛烙。饼子又软又劲香喷喷的，当时还有凯悦一家人，大家都吃得直喊胀。

　　儿子猷猷每考一门，我们都想问。没有等开口，他就挥手制止，考完之后再说。考完语文，我们和凯悦一家一起到我家里吃饭。凯悦爸孙王民就滔滔不绝说作文。作文题是《船主和漆工的故事》，说的是漆工油漆时发现船有漏洞顺便补上了。孩子们出海后船主想起了漏洞未补，十分担心，以为回不来了。等到孩子们平安回来，才知道漆工顺便补上了。船主十分感动，专门来感谢。漆工说是顺便的事，不用多给钱。这个题可以写责任可以写诚信还可以写品格。看起来简单其实也是仁者见仁，智者见智。看似可写的很多，真正写起来又无从下笔，恰当的语言和例子又不多，感觉似是而非。王民就大谈责任、诚信。我问儿子的作文题目，他不耐烦地说"那些年我们补过的漏洞"，这个怪怪的题目弄得大家沉默了几秒钟，王民又接上前面的话口吐莲花。猷猷就说不要说了，作文要得零分。我当时的感觉是要么作文不差，要么真的有问题，心就悬悬的。考试结束之后，《华商报》连篇累牍地刊载"那些年"我们怎么怎么的文章，一时间"那些年"成了流行语，心里就有暗暗的期许。猷猷曾经毫不留情地让我不要说"那个时候"或"那些年"，最终在高考这么重要的场合竟然在作文的题目里用"那些年",所以回忆不能说想忘就能忘掉的。许多人的暮年几乎是靠回忆度过的。

　　试一考完,学校就通知儿子猷猷返校估分。从学校回来,他就估分问题统一思想,对外都说是600分,对内主要是我和老婆按650分掌握。娘儿俩一致要求我不要再胡说乱吹。当时,我感觉西安交通大学应该没有问题,心里有底,但总觉得好像还有点失望,小小的失望。这和浙大有差距。考完试后老婆侧面问过题难不难。儿子不止一次说不难,还加上"真的不难",一副极其肯定和玩世的语气,说比高新一中模拟题简单多了。我就对老婆孟洁说,看样子,要么考得很好,要么彻底砸了。要做两手准备,真的不理想就要考虑补习。我妻哥背过我们说,要是考600分那两个一定不会让猷猷上。我轻描淡写说到"补习"话题,他立刻说没有补习那一说。还有一次,我说你第一次参加高考,儿子猷猷马上打断我的话,我再次告诉你,这是第一次也是最后一次,没有第二次。要是没考好不满意怎么办。考什么学校都上。儿子如此坚决,弄得我们心里五味杂陈。猷猷说要到延安考英语口语,有些学校和专业要求。我刚好要到延安开会,并且同县长一起。晚上朋友请喝酒喝高了,到宾馆碰到门上,额头上掉了一块皮,早上起来把头发摆弄了很久,试图遮住破相的尴尬。儿子看到之后,问了许久,露出关心、呵护的表情。我就有些感动,说只要你考个好学校,这点疼怕啥。他就笑着说,交大应该没问题。轻松的时间是奥数里的捷径过得很快,等待的日子是繁琐的常规笔算走得异常缓慢。高考之后到成绩公布只有半个月时间,感觉有一年一样漫长。我想起了塞缪尔·贝克尔的《等待多戈》,我和老婆就是埃斯特拉刚和弗拉基米尔,焦虑地等待"多戈"的出现。原本谈笑风生的我也被老婆孟洁和儿子猷猷"统一思想"弄得沉默寡言,在谈论考试的话题上不是回避,就是一口带过。县上领导问,我把估分说了之后,领导说,不满意?你心里一定在650分吧。我就很认真地说,600分也很不错,西安没白跑。后来学校通知体检,说是国防生都要体格检查。关于国防生我和老婆都有些抗拒,觉得封闭、刻板,没有自由,将来的就业范围也十分狭窄。儿子说体检一下也行,说不定有用处。不管怎么也不上国防生。这些年管孩子多少有些名气,这名气一是我差不多每个周末都到西安;二是自己已经把自己当成教育家了,在说儿子的过程中不失时机地夸耀自己。这名气一部分是做出来的，另一部分用老婆的话说是"吹出来的"。当然我的做法多数人赞同、佩服，还有些人嗤之以鼻，等待看笑话。猷猷不只要为自己正名，还要为我证明。他也让漫长的等待弄得信心一天天下降，表态如同通货膨胀时的货币哗哗地贬值，由最初的浙大到交大最后降到西北工业大学。我就说这可不是什么卫星，最多能算是气球，响声就是比鞭炮还弱的"啪"。

公布分数那天，阳光灿烂，依然炎热，空气里藏着暗火，整个西安被兴奋、激动充胀。每个电脑前都有飞快敲击的手指。儿子猷猷到楼下经常打题的打字部查阅分数，迟迟登录不上。我就给他小舅孟小红打电话。孟小红查出分数，第一眼就不相信，专门拍了照。他给儿子打电话时卖了一个关子，说你怎么考那么一点，交大都上不了。儿子瞬间沉默，啜泣声就响亮地传过去。小红赶忙说，猷猷，你把我吓死了，考得这么好。小红打电话先给我和老婆报告，又发过来分数单。听到儿子桂猷猷的分数我和老婆孟洁都哭了，儿子的姥姥也哭了，我农村的大姐也哭了……

儿子猷猷考了683分，全省排名123名，全级排名在前几十名。

报考清华大学

儿子猷猷的683分的确让人震惊，完全超出预料，这个分数当然是他努力的结果。家有考生，不知是幸运还是不幸，心里揣着一团火，烧得人无法平静。病急乱投医，除了每日默默的祈祷，再就是见庙就进，见香就上。县上组织到海南考察旅游，我端过98元的状元灯，虔诚地点亮，默默许愿。上南海观音时，领导说千富同志先上，今年孩子高考。并且让我临时抱佛脚。抱着文殊菩萨的浑圆大脚，沐浴着咸咸的海风，在嘈杂的人群里一遍遍地请求菩萨保佑。下来之后又请了求学绶带，赋予意愿系在架上，密密的红带，迎着海风飞舞飘扬，如同一个个放飞的梦想，每一个梦想的小手都骄傲地拉着一个心中理想的学府，宛如足球赛入场的孩子们兴奋地牵手昼思夜想的足球明星。老婆孟洁到山西旅游也是跪在庙里一遍遍祈祷。这些其实是很迷信很唯心的东西，而人类思想的起源、智力的开启，无不是从苦思冥想的唯心开始。有史以来可以称得上西方文明哲学家的第一人——古希腊哲学家泰勒斯说过，所有的事物都充满了神。神鬼一直伴随我们的生活，就像影子，没有谁可以摆脱。唯心的东西也是心灵的安慰。心静则静，心安则安，心灵的慰藉有时比物质的东西更重要。能够做到坐怀不乱，见利不取是心安心静使然。

从分数出来的那一刻起，学校与孩子和家长打起了暗战。我和老婆孟洁赶到西安陪伴儿子。填报志愿也是一件大事，马虎不得，每年都有因为志愿填报疏忽或不准确，造成高分低校或不得已上不想上的专业和学校。过去是分数公布之前报考志愿，这里有赌博的意思。只要估准分数，结合历年录取人数、分数、热冷学校和专业可以用低分冲击好学校好专业，不少人偷袭成功。分数出来之后全省排名一目了然，想偷袭不行了，录取又公开、透明，这志愿好报也不好报。猷猷的这个分数清华、北大偏弱，其余绰绰有余，要上清华、北大只能报国防生和定向生。国防生我们很抗拒，定向生又不十分了解。儿子几乎整天在学校，回到家里老师的信息隔一会来一个，无非是要报清华、北大，千万不要错失机会。学校有学校的考虑，高新一中国际班也办得风风火火，每年都有考进世界前几名大学的学生，而在国内，真正比拼的是清华、北大。高新一中从2006年起，已连续8年有状元，文科更多一些，有两年文理状元都在高新一中。西工大附中状元少，清华、北大的绝对数一直压着高新一中。2012年西工大又拿到理科状元，高新一中还是文科状元，大有超越之势，高新一中自然对清华、北大生更要重视了。分数超过线的根本不用管，主攻就是分数偏弱，可上可不上的学生。猷猷就在其中。班主任、副校长轮番做工作。

老婆孟洁的任务是不让儿子报医学专业。她是学医的，工作越来越难，医患关系、医疗纠纷不管错对，医院和医生都成为焦点和旋涡，身心十分疲惫，不堪重负，经常说不想干了。半夜来电话，我们都会被惊起，许久不能入睡。曾几何时，医生是令人羡慕的职业，现在完全成了惊弓之鸟，这世道变得有些陌生和诡异。老婆曾在西安的一所大医院进修，晚上一口气收了三名重病患者，第二天遭主任一顿臭骂，说是有风险，不该收，打发走。这样的医院都不收，不知还有哪家医院愿意收，医患关系紧张的直接后果造成两败俱伤。而患者永远是弱者，危重病人医院不收，只能死路一条。这也不能全怪医院，一旦病人危重或死亡，患者大闹医院，不得不用钱了事。长期下去，医院自保，医生保身，不收危重病人，最终受伤害的还是病人。乡镇领导也曾引人注目，蜂拥角逐，近几年也是体面全无，颜面扫地。只一项上访就把人能整死。无论做什么，99%的人同意，一个人不同意，事情也可能办不成。不收税了还补贴，工作仍然难搞。动不动就上访，一上访领导一批示，要么退步要么拿钱了事，长此以往上访就成了一些人的杀手锏。我经常想，有的是司法机关，为什么还要信访局。领导批示难以排除抹事给压的嫌疑，真正的情况并不了解，不按领导的意图办最直接的后果是乌纱帽就要保不住。依法治国，是依照法律规则办事，减少人干扰法律的情况，而我们则正好相反。司法、审判、公安机关门前冷落，而政府门前若市，上访越阻拦越多。某一天撤销信访局，领导一律不批示，强化司法审判机关，一律依法办事或许要好一些。基于这种原因，我也不想让儿子将来搞行政，这里有太多的陷阱与暗坑。在我的暗示引导下，他对行政兴趣索然。教师被尊称为先生，之乎者也论古今，三尺讲台道天下，曾经是何等的风光无限，如今也被世俗掏空捏扁，唯留隔了很久时光的先生长袍遮羞。现在的情况真怪，父母搞什么，不希望子女接班，子承父业的美好时代一去不复返了。其实生活中没有哪一项工作是好搞的，行行出状元，行行有难处，只是这行不知那行难罢了。

  学校通知，清华、北大、上海交大、浙大等名校老师亲自到学校招生，面对面解答学生和家长的疑难。到学校的时候，高中部大院子乱成一窝蜂，家长与学生还有老师把原本宽敞、安静的校园弄得拥挤、杂乱。三个一群五个一堆议论纷纷，有胸有成竹的激动与兴奋，也有欲速不达的失望和忧虑。清华、北大不愧是名校，各在一楼占一间大教室，解答问题的老师文质彬彬，口齿清晰，不厌其烦。一拨又一拨同学和家长进进出出。儿子猷猷在一楼大教室之间徘徊，让我和老婆去二楼，自己始终沉淀在一楼，碰到同学、老师说自己搏一搏清华、北大。如此旁若无人的回答，弄得我们也是心怀忐忑，不无尴尬。我们上了二楼，首先到上海交大招生处，报了分数，招生的老师立刻满脸笑容，放下电话，约好细谈。随后去了复旦、浙大，待遇一路绿灯，一个比一个热情。我们就慢慢地在二楼逡巡，享受着儿子带给我们的荣誉和快乐。我和老婆商量报考上海交通大学，曾有一位同事的孩子上了上海交大，如今在新加坡，工资以十万为单位计算。复旦大学也不错，有一个专业全国排名第二。当我们把想法告诉了他之后，反响并不热烈，说校长和老师在外面要见我们。校长和老师几乎异口同声说报清华、北大。我们就说上交大、复旦也行。老师说交大、复旦这两年给陕西的专业都不好，你把这话拿到招生老师面前问是不是事实。我们就有点语塞，不知道这么多的情况。老师就说清华、北大的牌子多亮，全国数一数二的学校，"211"的"2"是什么，就是清华北大，然后才是"11"，能上顶尖的学校不上想不通。老师如此解读"211"让我很惊讶，完全是为我所用的功利诠释。老师精神疲惫，口舌干燥，但态度坚决，意志坚定。我就说了国防生管理严、不自由之类的担心。老师说上国防生的学生多了，晚上找上届师兄问问情况。我们又回到上交大、复旦大学招生处，把老师说的话端出去，都承认投放的专业不是很好，立即决定只要报考，可以调整专业，最好的专业也可以上。再次见到儿子猷猷，根本不让说话，被带到清华、北大招生处，老师说国防生不同于军校院校，有比较大的自由空间，每周上

195

一次操，有一些活动，其余和普通生一样。在老师和家长对峙的时候，我把权利交给了儿子，你也大了，有权利选择自己的未来。那时的情形，我们已控制不了，交权也是不得已而为之。猷猷就显得有些激动，让我们回去。一再嘱咐真正填志愿的时候，要让我们知道，最后把把关。下午四点钟，手机信息显示儿子填报志愿成功。我急忙打去电话，儿子说报了清华国防生和北大医学部。老婆孟洁不干了，当即哭得鼻一把泪一把，骂儿子白眼狼根本把人没放在眼里，还不忘刺激我，说什么还以为把你这个整天围着转的父亲放在眼里，还不是一样，有什么意思。我就劝老婆，北大医学部出来的医生不会在县一级，至少在市一级，病人文明得多，医生的荣誉感、自豪感仍在，受尊敬有尊严。儿子回来，我叫到楼下草坪里，详细地告诉了我们的想法和此行的目的。志愿最终确定的时候，至少打一下招呼。他说见过了学长，说国防生和普通生没有多大差别。老师说清华、北大在首都——国家的心脏，国家元首、知名学者、音乐家和教育家经常光临，那是一个无法想象的平台。儿子早已被学校洗脑了，不仅不反思自己的行为，甚至还带着得胜回朝的骄傲。想想就有点恨学校，把儿子绑架了一般，信息如同风筝的引线，冷不丁"滴"地冒出：清华没问题。国防生也不错。老师肯定不会给你操坏心。你是老师的骄傲……如此这般，儿子便被控制了。我见过被洗脑者，传销把人弄傻，偌大的脑子没有思考的余地，整天做着三岁小孩都耻笑的白日发财梦。用洛川人的话说，这个人完了，傻到了把他卖了还帮人数钱的地步。推销的也是一样，见到人马上跟打了鸡血一样，滔滔不绝，连篇累牍，产品天上不产地上没有只有他有，产品就是救世主，直到投降为止。还有一位学中功的女人，拿着一本书傻念傻练，不让人摸书，说师父会知道，人整个废了。换位思考，如果我是老师或校长也会如法炮制，这是现实也是国情，许多事看上去由你其实由不得你，从今往后会更是如此。我不能再训儿子，他有权决定自己上哪所学校。毫无疑问上清华、北大是首选。他本身邋遢，上国防生或许有所改变。其实妈妈并不是真的要改变或决定什么，只是不希望你报考医学专业，即使要报也要说服妈妈。清华报了，万一录不上怎么办。老师说没问题。记得有一年某校将多名学生的志愿霸道地填报了，弄得许多学生没有上到理想的学校和专业，家长与学校对峙了许久。你得向妈妈道歉，必须道歉，没有为什么。他笑了笑，拉起我回家。看样子别说道歉，挨妈妈一巴掌也行。我又想起了两个邻家教授的情形。儿子就要从自己的掌上放飞，深邃的穹空，有温暖的太阳，有冷峻的明月，当然也有漆黑的夜晚更有风雨交加的日子。父母和儿女总有分别的这么一天，儿子大了本该高兴轻松，我怎么也兴奋不起来，已习惯相依相处，陡然不见，心旷如黑洞。

儿子猷猷顺利被清华大学录取了。

我不止一次问儿子猷猷，你放了一颗最大的卫星，真是出乎意料。他不无骄傲地说，我从没有放弃对清华、北大的追求。其实后来的模拟，状态已经出来了，有一次达到620分。最后一次模拟儿子给妻哥的女儿孟涵说有好几道题故意没有做，把波峰放到高考。体检身体的时候，孟小红说国防生不好，猷猷说要上只上清华、北大的国防生。孟小红吓得闭上嘴，觉得有吹牛的嫌疑，一直没有敢给我们说。儿子估的分是680分，给老师说了，他还是给我们留了一手。志愿报过不久，老师的孩子得了白血病，我们给吓住了，半晌无语。从小考、中考到高考一路走来，每次升学考试都有什么发生，而且都与儿子有关。那几天他的心情很不好，动不动就流泪，一连几天早出晚归，想见老师和孩子，没有见上。儿子猷猷的眼泪就流得更加肆无忌惮。

第五辑

实用的中庸之道

初二的时候,儿子猷猷问过我一个数学题,要在Ａ小区和Ｂ小区之间建一个商场,选什么位置合适。这么简单的题没有难度,在ＡＢ之间中心点修就行了。儿子当时有疑问,不会这么简单吧。从学校回来之后就说部分对了,是一个相对的距离,只要路程上相当,那一段距离上任何一点都行。这其实是一个很普通的问题,让我想到了中庸之道。

孔子的中庸之道,是一个很复杂的哲学命题,奠定了儒家思想的基石。儿子猷猷读《论语》的时候,我认真读了于丹的《论语心得》。《论语心得》将晦涩难懂的论语原著简约简化以至如何在现实生活中使用都图画白描式地勾勒得一目了然。即便一个文化素养不高的人也可以拿来使用。《论语心得》如同一石激起千层浪,有人感谢于丹将《论语》白话普及,使束之高阁的国粹走入寻常百姓家,使一些一生或许无法接触到《论语》的人也能恰当地"子曰诗云",信手拈来;而另外一些似乎是象牙塔的文质彬彬的学者教授们打起了《论语》保卫战,什么于丹将《论语》庸俗低俗化,于丹不懂国学是对国学的亵渎和抹黑,诱导了盲目的跟风和简洁的鼓噪,扰乱了神圣国学的严肃和深入研究的秩序……我不大懂国学,上学时背诵原文和注释原著都是两大难题。猷猷让我奋斗国学大师,不知是平时煞有介事侃侃而谈的虚幻蒙蔽,还是仅知的古文、典籍恰当的运用,这个贫瘠的父亲貌似学问多多,或可成师。我没有研究过国学,买了不少书,如同骑自行车走坎坷石子路很快就走不下去。于丹现象值得深思和肯定,一个人让可望不可即的《论语》国学回归大地回归普通人的心灵,让本无法感受到儒学真谛的下里巴人心潮起伏地阳春白雪,需要教授学者的本领更需要谦下的站位和深厚的功力。许多自以为是的学者教授将国学研究成小圈子小领域小语种,好像专门为研究而研究为高雅而高雅,读不懂弄不懂方显高深成功,读懂了明白了就是底层失败。于丹的走红,猝不及防地触动了"吃不到葡萄反说葡萄酸"的心态,沉不住气地砖拍、抹黑、踩踏,如果有更多的于丹,国学或许可以更好地弘扬和普及。

中庸之道就是为人处世之道。中庸的本质是保持合乎周礼宗法等级制度之秩序，直白说就是反对过与不及，在两端之间把握一个中点或度，有量的增减不会质变。按宋代学者程颐的观点是"不偏之谓中，不易之谓庸"。说得再通俗一些就是为人处世要低调，不能张扬跋扈，不可一蹶不振。这让我联想到儿子问的AB之间选商场位置的数学题。借鉴高新一中将作文数学化的理念，中庸之道其实也是一道数学题。中庸就是两点一线如下图所示：

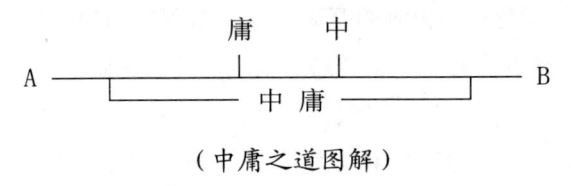

（中庸之道图解）

人在中庸之道的位置如同那个商店的选址。

总结：中就是中间，庸就是比中间还要偏下。中庸就是中间偏下的位置。人行为处世要低调不能张扬，不能冒进也不能停滞不前。形象地比喻就是马、驴、牛三种交通工具，应该选择骑驴，赶不上马比牛快，快赶上马就缓一下，要落到牛伍就快一下，永远不出头不落伍。邓小平同志说过要警惕右，但主要是防左。左与右的问题一直困扰着中国的发展。

我曾经在一篇小说《人在仕途》里简要阐述了中庸之道，受到熟识人的猛烈抨击，说我将国学精粹解读得低庸、简单和肤浅，是对儒学经典的亵渎和侮辱。可能对儒家礼制条条框框的古板和沿袭至今上行下效、人云亦云顽疾的反感，也可能一直难以进入学者忘我境界触及国学的精髓，一直对儒家哲学抱有敬而远之的心态。记得上党校期间，古典哲学老师是国学的狂热追求者，经常爆料孔子学院在外情况，南洋儒家哲学研究如何火爆以及自己研究成果如何斐然，激情飞扬，引经据典，自我陶醉。那时我正沉浸在五彩缤纷外国名著的大观园里，列夫·托尔斯泰冰清玉洁的群雕，巴尔扎克九曲百回的宏栋，海明威忧郁苍凉的长调，莎士比亚气势恢宏的大剧……除了冗长精彩的铺排，妙笔生花的语言，栩栩如生的人物，发人深省的启迪，令人印象深刻、忍俊不禁的是对话的轻松幽默。激动之余，我写的论文题目是《试论儒家古典哲学对中国文学的负面影响》，其中引用了两个自认为著名的例子。一个是连秦皇汉武都不在眼中的毛泽东面对父亲专政，不得不下跪，后来解释是单腿跪，跪给独裁者。这个幽默来得如此之晚也让人笑不出来。而里根任美国总统时的白宫办公厅主任里甘的老婆与儿子发生矛盾，儿子跑到了海滩，坐在空寂无人的长凳上。里根问儿子何时回家，儿子说，那要看你老婆会不会向我道歉。一句话让人喷饭。这不是一句简单的回答，需要长期宽松、幽默的环境熏陶。爱丽丝·门罗说，你灵魂里的一滴仇恨，会扩散开来毁掉所有色彩，就像白牛奶里的一滴墨水。这种冷幽默可以掳走你的灵魂。国人也不乏幽默的天性，只是让严格的宗法礼制扼杀了。我们为什么抓狂地喜欢美国大片，除了奇特的构思，宏大的场景，不设防的讽刺，再就是幽默风趣的对话。我们则老是摆出过于正统的面孔，千篇一律的说教，把观众都当小学生，难怪大家都要逃离影院。《泰囧》有多么深奥的主题吗，只不过是一部搞笑片，为什么可以刷新票房纪录，让电影回到了简单的主题，可以无负担地观赏，忘情捧腹大笑，暂时忘记了现实生活中的囧人囧事。电影真的要那么严肃的主题吗真的要承载那么多吗，我看简单的能让大家捧腹的电影就是好电影。时光拂去了笼罩心灵上空许久的严肃云雾，伸向新生活的纤手毫无知觉地拉平了额头沧桑的皱纹，古板的素描肖像和发黄的线装书玩起了提线木偶，幽默搞笑的红鼻子频现于生活与文学作品里。我小挑担的儿子帅帅就很幽默，有一次老婆带着出去逛街，他不想走了，老婆就买了冰淇淋，帅帅就想坐出租车回家。老婆让在冰淇淋与出租车之间选择。帅帅吮吸着冰淇淋问，为什么不能吃着冰淇淋乘出租车。还有一次，妈妈买了一条时髦的裙子穿上让儿子看。帅帅看了好一会儿说，妈，你穿着这条裙子像一句没有写完的句子，读起来不通顺……如此跨界的比喻就是一个作家也未必想得出。一时冲动与哲学老师唱反调，自认为论文过关的可能性很小，没想到老师破天荒地把我叫到办公室帘后一个做学问模样的一隅，线装发黄的古典书籍砖一样把摞得到处都是。老师的表情古板，声音沧桑，信手拈来的古典名言在四周飞翔，书香和霉香环绕充盈，泛黄的墙上似有儒学大家严肃而古板的面孔闪现。没想到老师对我的勇气进行了表扬肯定，论点有点过头却不无道理，似能反驳而又无法一击致死。中国古典哲学、西方古典哲学就是在这样否定之否定中前进和飞跃的。那次我的论文是第二名。老师说这已经很高了，是心中的第一名。

时间是负重，可以沉淀很多东西。度过了轻盈的校园生活，走入混浊的社会，风摧林梢、落后挨打，不期而至的挫折如同风雨琢蚀了许多棱角，遍体鳞伤的思想在一次次挫折和伤痛之后学会功利和讨好的思考与沉思，纷纷扬扬的思绪让时间梳理得光滑顺溜，虚无缥缈的理想和梦想从无垠的天空沉淀在坚实的大地。

从乡镇回来之后，我走上了中庸之道，戳破了仕途五彩而虚幻的皂泡，由浮躁趋于实际和平静，不管谁说什么自己有老主意。人的一生精力有限，顾了这里就顾不了那里。上天也是很公平的，给你关上一扇门会打开另一扇门，堵死一条道会打通另一条道。我是2005年回部门的，距退居二线还有十年时间，十年有黄金十年有奇迹十年有目标。对于工作，我想十年之后让人们要记住我的名字。这在洛川并不是普通的肯定，而是很高的评价。到文物旅游局的最大变化就是清闲了，可以正常休周末和节假日，而在乡镇休双休日又稀罕又胆怯，防火防汛防事故时刻挂在心头，最担心的是上访。乡镇长的头上有十余个"一票否决""捋帽子"和责任追究的条款，每天都戴着脚镣跳舞。黑格尔说：皇宫里的人与茅厕里的人想法不一样。这其实也是朴素的唯物主义。洛川人爱说到哪一步说哪一步的话，是一样的道理。文物旅游局是县政府的直属事业机构，排名倒数一二。县上领导到处说旅游是第三产业龙头，也是全县继苹果、工业之后的第三大产业，明显存在炒作和安慰的嫌疑。还有更看得深的，调你回来就是给别人让路，书记是不会给你的。凤栖镇的书记可能不给我，而其他乡镇书记肯定会有。几年局长当成老资格，便有人鼓噪我找领导去一个大局，并且进行了详细的分析，自己的贡献能力云云。此时我已完全适应了中庸之道，开会朝后坐、会上少发言，把自己混同于一个普普通通的老百姓。安于中庸之道的最大好处是，我学会了往后看纵向比。往后看的最大安慰是不如自己的人很多，特别是曾风光一时夸下海口的人，让生活教育得服服帖帖，如一颗鹅卵石随水而动随遇而安，心里就有小小的幸灾乐祸。纵向比是与自己的过去比，就像GDP一年比一年高，人们都说GDP里有水分，但总的是在上升。个人纵向比是实实在在的，自己是一个农民娃有了体面的工作有了属于自己的家，比起已坍塌的土窑不知道要好多少倍。这个时候我很满足，高兴得梦里都能笑醒来。

我是不太朝前看的，比我强的人有的真比我强，有的原本不如我，谁知道怎么就比我强了，其中有真本事的，更有本事以外的因素，胸中就回旋着不平的愤懑，有要骂人打架的欲望。好在咱有中庸之道，驴要赶上马了，自不量力，"吁"的一声暂停；等慢腾腾的牛蹄在身后伴走，就"丘"地催促驴快走几步，形成"一头驴带着一群牛"的自豪架势。洛川人爱说人比人气死人，人比人活不成。为了与人攀比断弓折箭，等驴奔到马里，说不定驴就一命呜呼，那时连牛伍都没有位置了。中国之大无奇不有，天外有天，人上有人。做自己喜欢做的事，干自己愿意干的事，不紧不慢，不急不气，往后看纵向比，知足常乐。我如此理解中庸之道，做好了让人骂的准备；我始终认为儒道法家的思想是个聚宝盆，挖的人不同得到的宝贝也许不一样。

　　书记说我颓废，我自认为是境界，从原本激烈逐利的战斗中自甘旁观需要勇气和内涵。还有好多人说我自甘平庸，人淡得如一杯喝了很久的茶，淡而无味。其实，我选定了工作以外的目标，一个是培养儿子猷猷，一个是读书写作。当周末、长假和八小时之外的时间如泉涌一般外冒的时候，必须做点什么，不然会被沼泽吞噬被时间淹死。我用周末的时间陪儿子，与他同行，有身体疾病看医生，有心理问题施展三寸不烂之舌说服解决。如此做法许多人不苟同，甚至不屑一顾，事实是没有人争锋，道路宽大，没有压力。我看书学习，每年获奖小说热门作品悉数阅读，保持写作的语言时代特征，不至于落伍。这也没有人与我争，曾经喧闹的文学路上已冷清得有些寂寞和孤独。想当初随便问一个人很少有不想当作家的。剩下空余的时间，就想一些需要认真思考和谋划的事情，比如儿子猷猷的青春期、早恋以及弱课，比如小说的构思、线索和细节，我随手将梦境记在书的扉页，将生活中传说的故事和发生的事件揣摩成一篇文章的骨架……我说过十年里有很多，第三年我出了一本小说集，第六年儿子考上了清华。在陪同猷猷决战的日子里，我除了读书，还写了一篇中篇小说《丢失的安全套》，几乎与儿子上学的同时，发表在《延河》文学期刊上，反映缺乏信任的婚姻生活，因为安全套的丢失导致猜疑、吵架、几近离婚，引发了许多读者的共鸣，都说离生活太近了，好像就发生在昨天发生在身边。

　　做自己的事让别人去笑吧。

　　我曾经写了这么一首诗，很适合多年来的心境。

走

每一个奇迹都是相对的间距
每一次成功都是相比的高度
许多时候
只需再多走一步

在绵长而寂寞的时光里
坚持行走
　　　　超
　　　　　越
　　　　　　又一次
　　　　　　　……
还有黎明前黏稠的黑暗
还有终点前极限的狙阻

如此，遥远的梦想天宇
挂满了仰望与追逐的巨幅
即便是童话与传说的笑谈
也会被时间沉淀析出
这一切一切的背后
原本谁都可以做主

把孩子攥在手中

回顾儿子猷猷上学的过程,最值得总结的是"攥住孩子"。在儿子的教育上,我们协调一致,小学以老婆孟洁为主,初中以后主要由我负责。而且步调一致,一个管教另一个不得袒护,哪怕错了再改,不让他觉得我们之间有缝隙。老师不改作业我们改作业,亲自辅导奥数;到西安后,周末陪儿子,了解学习上身体上有什么问题;经常和老师沟通,侧面掌握情况,确保不出大的问题。洛川人说"不走大跤"。把孩子攥在手中,不是一件容易的事,需要失去很多乐事,需要把思想的手伸得很长,弥隙补洞,亡羊补牢,抓住现在。

现在的年轻夫妇都比较忙,这种忙有两种含义:一是工作的确很忙,二是工作之外忙着玩。孩子都交给父母看管。父母相对于夫妇是"父"字辈,负有教育的责任;相对于孙子则是"爷"字辈隔代了,没有必须的责任。洛川人说爷爷孙子没辈分,可以开玩笑,不遵守严肃的长幼尊严。爷奶眼里的孙子,用洛川人的话是"璠铠",就是玩具的意思,特别爱惜,拿到手上怕掉了含到嘴里怕化了,孙子怎么样都行,到了溺爱的程度。会说话的时候,奶奶会指着爷爷教孩子叫爷爷的名字教骂人。听到孩子会骂人,奶奶会说"看我娃亲的,都会骂人了"。能动手的时候也会教打爷爷奶奶。这并不是耸人听闻。一次去朋友家串门,朋友一进门,孩子扑上来,在爷爷奶奶面前照父亲的脸就是十几个巴掌,扇得叭叭响。我就说怎么能这样。爷爷一边吸水烟一边说,别说打他爸,打我们老两口也是一样的。我对朋友说,不能这样,大了就不好管了。朋友说还小不急,孩子后来变得无法收拾。隔代看管孩子,重看轻管,看孩子吃喝拉撒睡,看孩子数数识字;管是父母的责任。爷奶的心态是对的,毕竟不是自己的孩子,管得严怕晚辈说怕晚辈甩脸子。爷奶也管,这种"管"是降格的管,甚至是"惯",实在生气时的伴管。爷奶打孩子往往没把孩子打哭反而打笑了,孩子不仅没有收敛反而变本加厉。这种"管"越管越糟糕不如不管。时间久了,孩子会把"管"的概念搞得很清楚,不是你管我,而是我管你,等到父母真管时就难了。如果父母再没有一点"牙劲",就管不住了。可惜的是许多年轻父母图自己风流快活,将孩子交给父母看,以为连"管"的责任一并转移;爷奶则很清楚,看没有问题,管是父母的责任,只看不管或轻管不能越俎代庖。洛川人爱说孩子"犟"打不下,就是孩子被惯"日蹋"了。这不能怪爷奶,只能怪父母。可是一些父母不反思自己,一味数落自己的父母。爷奶偷偷落泪,看了孩子还落不下好。还有一位爷爷面对晚辈的数落则理直气壮:我可以管你娃的吃喝,管不了你娃的学习和做人,那是你们的事。我要为这位爷爷鼓掌。打个不恰当的比方,孩子是父母生的,是父母的"产品",不是爷奶生的就不是爷奶的"产品","三包"的责任不在爷奶这儿在父母这儿。因此,当孩子大了懂事上学的时候,一定要把孩子接到自己身边,接不到身边必须接管管理责任。否则,用洛川人的话说到时候"哭都没有眼泪"。不要嫌啰唆,不是埋汰爷奶隔代管理的辛勤付出,而是提醒父母及早履行职责。

不能过早地把孩子放到社会

谈到教育孩子，爱说的是家庭、学校、社会。社会排在第三位。尽管教育的最终目的是要让孩子走向社会独立生活，但必须做好足够的储备和具备起码的甄别能力。我们常常把"社会"拟人化了，与父母、老师具有相似的定位和形象，实际上这是个错觉，甚至大错特错。这种修饰误导人再进一步是误人子弟。我很怕社会。社会是个大杂烩，三教九流，良莠不齐；社会是个大敞开，高山大凼，没有栅栏；社会是个大染缸，纯色进去，杂色出来……这是文明的说法，关于社会的认识，想必每个人都有自己的看法。孩子太小不懂得好坏，不知道什么可以什么不可以，过早让孩子走向社会必然要冒学坏的危险。有人还说社会是淬火的缸，会让孩子迅速成熟成人，说不定能成大器。而我宁愿他不是英雄名人，是一个快乐生活的健康人，不愿意冒这个险。洛川往西安送孩子的人也不少，早先送下去就万事大吉，一个学期也去不了几次。周末孩子就到社会上溜达，进网吧进卡厅进游戏厅，如此好玩的社会很快把孩子头发染黄了、指尖熏黄了，人也就黄了。我决定送儿子猷猷去西安上学的那一天起，就和老婆孟洁商量每周至少一个人要到西安看孩子。高新一中初中部管理得很好，孩子始终在老师的视野之内，一旦有问题迅速与父母沟通，拿出可行的解决办法。一周不出校门，周末放学到家的时间约两个小时到两个半小时。回家之后做作业，星期天下午有两三个小时的自由活动时间，要么在家要么去学校，不能到社会上去。星期天晚上我们回到县上，还要打电话问情况，有时也发温馨的问候、祝福的信息和鼓舞人心的段子。亲自参加家长会、认真听仔细记，及时讲给孩子听。每学期见一至二次班主任或弱科老师，了解学习和心理变化情况。在家里，主动与儿子沟通，不愿意说话找感兴趣的话题，用关心关爱掏出哪怕是隐蔽角落里的尘埃和蛛网；遇到社会问题成长烦恼，和风细雨说服，润物细无声，直至解开心结，千万不能绕开走，更不能视而不见不解决。有一次猷猷问我作文开头，我很认真地讲，他却摇头晃脑，心不在焉。

我心里很窝火。我说你态度不好,不是我要给你讲,而是你要我讲,不好可以指出,不能这样忽视别人的劳动和情绪。你必须向我道歉。儿子借口冲澡冲进卫生间。我一直在外面等候,他一开门,看到我,急忙道歉。还有,与早恋和性有关的问题,虽然难以启齿,但必须面对。许多东西是人为搞成秘密的。看了国外性教育教材,图说人生与性,那点秘密完全拿到阳光下,取名"完全正常",完全无秘密可言。猷猷等待上清华的假期,和同学玩疯了。我说酒可以少喝,要喝就喝点啤酒。酒喝大了,人就把持不住,会做一些意识之外的事。你和妈妈天天劝我少喝酒,看到爸喝醉的样子,就知道酒醉了多丢人。父亲烟酒茶我只继承了酒。2001年的时候,戒了烟,茶也不甚喝,喝了睡不着。只是酒禁不了,试着禁了几次,因为工作的关系,也因为有了酒瘾,禁不了,常让老婆和儿子数落。烟最好不要抽,对人伤害太大。与别人"好"要人家愿意,不能硬来,那是犯罪。洛川人说的"好"包括发生关系。毒品则坚决不能沾,那是要命的。猷猷说知道知道一连十几个。我说别不耐烦,听不听在你,说不说在我,这是我的责任。

　　手机也是一个可怕的社会。我给儿子猷猷的手机主要用处是平时联系,而且必须放在宿舍,不能带到教室。高新一中也有要求,凡在教室打手机一律没收。高三时,把手机带到教室,立刻被没收了,他没有向老师要也没有要求再买手机。许多孩子因为没有把握好手机,泥鳅一样溜进了花花社会,上网、聊天、玩游戏、查答案、看黄色东西,完全沉迷其中,父母还蒙在鼓里。那次吃饭,儿子猷猷叫的同学,一直在桌下玩手机,我就很生气,好好给上了关于手机和电脑的课。尽管他一再说要下载作业,我要么带手提电脑,下完之后就带走,要么让他到门口打印部下载,始终没有购买电脑。手机和电脑里的社会比真实的社会更可怕,现实社会的背面不容易看到,有个缓冲的过程,而手机、电脑里的社会是虚拟的,许多东西措手不及地蹦到孩子面前。有的时候展现的多是背面。家长必须要管好孩子的手机和电脑,准备一个降妖的魔瓶,随时想办法将溜出来的社会收回去。

拽住叛逆期的离心力

　　孩子与父母对峙和战斗的本质是本我的争夺。父母管教孩子，希望按自己或"普世"的思路走，而孩子的叛逆则往往希望摆脱父母的影响和管束，按自己的想法走。父母是圆心，孩子是奔跑者，圆周的大小取决于父母的拖拽力和孩子的离心力；虽然圆周注定要越来越大，孩子最终会消失在视野里，但是，放不放手什么时候放手需要很好地拿捏。儿子猷猷的姥姥是家里的掌柜的，说一不二，把家管得很严。有一天，她开了会，说今后把掌柜的交给我妻哥孟高宏，要退出历史舞台。我们都不太信。姥姥说到做到，哪怕有时做得不合意思，也只是笑笑。感觉有一场嘴仗，结果什么事也没发生。这个老人当得真好。洛川人在孩子长大的时候，成了家，一般都会有一个分家会，郑重其事地将掌柜的进行移交。在孩子还小的时候不懂事的时候，父母是主导者掌柜的，需要时刻关注孩子，有力地拽住孩子，防止离心力过早带走孩子。儿子三个时期最费人：三四岁的时候、十四岁上初二的时候、十六岁上高一的时候。严格来说，三四岁不算叛逆期。三四岁正好是我们将儿子从姥姥家接回来不久。猷猷是我家和老婆家这一辈中第一个男孩子，自然受到特别的关爱和呵护。在农村与村里的孩子刨土窝子钻麦垛子赶猪撵鸡，学会了不少坏毛病和骂人的脏话。国人讲"人之初，性本善"。我看未必，还在褓襁之中的孩子以咬人抓人取乐，怎么能是善呢。外国人说"人之初，性本恶"，同样走了另一个极端。善恶是后天教育的结果，哪有一生下来就知善恶的。儿子刚懂事起，就学会了撒谎、骂人，把钱拿出去给小朋友买玩具。从姥姥家接回来不久，我和老婆孟洁就履行了教育职责。三四岁的孩子可以讲道理但似乎没有多大的用处，老婆每次送儿子上幼儿园，走时都要叮咛说老师好阿姨好叔叔好之类的文明话，用处不大；经常把儿子按到床上讲不能拿别人的东西不能骂人撒谎，也是对牛弹琴。终于在拿钱买枪和骂人之后，我们忍痛狠揍了一顿。起初还以为是姥爷和姥姥那种打，横眉冷对，满不在乎，大有一决高下之势；渐渐觉得不对了，兔子没在旧窝里，疼痛钻心，毫不怜悯，最后服软，记在心上，行为就有所收敛了。许多人对打孩子都不齿，认为是落后的小儿科，请记住"老方子"是屡试不爽的。打孩子不能常打，一顿就要让他记住。一位朋友的爱人更狠，孩子骂人时，真的用针线缝嘴，将嘴都戳流血了，一直没有改骂人毛病的孩子从此再也不骂人了。

初中、高中都会有真正的叛逆期，初中一般在初二左右发生。这个叛逆期与学习由轻转重有一定的关系。初二物理和化学开课，相对难度大了课程多了作业也多，孩子自然负担重压力大有厌学情绪，加之刚懂事理，就有与家长对着干较高低的心理。这个时候就不能再打孩子，要耐心教育，讲道理，可以讲家史，忆苦思甜，也可以讲名人事迹、历史故事。结合孩子实际分析面临的形势，让其明白上学是目前唯一事情，好好学习是将来唯一的出路。在此基础上通过写信、发短信以及心理学家的方法与孩子信任的老师谈话共同作用，让孩子安全地度过叛逆期走上正轨。这个叛逆期缓慢到来，不知不觉，危险性极高，需要有耐心，还要有方法。教育孩子没有一个放之四海而皆准的标准，父母都是实践者和探索者，也都可能成为发明者和创造者，有心的父母一定能教育出来有心的孩子。高一的叛逆期与学习由紧转松有一定的关系，中考杀得昏天黑地，高一未分班之前学校抓得不紧，管理方式也发生变化，让孩子误读。高一的孩子大了即将成人，对生活对事情有了自己的主意和主张。对爱也有了朦胧的期待，早恋的问题极易发生。突然松弛下来使孩子的注意力分散，看到原本没留心的世界和社会这么奇特，就会对学习有所放松对父母照本宣科的老生常谈产生逆反与厌烦。这个叛逆期虽然来势凶猛，危险系数并不高。孩子有主意和主张是好事，至少头脑清楚，不会蛮干一味作对，有了一定的鉴别能力。不能用训斥更不能用简单的打来解决问题，应该合理疏导引导，摆出理由、道路让孩子选择。孩子是参照物，从孩子身上看出光阴的变化和自己的沧桑，此消彼长的过程，也是父子潜移默化的过程，要降低父亲的高度和孩子处对等位置的朋友关系，这样才能走到孩子的心里。我与儿子的关系由"涵哥"和每次洗澡搓背可见一斑。这不是可有可无的。与孩子平等对等是朋友，谈有些问题就容易得多。特别要正面面对恋爱和性的问题，这比高考来得早，无法避免，必须面对。要给孩子说不能太在意更不能沉迷，不只伤身心还可能伤别人更有甚者触及法律。当然能像猷猷说的西安家长那样，双方坐在一起，正面引导也不失为一种好办法。

　　叛逆期是任何一个孩子都需要经历的成长过程，也是任何一位家长都要面对的棘手问题。顺利度过的最好办法不是高压也不是一味的训斥，而要将孩子这种情绪通过一种巧妙和合理的办法进行疏导和引导。后来我专门看了儿子猷猷买的《别笑，我是高考零分作文》，每一篇都能逗得人捧腹大笑。现在回想起来，我千防万防的"格言新说"和《零分作文》其实就是儿子猷猷缓解释放的导流槽。《零分作文》里的考生有刻意的，也有很无奈的，这与命题作文多多少少有一定的关系。有一位零分作文的考生这样写道："谁出的题啊？现在的星空还灿烂吗？怎么不改成美丽的太湖水呢？作为一名高中生，对于这些小孩才会感兴趣的东西没有激情。黑夜给了我黑色的眼睛，我却用它来翻白眼！"

　　孩子成长的过程是漫长而复杂的，每个孩子的情况又都不一样，作为父母始终要想办法关注孩子，一些细微的变化都不放过，认真解决叛逆期和出现的问题，把孩子攥在手中才不会出大问题。

当再大的官赚再多的钱
不如把娃管好

"养不教，父之过"，出自宋元之际大学者王应麟的《三字经》。短短的六个字明确了子女教育是父母的责任。每个父母都希望子女成龙成凤，龙与凤不指望就可以，必须具体教育。教育子女是一个长期的过程艰辛的过程甚至是痛苦的过程，许多父母望而却步。有的问题复杂，结果却明了。人生有许多责任是骨子里的，与生俱来的，比如孝敬长辈，比如教育孩子。我仔细地想过这句话，子女的教育，父亲要占较大的比重，如果是男孩子，比重还要大一些。

中国人崇尚权力和金钱，自古至今权钱如同孪生姐妹相伴而生。人们衡量成功往往以官职的高低而论以钱的多寡而谈，以致不少人对仕途趋之若鹜，掌握权力之后开始追逐金钱。一个和珅富可敌国，最终落得杀头的命运。可见权、钱也是靠不住的也是不长久的。中国人还说"富不过三代"，鳞次栉比的王家大院、福建土楼和神秘怪异的船楼如今只留下空屋，落寞地显示史上的辉煌。究其原因，只顾财富积累，妄想一劳永逸，不重视子女教育，再好的家道也架不住败家子的消耗和时间的磨砺，最终都沉寂在历史的烟尘之中。日本的家族企业动辄百十年甚至几百年仍财源滚滚，家道兴旺，一定有重视子女教育，财富不会落到败家子手中的因素在里头。国人富裕为子女积攒财富，以为有了财富就可以延续万代，有时连一代都未必延续得了，不然怎么有那么多人宁可将财富埋进土中也不愿交给子女。

渴求功名和财富没有错。只是这里面有太多的外在因素，许多事无法以人的意志为转移。拿做官来说，过去有科举考试也有毛遂自荐，多数情况下需要经过严格的筛选，至于自荐那更是凤毛麟角，就是皇帝亲自主持殿试录取的人才，也要留在翰林院学习也要等待大臣推荐和皇帝的钦点。一代名臣曾国藩因为家境贫寒，比别人坐冷板凳更久，好在道光帝终于想起了曾国藩。君臣相见，曾国藩一对三角眼让皇帝反感，非贪即狠，面相不雅，难成大器。幸好回答皇帝的问题时，曾国藩口齿清楚、思路清晰、切中要害，道光帝的圣批是：面相不雅，答对却明白。以致后来堂堂大清国每每遇到棘手的大事道光帝便"国藩哪，国藩哪"地喊。如果皇帝还是想不起来，曾国藩能否有作为也未可知。主席说，吾独服曾文正。这个曾文正人如其名，清正廉洁，敢于碰硬，文采书法一流，最重要的是忠于朝廷。在和太平天国交战中，不知有多少人劝手握重兵的曾文正哗变做皇帝，他始终不为所动，成就了一代名臣的名节。仕途上的事情，没谱的时候多，比如一地萝卜要上大宴，每个都翘首以待成为政客名人嘴里的美味，按说要挑些大的品相好的，而厨师偏偏挑一个小的，品相不好的，能说这不是萝卜。即使做了官也不能说高枕无忧，随心做官，率性而为。南宋名将岳飞几乎凭一己之力抗金，保卫摇摇欲坠的宋王朝。不料宋朝讲和，用十二道金牌遣回岳飞，以"莫须有"的罪名处死。金人感叹的"撼山易，撼岳家军难"的一代枭雄就这样被无能的皇帝和奸臣害死了。就是"怒发冲冠……仰天长叹……三十年功名尘与土，八千里路云和月"又何妨。同样"金戈铁马，气吞万里如虎""醉里挑灯看剑、梦回吹角连营"，怀抱收回河山的大词人辛弃疾，终因报国无门，"把栏杆拍遍"，郁郁寡欢而死。

　　黄河古道曾经在这里拐了一个弯，历史或因某人某个机遇改变。熙攘的世界，芸芸仕途有谁没谁又有什么区别呢？所以，我常说是你的就是你的，不是你的强求也未必。当然，自己真的有些颓废，可能对追逐功名有些气馁和小觑。第一次看到万向轮时就很感慨，无论朝哪个方向都是运动都能前进。人也应该万向一些，不能朝一个方向死磕。

　　财富积累也同样不以人的意志为转移。市场是一只看不见的手，当你按照预测和臆想拼命前进的时候，冷不丁看不见的绊子看不见的巴掌使人鼻青脸肿，好不容易堆起的财富大楼轰然倒塌，一夜之间一贫如洗，回到解放前不是童话。香港中环广场摩天大楼金碧辉煌，写满了创富的奇迹，编织着富裕的童话。而1998年金融危机时，一个个西装革履曾经显赫一时的大亨、老板纵身一跃砸碎了财富神话和膨胀的梦幻。从一清二白脱颖而出的大陆富豪，渴极暴饮饿极暴食，将自己乃至子女的生活以迅雷不及掩耳之势甩上一个凤毛麟角和暴殄天物的境地，趵突般的财富泉涌淹没了本代以及后代生活基准。有钱就是一切，有钱能买一切，文化被铜臭代替，未雨绸缪和亡羊补牢的忧患被束之高阁。孩子的稀少和成才的艰辛使人不愿意忆苦思甜和艰苦奋斗，孩子与财富膨胀的同时极速变化，只不过由好向差，最后可能失去一个基本的人的含义。不然哪来我爸是×××……在这林林总总、奇奇怪怪的案例中，没有一个不谴责父母的。如此这般的孩子，财富就是"天坛"，坍塌也只是时间问题。轰动一时的创富故事最终也只会归结为摩天大楼跃下的一声"吧唧"。

培养孩子与做官一理。

洛川人说"四十以前看父亲，四十以后看孩子"。如此简单地划分略显草率也不无道理。四十以前看父亲的登达，四十以后看孩子的表现。父亲四十岁以前孩子还小，这个家是以父亲的名义而被人审视，男人能行了当了什么官，要么头脑灵活挣了多少钱，光景过得怎么怎么好。父亲四十岁后孩子渐渐大了，看学习看待人接物，这里的学习成分要大一些。人们在一起会说：谁谁家的孩子听话，谁谁家的孩子捣尿，谁谁家的孩子学习好。洛川早先也有个局长的孩子考上了清华大学，这是洛川恢复高考后的第一个清华生。孩子的父亲想当教育局长，社会上的人就吵吵人家的孩子上清华就应该当教育局长，果然就当了教育局长。培养孩子实现了仕途梦想。相反就难说了，人言可畏，人言有的时候有能量，可以把人迅速地推向期盼已久的人生高地。儿子猷猷考上了清华之后，我声名鹊起，走到哪里都是一片赞叹和羡慕，甚至有人起外号"清华生之父"。细品人们的心态还是有敬佩的意思在里面，儿子这个卫星放得让我和老婆荣耀得一塌糊涂。后来就有人又谈起了我的仕途老话。你现在要当什么官呢？比一个副县长牛多了。官位晋升，说白了是一种心理的满足和外在的荣耀，培养孩子的成功已远远超出了身心对成功的渴求。当官总有一天要下来，儿子成才了，荣光会继续。中国梦是几代人甚至几十代人接力而行的梦想，家庭梦想家族荣耀也需要一代人一代人的薪火传递。

培养孩子也是一种创富事业。

培养孩子首先要花钱，与经商一样要拿本钱。细算了一笔账，多年来在儿子猷猷身上花去了不少钱，同别人谈起来都说没花钱。去西安早加上考得还可以，初中交2.8万元，高中3万元，约6万元。现在正常考上每学期9000元，初高中将近11万元，我花了一半的钱。如果分数不够再托人上高价生，那就不是一点钱的事。上清华表面上是一所好学校，清华的品牌效应和同学人脉关系更是一笔潜在的无形资产。记得一位朋友给我讲过一个煤老板砸钱上名牌中学的故事。孩子成绩不好根本上不了，老板天天找关系，搞得校长焦头烂额，不得不见老板。老板说只要能上要多少钱都行。校长说，不用花冤枉钱，考不上名校。考不上，孩子结识的都是名校的同学，将来到社会上同学人脉关系就不止这么一点钱。校长佩服老板的远见，接收了孩子。那些一心只在生意上的父母，只顾沉浸在财富增长的愉悦里，没有认真地培养教育孩子，金钱带来的成就和愉悦会很快被孩子变化带来的烦恼冲淡。

许多打工者为了孩子出外长时间不回家，将孩子放在家里，打工一年挣10万元也到顶了，孩子疏于管理学坏了，如此缓慢地财富增长根本赶不上孩子下滑的速度，此消彼长，细算起来根本不划算。偶然听到一位检察院年轻女检察官说起帮教的事。她给孩子讲道理找学校找工作，到处碰壁，受尽白眼。可惜这样的检察官太少，自己的孩子也永远不能指望别人。父母长期不回家，孩子处于失控状态，学坏了家长还叫不回来。检察官呼吁家长把自己的人生乃至生活要与孩子捆绑一起共同规划。要把孩子放在自己身边，给予看得见的哪怕是贫瘠的爱，而不能等孩子生活幻灭了，再用所挣的那点钱重建人生。所有孩子都希望和父母生活在一起，一位孩子发出震耳欲聋的呐喊：将来我一定不会让我的孩子离开我的视线。检察官对被帮教的孩子周围形成的重压歧视和步入社会的阻隔绝缘显出十分的无奈和无为，痛心疾首，几欲声泪俱下。我仔细聆听，不时竖起大拇指，和我的想法太接近了，对这么年轻又有如此见解还有一颗年轻睿智的爱心佩服不已。我们的社会这样的人太少了，这样年轻而富有深刻敏锐的眼光的人太少了。有的父母不仅不愿意主动承担孩子教育的责任，而且采取屏蔽隔离的态度，在孩子之间放水加山拉大距离，不只毁了孩子的未来也捎带了自己的晚年。所以，不利于孩子成长的一切"为了孩子"都是错误和不可取的。培养孩子或许没有暂时的财富成就，却有潜在的财富宝藏；放弃孩子教育打工收入与认真管理孩子的隐藏财富是冰山的水上和水下部分之比。还有人给我算了一笔账，考一个普通学校，出来就业还得二次找人，谋一个差不多的工作又得花二三十万元，一反一正多花五六十万不止，你赚翻了。这话不假，这还是保守数字。儿子猷猷在这个起点与平台上出发，未来起码比我好多了。

马克思说钱不是万能的，没有钱却是万万不能的。中国人把钱看得太重了，许多时候不是人说话而是钱说话。培养孩子这么大的事都用钱代替，真是让人哭笑不得。遇到问题不是反思自己，依法依规办事，而是千方百计花钱找人，砸钱消灾，用钱买所谓的面子。干什么事要一个"说法"，看起来无可厚非，其实是一个大坑，足可以埋葬一切。这个"说法"不是道歉不是对等的处理，而是要钱——狮子大张口地要钱，甚至把不劳而获或者所有委屈和不顺通过有意无意得来的"说法"来个咸鱼翻身。我常想，是谁给了他们如此的嚣张气焰，是谁允许他们如此为所欲为，能够这样一定是吃了甜头，如果吃了苦头就没有下一回了。是谁绑架了老人，使我们理直气壮吟诵了千百年的"老吾老以及人之老，幼吾幼以及人之幼"的大嘴突然没有了气息，摔倒的老人的呼吸就这样在旁观人的怯懦中停止。我不想谴责围观者，围观需要勇气，做得更高明的是不围观或者第一时间溜之乎也。想来几千年的文明传承和接力不至于孱弱到扶不起一个老人，重要的是老人可以无障碍的呼吸之后，心灵和良心在儿女或者私欲的要挟驱使下产生病态和障碍，恩将仇报。奇怪的是这种心态竟然可以无障碍的传染和横行。如果由于扶起老人被弄得倾家荡产甚至赔掉生命，我倒建议走开别扶。我也毫不怨言在众目睽睽之下倒在地上临终前再看一眼围观者的无奈和局促，将人间最后一眼的情景定格摄取带走，到另一个世界告诉大家不要随便扶倒在地上的人，他（她）或许是在倾听所在星球的心脏是否在跳动。至于那些围观者，也不要心存懊悔和内疚，因为没有人给你扶起的勇气和证明，因为有一天你也可能以此匍匐卧倒的方式永别于户牖之外。连一个老人都不敢扶，或者面对给了你第二次生命的人以怨报德，这文明古国的厚重不过是轻飘的浮云。说什么尊老爱幼、教育孩子都是无稽之谈。常言道，君子爱财，取之有道。为什么偷鸡摸狗可以取财，为什么昧着良心可以中饱私囊。我做镇长的时候，春天荒火四起，疲于应付，让派出所调查，说大部分是老年人整理地时点的，年龄大不能处理。直至有一天，因为点火差一点送了性命，才采取了措施，点火有所控制。我们有时人性化过头了，谁犯的应由谁负责，为什么扶了老年人反而被老年人缠住没有人过问。老年人真的可以漫步在法律之外吗？别有用心的人在不断利用这一点为达到一定的目把老年人推上第一线，有的子女把老年人作为来钱的工具，而有些老年人竟然毫无怨言地在人生末段踱向"人"字的背面。老年人啊，没有人敢扶难道不应扪心自问吗。《英国病人》主人公因为受伤失忆，不知道自己是谁，住院时被称"英国病人"。而我们许多人毫发无损，头脑清醒并且自愿做"病人"或者病态之人。柏杨先生振聋发聩的《丑陋的中国人》并没有成为预防的疫苗，法律和道德法庭也不是万能的防火墙，似乎病毒更加猖狂，还出现了可怕的变异。这不仅是教育的失败，更是国家的不幸民族的悲哀。

又扯远了，我简直是一个成熟的愤青。洛川人都说，做父母的成功并不在于当多大的官挣多少钱，而在于孩子是否学好懂事听话上什么学校。可见培养孩子是一笔只赚不赔的生意，也是一种可以解决后顾之忧的事业，为什么乐而不为呢。

培养孩子的三个境界

　　国学大师王国维分别撷取宋·晏殊《蝶恋花》、宋·柳永《凤栖梧》、宋·辛弃疾《青玉案》三句词描述做学问的三种境界："昨夜西风凋碧树,独上高楼,望尽天涯路";"衣带渐宽终不悔,为伊消得人憔悴";"众里寻他千百度,蓦然回首,那人却在,灯火阑珊处"。培养孩子也有三个境界,精英、人才、人。并不是每个孩子都可以上清华、北大,要不清华、北大也不会那么热门引人注目;并不是每个父母都有足够的财力、精力和耐力,要不考名校的父母也不会这么获赞受人追捧。衡量成功的标志有很多个,不可能也没必要用名校一把尺子去死量。社会是多样的,成功也是多样的,没有上名校的人生也可以多姿多彩,上了名校的也未必一帆风顺。网上说,一位清华毕业生当保安。名校不等于好工作好未来。因此,我说,把孩子培养成精英、人才和人都是成功的。

　　精英显然是成功的。无论对中国的教育制度如何诟病如何蔑视,清华、北大乃至排在前二三十名大学的学生,无疑是令人羡慕、受人尊敬,够得上精英的称谓。有人做过调查和统计,成大事者未必是前一、二名,往往是十名左右的人。事实证明,全国每年数以百计的状元引起的轰动,也只在高考前后短暂的时间,如同流星划过天际很快消失。所以我说前二三十名大学的学生都可以说是精英,是泛指也是约指,不全是也不完全包含。穿过漫漫岁月的高考,的确有这样那样的不足,许多人反对,还说取消高考,过分放大了高考的不足。迄今为止,没有比高考更严肃、更公正和更透明的选拔方式。世界上没有一个国家没有类似高考的人才选拔方式。洪秀全屡试不中,对清科举制度深恶痛绝,建立太平天国后却立即开科取士。可见其愤懑来自不中而不是科举本身。后来衍生出史上最热的公务员考试,因为面试的人为因素负面多多为人不齿。如果说中国人好面子是劣根的话,这个面试则是传承劣根的遮羞布,有体检有证件有成绩,为什么还要面试,不免让人有看人行事看客下饭有此地无银和贼喊捉贼的怀疑。不要高考要拿出比高考更好的办法,否则,只能是州里没去连县里也耽搁了。外国高考简单上大学只要申请，并不要千万人挤独木桥。大学好进难出，没有修够学分要继续修，毕不了业很正常。从电视上看父母从小让孩子率性而为，席地而坐，手抓吃饭，生病硬扛……而这些放在中国则是不可想象的。这样长大的孩子考试肯定干不过中国的学生，而动手中国的学生则不是对手。一位老师曾到国外出访，体验美国高中考试，题是中国初中生已学过的，不禁沾沾自喜。殊不知，我们一年年将题难度下放，造成更大的负担更低龄化的应试者。这才是中国教育的更大悲哀。我们老拿五千年文明古国和四大发明说事。只有200多年的美国拿出任何一项发明就能拍死我们。所以人家老是领跑者，我们老是跟风者；人家老是发明者，我们老是模仿者。发明需要呕心沥血、废寝忘食，而模仿只需要轻而易举短暂的一瞬间，所以人家也同样与我们讲"桃子该由谁摘"的问题。模仿已经如此病态的深入生活，只要有一款好产品，马上竞相模仿。前几年兴说行业领先，现在又都是领导品牌；明明是无法治愈之病，吃了一盒药就马上减轻，三个疗程就能痊愈，牛吹得毫不脸红，甚至吹得越厉害越流行；那些受人追捧的明星，为了点钱就出卖良心睁眼说似曾耳熟的瞎话；"山寨"已经算客气了，现在的模仿外观完全一样，只是名字一个字稍微变一下，不注意根本分不清，如同多胞胎一夜之间诡异现世；湖南、浙江卫视是国内少有创新的地方卫视，每一档高收视率节目被毫不客气地模仿或干脆拿来，甚至有顶级的模仿和抄袭。所以，中国的产品难以长寿，中国的企业也难以持久，再好的节目最终都会死在李鬼得意的奸笑声中。洛川人说无论干什么都要有"hɑ 数"，也就是规矩的意思。我们看似有很多规矩，呈现出来的往往是无"hɑ 数"的布朗运动。影星成龙在中国随意抽烟，到了新加坡十分注意。有人问的时候，成龙说中国没人管，干什么都可以。有机菜受人追捧，香港菜市一个商贩就打出与大学教授合作开发有机菜，被查处罚款几千港币，几年内不准从事菜业。有一年去香港，导游一再介绍香港不准随地吐痰不准在公众场合抽烟，分别罚款2500和5000港币。这两个是内地人最顽固的劣根，没想到去了之后没有一个人违犯。看来所谓劣根也是能根除的，没有什么顽固不化的劣根。新加坡的文明是和疼痛的藤鞭分不开的，据说几鞭之下就会皮开肉绽。有一年美国人犯事被判藤鞭，竟然惊动了美国总统出面干预。微小的新加坡并没有买账，这是内部的事，犯不着总统说三道四，那呼啸的鞭子就在总统话音落下之后在美国人的屁股上写下血染的风采。任何文明都有血的代价，历史是在枪炮声中和血肉模糊的道路上不断推进的。美国人高傲，英国人绅士，法国人浪漫，德国人严谨，中国人随意，人的秉性也是历史产物。有的人将此归结为高考的后遗症难免牵强。尽管高考有这么多的诟病和不是，而今社会的栋梁毫无疑问绝大多数是高考殿堂走出来的众生，不也创造了三十多年高速增长的奇迹，不也在一点点缩小追赶的距离。我们的应试者创造的辉煌也引起了美国人的嫉妒，有一个州也效仿中国提高试题难度。若不是全世界为美国培养人才，他们也不会笑得如此得意如此灿烂。模仿也要能力，否则，模仿只是模仿，永远不像；模仿也可能得到真谛，不然，外国人不会那么害怕中国人的模仿。因此，我要说高考是成功的，这些学生佩得上"精英"的徽章。

　　培养精英，不是一个简单的事情，需要心无旁念，需要与困难与孩子同行，这个说起来容易做起来难。有几个父母能下决心先学课程，然后为孩子辅导？有几个父母能始终如一将目光投向孩子，注意细微的变化有针对性地解决问题？当然，并不是每个精英的父母都要这样，那要看什么样的孩子和对孩子有什么样的要求。毫无疑问有天才有"造"的，有些孩子的智商远远高于一般人，有些孩子天生喜欢学习看书。有位朋友的孩子从小喜欢看书，识完看图识字，天天听新闻，竟然说中央电视台节目主持人把一个字的音调读错了。妈妈一查字典果然不错。这个孩子上学弄得老师很不爽，还沉浸在卖关子和抖包袱讲课中的老师，冷不丁会被该生直接说出答案弄得兴趣全无。有许多父母并不认识多少字，也没有为孩子做多少，子女不声不响突然考上名校。这些父母是幸福的，这些孩子当然是精英。如果你希望孩子考一所名校有一个好的未来，孩子又不是天才，学习不主动，那么，请注意就得制定计划，小学哪里上初中高中上哪所学校，如何纠正懒惰，养成良好习惯，帮助孩子度过叛逆期，注意早恋，等等，把孩子始终掌握在自己手中。要牺牲轻松的周末牺牲许多爱好还要准备迎接由此伴随的种种不测和困难。这需要几年甚至十几年如一日的坚韧和恒心。蜗牛也能爬高，野百合也有春天，普通人可以创造奇迹，只要愿意一定会有收获。

　　人才肯定是成功的。人才本无标准，也未必都是科班出身。相比而言，学校毕业占大多数。要一个操作性的标准，可以说是二本以上，名校以下的学生都可以成为人才。人才的社会标准是自己可以谋生自己养活自己。前面说过不是所有的孩子都可以成为精英，要么精英也不精；不是所有的父母有能力或愿意下决心下功夫仔细培养孩子，可以选择让孩子成才。成才同样不是一件容易的事情，要掌握孩子学习情况，要解决成长中的问题。许多父母都有这种心态：让孩子上一个差不多的学校就行了，出来后有一碗饭吃。说这种话必须做好两手准备，一手是孩子上较好的学校自己到社会上自主地找饭吃，另一手是父母帮忙找饭；要一面培养孩子，一面准备钱托人找关系。人常说心无二用，这样的父母一般都比较护孩子，采取的是相对宽松的管理方式。我将培养孩子三个境界的观点，曾经和一位领导探讨过。领导就说太较真了，把培养孩子弄成一门学问和艺术，跟雕花刺绣差不多，过了。不赞同我的观点，让孩子率性而为。他的孩子当时在西安中学上文科，年级一度排到95名，应该是向精英努力至少是人才的位置。这种不营心的态度很快传染给了孩子。备战高考的时候，又劳累压力又大。孩子就说，爸爸，我不想学习了。爸爸说，不想学就不要学，看会儿电视轻松轻松。过几天，孩子又说，爸爸，听课没有意思，不想到学校去了。爸爸说，那就不去了，在家里复习。又过了几天到高考的时间了，孩子说，爸爸，我头疼不想高考了。爸爸愣住了，再也不敢顺势说"不要高考"了。现在的中国，再有本事，不参加高考没有相当的文凭，要谋一份像样的工作几乎没有可能。领导终于认识到自己纵容的后果。孩子反而不依不饶，就高考问题反复与父亲讨价还价，电话能通到半夜，要说几个小时，好不容易说通了，参加高考只考了"三本"。弄得父亲后悔得不行。培养人才也是一个严肃的事情，一个相对劳苦的过程，许多人怀着"放羊娃打酸枣"的心理，能打多少就打多少，把培养孩子当作捎带，人才目标就会是竹篮打水一场空。领导后来再和我谈起培养孩子的三个境界，频频赞同，还说十分后悔没有听我的话。这样的个案并不少，可悲的是没有几个人去反思，一味地埋怨和责怪孩子。人才目标的落空，父母首先要扪心自问，再找孩子的问题。前面说过一个故事，孩子原本考过全级第一，后来掉到几百名，也是因为父母突然放松管理造成的。孩子毕竟是孩子，不会考虑未来和更远的事情，他们最易受诱惑的是"当下"。一个普通的孩子要成精英和人才，父母至关重要。

人也是成功的。这里的人是具有完全意义上的"人"，健康的人阳光的人。三本以下自己找工作顾住自己或父母帮忙办一个门市、栽一片果园或谋一个事自己经营，成家以后可以独立自主地经营家庭、顺利生活，也算一个培养成功的人。既然是培养和教育就有高有低，有好有差，不是说精英人才就好，普通的人也不一定不如精英和人才。这是以高考分数去划分，而大学毕业之后，社会是一个更大可以展示百般武艺的大舞台，精英、人才和人平等地生活，共同奋斗，优胜劣汰，重新整合才是最终的座次。因此，精英、人才、人也不是固定不变的，角色完全可以互换、相通和逆向流动。只要有志气有恒心，人生就不乏精彩；只要有坚持有毅力，任何人都会成功。

我们常说人没有贵贱之分，只有分工不同岗位不同。洛川人说"有坐轿的就有抬轿的，有当官的就有当民的"，成不了精英成不了人才，连人也成不了吗。有许多父母不重视孩子教育，没有目标，放任自流，什么"有羊就有草""有羊就能赶到山里"，这是极其不负责任的做法。孩子变坏，导致家庭悲剧和违法乱纪，起因是父母放任自流。对孩子的未来没有渴求和愿望，起码要让孩子健康成长，知道做人的底线，知道敬畏什么。考不上好学校，找不到工作，父母指的路总能走下去，父母吩咐的事总会干。不然，父母真的是死不瞑目。

也有教训

经验和教训相伴而生。就像我们在解二元一次方程应用题总喜欢设对应的 X 和 Y，X 为 Y 而生，Y 为 X 而存在。正如马克思所说，主要矛盾和矛盾的主要方面与次要矛盾和矛盾的次要方面对立统一，一定条件下会相互转化。我们在写总结材料时，不管总结多少经验，结束时不忘同时理出几条问题和不足。所以，有些前面当作经验侃侃而谈的，换个角度和位置看可能就会成为教训。

可能是由于经历的原因，也可能是由于成家不易的原因，还可能是身处客家的原因，总之有许多说不清道不明的因素，我和老婆孟洁对儿子猷猷的培养几乎达到痴迷的程度，每周末只有一个问题是谁去西安。我们如此上心，对待儿子肯定毫不放松，以全程服务、全职保姆、全面跟进的全封闭形态关爱管理。只要看到儿子学习，我心里就轻松自在，看到儿子不用心不学习，马上会有忧虑和焦躁感。如此造成两个不好的结果，一是儿子猷猷有懒惰和依赖心理。在家盛饭端饭我全部包揽，儿子学习时要喝水喝咖啡马上烧好泡好送到手上，见脏衣服脏袜子脏裤头毫不犹豫洗净，甚至主动要求换洗衣服，有时接儿子看到沉重的书包都想接过来自己背上。孟洁不止一次说我，他要吃你的肉都能给。儿子已上清华，原本以为国防生管得严，将我们培养的缺失补回来。没承想第一学期国庆长假回来，依然如故，晚上不睡，早上不起，脏衣服胡乱扔。闻着臭烘烘的脚气味，老婆与儿子几乎吵了一个长假。我就说老婆不对，让儿子回来又弄得大家不愉快，不会快乐。有一次在超市购物，身后是一对年轻的东北夫妇，男的威武女的漂亮，吸引了不少目光。男的好像在讲谁谁怎么怎么，是一个令人羡慕的成功故事。女的就说，你只会说，怎么没见你去做。男的笑了笑说，你不会快乐。女的立刻满脸通红。这个小故事让我记忆深刻。其实生活中许多不快、隔阂，甚至裂缝都是由一句不经意的话引起的。生活的吵架甚至干仗都是由鸡毛蒜皮的小事引起，而鸡毛蒜皮绝多不是小事。一对夫妻因为逛商场买东西意见不一致竟然离婚了。婚姻有时真是纸糊的，经不起风吹雨打。都说细节决定成败，还说小处不可随便，都是一样的道理。所以，我佩服男人的气度，在不少人都听到女人嗔人的话后还如此镇定需要很深的涵养。我这次站在儿子的一边是有原因的，原本没打算回来，我也希望他到中关村打工，体验生活。妈妈则一声赶不上一声催他回来。既然回来了，就不能那么苛求。猷猷说上清华一点也不比高三轻松，依然每天要学到很晚，学霸无处不在，压力很大，难得有几天休息时间。变化也需要一个过程，罗马不是一天建成的。上大学之后我开始兑现放松放手的承诺，可以不考研，可以谈恋爱，等等。老婆就又骂我把儿子弄得四体不勤五谷不分。这话也不全错，儿子有时候问的话幼稚得可笑。让他放一件东西，往往会问放哪儿，我们会说放我手上；不知道沈阳是辽宁省省会也是常有的事。感觉有时连生活中的常识都不知，这当然是过度包裹的结果。猷猷主要是懒，如果分派一个任务，严厉催促，会干得很好。过年大扫除，擦窗户比我擦得还干净。心里也略有安慰，等到有一天没有靠头不至于什么都不会干。这方面二挑担的孩子栗珂就好得多，每次到我们家，晚上都要洗脚，将自己的袜子洗得干干净净晾好，衣服叠得整整齐齐。二是猷猷失去了许多欢乐。对社会的恐惧让我把他看得很紧，不准恋爱不准到社会上去，致使沟通能力一般，与人交往熟悉过程较长，特别是与陌生人打交道的能力差。即使参加同学聚会什么的我都要提严格的要求，搞得他有时很不爽，在背后埋怨。老婆孟洁说，你就是把肉给娃吃了，未必感激你，还说你坏话。我说毛主席还被评功过，何况咱普通人一个，敢保不说你的坏话。老婆就正经问，我不会说的，她是一个爱证闲话的人。猷猷可能背着一方在另一方面前说过对方的不是。这很正常，说明孩子有了鉴别能力，也可能捎话让对方注意，没有必要大惊小怪。只可惜许多人听不得不是和反面意见。家里没有装电脑，有一个旧手提，拿到西安在我监视之下让儿子下载题，至于打游戏，信马由缰地上网是没影的事，搞得他的微机课程艰难过关。狂人乔布斯发明电脑不只改变了世界，还改变了人们生活娱乐方式。儿子上学期间几乎没有从电脑上得到任何快乐。上大学之后，回来说把他管得太严，电脑技术很差，游戏水平很低，在这方面没有朋友处于失语状态。我就说你现在练吧，有的是时间，那些人的潜力早已尽了在前面悻着呢。还有恋爱，谈了个女朋友，我和老婆孟洁都不怎么满意。猷猷则完全被攻陷，信息像语气助词"的地得"一样随时出现。"他们没骂你吧"。"他们在不在？"还没怎么样，我和老婆已跑到儿子和女朋友的对立面，说不定有一天会变成"敌人"。老婆就不停地提醒儿子别陷得太深，还没毕业许多事定不了，别伤着你。我是一个深受初恋伤害的人，曾写过一篇小说《无怨的初恋》。初恋美得令人窒息，不经历初恋伤痛的人，就体会不到刻骨铭心的爱。但是，初恋也是一道坎，许多人过不去。我也有些担心，不知说什么好。我表明的唯一观点是不干涉，自己的事自己办。初中、高中的时候我就说过，上大学谈恋爱没人管你，想怎么谈就怎么谈。不过，面对儿子女朋友的"他们"，心里仍然酸酸的。女人怎么就这么轻而易举将儿子夺走了，有什么东西时不时的来刺一下，弄得隐隐作痛。一般人家里生儿子都很高兴，觉得传宗接代、香火延续、家族荣光等等一系列问题都解决了。这还是"面子"作怪。男孩心粗，不会细致地关爱人；女孩心细，是父母的"小棉袄"。洛川人把男女双全的父母称为"活神仙"。有一次我打火摔伤了，差一点要了命。我妻哥的女儿孟涵到医院看我，坐在床上，拉着我的手问这问那，每句话在心上拂来拂去，弄得我的心软软的，泪眼蒙眬。猷猷还小，拿个篮球在病房里拍，没说两句话就跑了。我结婚之后，一头倒向了老婆这边，弄得老爸很有意见，难保儿子不会被女朋友俘虏。从她信息里的"他们"，我已感觉到一丝悲凉徐徐逼近。我和老婆孟洁也有问题。我们的问题在于两个人个性都很要强，我被人轻视、藐视和鄙视怕了，受不了被人看不起，哪怕是眼神和话语。孟洁排行老二，女中老大，又是最先考上学的孩子，先是护士后学临床，继承她爷行医的衣钵，很有成就感和支配感。老婆的外婆见到我之后，问过生辰八字，拇指和食指中指掐了掐就说这两个爱"硌叨"，就是犯口舌，大的方向没问题。还真让说中了，"硌叨"像风一样伴随着生活，稍有不慎不是老婆孟洁发作就是我发火，两人立刻有一场口舌战。起初她很顽事，哭得昏天黑地，弄得鸡犬不宁。我心里就很硌硬，被搞怕了，一味让步，变成了严重的"妻管严"。每周看娃成了我奋勇争取的事，离得远了，注意力分散，吵架的事就少了。吵得少了也不能说就不吵了，不顺心的事有，不投机的话有，不奈何的情绪有，冷不丁会冒出几句，匆匆吵过之后心就空了，对什么也无所谓了。可是，后来孟洁有个不好的情况，把原本秘密的吵架弄到儿子面前。我还是比较收敛的，尽量回避。老婆仿佛故意，弄得瞒也瞒不住，只得匆匆迎战。手机里也有架，她动不动就摁手机发信息，一激动我回应的就有些恶毒。老婆就把信息让儿子看，拉着他和我斗。以致后来只要我们斗几句嘴，儿子猷猷就从小房子里出来说"不要嚷了"，特别不耐烦。老婆不顾儿子猷猷的感受，我也加入争夺儿子同情的战斗之中，有一次竟冲动地说要离婚，将来不要娶个性太强不做饭的女人当老婆云云。终于在猷猷检查出白癜风时，他痛哭流涕地说害怕我们离婚，压力大，没心情学。我就和老婆郑重地谈了一次话，以后无论什么事不能随便告诉儿子。回头又把儿子叫到外面，专门说了夫妻和吵架的事，表明我们不是个案，更没有到离婚的地步，父母永远在身边。我们虽然吵架不少，冷战却不多。孟洁最大的好处是不记仇，吵过之后，马上没话找话，直到越过吵架和好如初。我们要时刻地面对儿子，在他的问题上高度一致，这架就吵不长也不能多吵。无论怎么说，我和老婆的吵架一度在儿子的心里落下了大大的阴影。

　　大人和孩子都希望家庭和睦，孩子尤其如此。许多家长当着孩子面吵架甚至打架不只不注意形象，用洛川的话说"人品"有问题。孩子毕竟小，羸弱的心灵经不起风雨。更有不负责的父母，把婚姻当儿戏，闪婚闪离，给孩子的心灵留下的不只是阴影而是永远无法弥合的伤痛。这样的孩子叛逆期随时会有甚至持续一生。人总体上要坦率真诚，并不意味任何时候任何问题都要坦率。婚姻里生活里有秘密，比如吵架、打架如果真的避免不了，就悄悄进行或秘密进行，尽量不要让孩子知道，说到底再有理也拿不到台面上。在猷猷面前吵架和拉拢他的战斗是我和老婆做得最失败最不齿的事情。提醒那些即将做父母和正在做父母的夫妻间的战争和口舌都秘密进行，哪怕正在进行时，孩子回来了装着没事一样，想继续就找一个孩子不知道的地方和不在的时间。儿子提出之后，我们吓了一跳，受到鞭笞一样保证立刻改正。只要火气来了马上指指小房子，两个人立刻就偃旗息鼓。都退一步，架就吵得少了，真得感谢儿子。

　　儿子猷猷不只失去了很多快乐，童年和少年行进得如同蜗牛缓慢艰难，连自由的思想火苗也让我掐灭了不少。儿时的梦想最纯真最诱人最可能实现。他曾有一个"临溪而歌"的梦想，那的确是一幅美丽诱人的画面。不只儿子想抱着吉他坐在溪边，望着蓝天白云而歌，就是我至今被"临溪而歌"的画面一再感动。那时正是周杰伦走红的时候，有这样的梦想再正常不过。林书豪进NBA的梦想也是"临溪而歌"的追求。许多成功者都是由于儿时看似不切实际的幻想的引导最终追梦成功。放手让梦想引导，说不定哪一天会和周杰伦同台而歌，说不定会超越周杰伦前行。只可惜功利思想和对未来未知的恐惧，使我果断扯断了梦想的引线，那也是一盏照路明灯一朵艳丽的奇葩一条蓬勃的生命。真是罪过，阿弥陀佛。我自己本来就是一个梦想被灭的受害者，从小喜欢做枪、做车，幻想着将来搞机械搞发明，至今看到曾经想做的被别人变成现实，心里还是酸酸的。后来又想当作家，被虚幻的面子和仕途的诱惑当起了秘书，为别人缝制嫁衣，心里常常被划得伤痕累累，梦想常常爬进来在伤口上又撒一把盐，疼痛一直陪伴着我。饱受梦想长喙啄伤的我又灭掉别人的梦想，不知是我的悲剧还是时代的悲剧。我真的能体会到干自己想干的事的人的幸福。儿子猷猷不止一次说不喜欢学习，被我们感动了，被我们逼着前行，考清华大学也是给我们交代，实现我们的梦想。这是真话，每次寒暑假，他都要玩得不亦乐乎，再督催也不愿意做作业，今日推明日，直到马上开学了才匆匆上阵，一连几天搞到半夜，有一次竟然哭了。我没有丁俊晖父亲的勇气和魄力，卖掉房子陪同孩子踏上追逐梦想之路。我不只自私地把自己的大学梦转嫁给儿子，而且选择了一条最保险最平坦的道路。只有我自己知道自己有点不地道，甚至不是一个合格的父亲。我一直喜欢水木年华，总是有墨香飘飘的书卷气质，我扼杀的不只是一个嗷嗷待哺的梦想婴儿，也可能是又一个文质彬彬的水木年华和又一个风光无限的周杰伦。有一天，看《中国好歌曲》的时候，台湾街头艺人还需要考执照，就想如果我们的高考能分蘖成多个考试门类，招录不同类型的人才，就不会处心积虑地扼杀孩提时的无邪梦想了。

儿子猷猷后来不止一次老话重提，不需要那样拼命学习，成功的道路很多。言下之意，还是我们抓得太紧。在给两个挑担的孩子辅导的时候，有意讲到劳逸结合，轻松学习的观点。没有得到大人的回应竟然泪流满面。可能他想起了自己的"痛苦岁月"。我实在憋不住了，质问他，你有胆量在自己的孩子身上实践吗，让他（她）唱歌、踢球，走不同于高考的另一条路？儿子猷猷短暂愣了一下，幽幽地说，没胆量。那你就不要干涉你姨夫姨姨管理自己的孩子，也不要说什么学习不重要的话。就在我深刻反省和自我"日觉"的时候，猷猷又突然扔来一个哲学般的话题：说我给他的人生预设了阶段性的终点。我茫然不知所措，他常常说一些怪话。那是大三的时候，不考研的问题没有得到老婆孟洁的首肯，却早早得到了我的允诺，包括恋爱、选修课的问题。我认为应该到了有的放矢的时候，人生可以交给他掌控。我的纵容无疑换来他的放纵，大一大二学习有所放松，等到保研时才明白过来，由于成绩不够，保不到理想的学校和专业。与往常一样，他又找了不属于自己的问题和过失，因为我的无原则——给他的人生预设了阶段性的终点。这或许是仕途的后遗症，十分在乎阶段性的胜利，一仗一仗的打，不然人会崩溃的。本来我想说，你对学习那么痛苦，付出那么多，放松一下未尝不可。我还是没有说出来，功利性地承认了错误。读研读博毕竟也是我们希望的。我觉得自己做得够好的，还受到了埋怨，那些不用心的父母经得住孩子的质问吗？

身边教育孩子失败的案例在我心里投下了巨大的阴影，如同艳阳天里一块静止的云，挥之不去。履行职责、全身而退的思想超越了一切，还有略略一点对仕途失望和文人得不到重用的陈腐气息从李白从辛弃疾那里扑到我的身上，几乎倾全力要在教育儿子的事上做给人看，证明自己有两下子。周末下西安和时刻关注儿子的一切多多少少也影响了我的工作态度和仕途上的追求，实际上后来领导找我还谈了一些职位我都毫不犹豫地回绝了，带着幼稚的赌气和狭隘的报复心理。因为不再图什么，也因为在教育儿子上的小小成功，受到"知足常乐""宁静致远""无欲则刚"的蛊惑，渐渐有了自满与骄傲，常以文化人自居，无论发言还是讲话都变得高远空灵，目中无人，口中得罪了不少人。我曾经牢记《了不起的盖茨比》里的第一句话："每当你，想批评别人的时候，要记住，这世上并不是所有人，都有你拥有的那些优势。"可惜我还是忘记了。实际上我的工作还可以做得更好，还可以在不同的岗位上做更多的工作。所以，愧疚有时也同梦想的阴魂一道折磨我。

电影《阿甘正传》里有一句话，人生就像巧克力，你永远不知道下一个味道是什么。我要说每个人都有自己的巧克力，看着相似味道却不同。这是我们的巧克力，或许你们感觉不好，而我们真的感到耐嚼很甜。

后 记

当我写完了最后一个字，长长出了一口气，人在久违的太阳光下瞬间眩晕。我完成了人生一个很重要的任务，不只是教育了孩子，也记录了与孩子同行的过程，顺带记录家族迁徙落脚的艰辛和自己人生普通的片段。我原想将这本书放在自己的心里，最多分享给亲戚。无奈自孩子上学之后，许多人要我传经送宝，纵容我写出来。与其经常重复过去岁月影像，浪费时间，浪费心神，不如真的写下来。我没有科学的教育孩子的方法，对那些侃侃而谈的教育家的所谓良方无能力使用，因而更多的是土方和笨办法，所以是低层次甚至是不屑一顾。于我的良心来说，我尽了最大的努力，无怨无悔。我要感谢家人，他们对我一直抱有信任和无私的关爱，即使我轻狂地追求作家梦的癫狂时刻，都相信我有朝一日会实现。老婆说我是疯子，并不希望当什么作家，每发一篇作品仍然表现出由衷的高兴。儿子猷猷竟然希望我当国学大师，从另一个意义说明很看重我。我的姐姐哥哥和妹妹都把我当成了作家，把很多的话语权给了我，给予额外的照顾。我的丈人丈母娘让我失去父母很久空旷的心又温馨充实，妻哥妻妹妻弟更是十分尊重我，许多事采纳我的意见；我的朋友同事真的知道我几斤几两，他们在我自吹自擂的虚幻空间里包容我，给了我精神与物质的支持。我要感谢那些给我讲故事的人，我以模糊的人名地名真实记录了他们的幸福与不幸，让这本书不只是我的；我真诚地感谢曹谷溪、高建群、成路，他们在我低谷的时候给我鼓励，指导我写作并帮助发表作品；我特别要感谢阎安，是他多年来固执地看好我，"若不是行政上待太久，一定会有出息"，在我写完这本书之后力排众议在《延河》发表精华版，引起较大反响；我还要感谢黄海，一直激励我前行……如果说我写作有成绩的话，与上述人一定有关。我希望大家原谅我的懒惰，原汁原味用了洛川许多方言，尽管很有意思，但对阅读带来不便。而许多字无从考证就用其他字代替了，感觉像音译，不在乎字的准确，这也是责任的懈怠和传承的悲哀。我没有想到要写书，儿子求学的经历没有注意记录收集，回忆总是有差距的，甚至是轮廓，许多并不准确。我还要请求看到这本书的人，其间可能有相像之处，不要对号入座，如果无意伤损到谁绝不是我的本意；我一贯是"拿来主义"的奉行者，引用了一些人的观点和语段，为这本书增色不少，一并致谢。

最后，如果你不小心看到这本书，因为水平有限，难免粗制滥造，恳请原谅。